www.ingramcontent.com/pod-product-compliance
Lightning Source LLC
LaVergne TN
LVHW050953051026
849532LV00005B/1823
* 9 7 8 9 3 6 9 0 8 7 0 6 8 *

افسانے عہدِ نو کے

(حصہ : ۲)

(رسالہ 'چہار سو' سے منتخب افسانے)

ادارہ چہار سو

© Idara Chaharsu
Afsane Ahd-e-Nau ke - Part-2 *(Short Stories)*
by: Idara Chaharsu
Edition: March '2025
Publisher:
Taemeer Publications (Hyderabad, India)

ISBN 978-93-6908-706-8

کتاب	:	**افسانے عہدِ نو کے (حصہ:2)**
مرتب	:	**ادارہ چہار سو**
صنف	:	فکشن
ناشر	:	تعمیر پبلی کیشنز (حیدرآباد، انڈیا)
سالِ اشاعت	:	۲۰۲۵ء
صفحات	:	۵۸

فہرست

سنہرا ابال

باقر نقوی

صبح ہوتے اپنے گھر سے چہل قدمی کو نکل پڑا تھا۔ ہر طرف ایک عجیب روپہلی سی فضا تھی۔

تھوڑی دور چلنے کے بعد، بوٹ بیسن کے موڑ پر پہنچ کر، اچانک احساس ہوا کہ میں مادر زاد برہنہ ہوں، بدن پر نہ لباس کا ایک تار نہ پاؤں میں پاپوش۔ ننگا بُو چا۔ اور حیا کا دور دور پتا نہیں۔ شاید حیا بھی کپڑوں کی طرح گھر ہی میں رہ گئی تھی۔ عجب کیفیت سے دوچار تھا۔ مگر تھوڑی ہی دیر بعد احساسِ شرم بھی شروع ہو گیا۔ ساتھ ہی ایک نا قابلِ بیان، حیرت انگیز طمانیتِ قلب بھی تھی۔ نہ جانے کیوں، مگر سب کچھ بس انوکھا معلوم ہو رہا تھا۔

پہلی بار اپنی مردانہ وجاہت، نوجوانی کی زینتوں اور حسن کا احساس ہوا۔ ہوا بھی تو کِن حالات میں۔ یہ بھی خواہش ابھر رہی تھی لوگ اس دلیر مرد کی طرف پسندیدگی اور استعجاب کے ملے جلے انداز میں دیکھیں۔ مگر سب اپنے آپ میں مگن تھے۔

دنیا کا نظام طے شدہ انداز میں چلتا ہے، سورج کروڑوں برس سے ایک ہی سمت سے طے شدہ اوقات پر نکلتا ہے۔ چاند بھی مخصوص دنوں میں غائب کیوں ہو جاتا ہے۔ اس کے نظامِ اوقات میں کوئی انوکھا خلل کیوں نہیں پڑتا۔ مگر کبھی ندرت بھی تو ہونی چاہیے۔ ضروری نہیں کہ جو کچھ دادا نے کیا وہی باپ کرے اور بالکل ہی مختلف دور میں پیدا ہونے والا پوتا بھی اسی طرح سب کچھ کرے۔ تو پھر انسان کے تخلیقی جوہر کہاں جائیں گے۔

دُبلا پتلا جسم، گندمی رنگ کا، کوئی نوجوان جیسے کسی ساحلِ عریانی پر محوِ خرام ہو۔ بس کچھ ایسی ہی کیفیت تھی۔ مگر اس 'ساحل' پر ایک بھی برہنہ حسینہ نہیں۔ تو پھر ایسے ساحلِ عریانی کا لُطف کیا؟

بوٹ بیسن کی سڑک کے دورویہ پیدل چلنے والوں کے راستے پر غسلِ آفتابی کے لیے استعمال ہونے والے کُرسی نما بستر لگے تھے، اور رنگ برنگی بِکنی میں ملبوس، سنہرے بالوں والی حسینائیں، اور نہانے کے لباس میں مرد تھے۔ یہ کیسی انوکھی تبدیلی ہے۔ عام طور پر تو ادھر آتے ہوئے تو شرفا کو ڈر لگتا تھا، کہ دکانوں کے مال بیچنے پر مامور لوگ اس طرح آگھیرتے ہیں جیسے بیٹھے پر مکھی! وہ سب کہاں چلے گئے۔ ہو سکتا ہے صبح کے وقت بوٹ بیسن کا بھی وہی عالم ہوتا ہو جس طرح رات بھر کے جشن و طرب کے بعد کسی بازارِ حسن کی صبح۔

بوٹ بیسن کی سڑک پر چہل پہل تو نظر آتی تھی مگر کوئی آواز نہیں! گویا پُرانے زمانے کی خاموش مگر رنگین فلم چل رہی ہو۔ یا اللہ! یا تو میں بہرا ہو گیا ہوں یا سب گونگے ہو گئے ہیں۔ مگر گاڑیوں کے چلنے کی آوازیں بھی تو نہیں آ رہی ہیں! اب تو امیروں کے وہ لڑکے بھی نہیں نظر آ رہے تھے، جو اپنے اپنے بزرگوں کی 'ھذٰا مِن فضلِ شیطان' دولت کا اظہار کرنے کے لیے مہنگی مہنگی کاریں بے مقصد دوڑاتے پھرتے ہیں، جن کو دیکھ کر خوف آتا ہے۔

کیسا روپہلا، کیسا پُر سکون اور کیسا جادوئی نوعیت کا موسم ہے۔ ایسا کہ وقت کا احساس زائل، بازار بھرے پُرے سجے ہوئے۔ دورویہ حسین جوڑے چہل قدمی میں بھی مشغول۔ مگر وہی سناٹا۔ گزرتی ہوئی کاریں بھی بے آواز۔

اپنا برہنہ بدن دیکھنا، مگر خجل نہ ہونا۔ حیرت، کہ آج کوئی مجھے دیکھتا نہیں۔ گویا برہنگی عیب نہیں فیشن ہو، اسٹائل ہو، جدّت ہو، افتخار ہو۔

یا مظہر العجائب!

اچانک ضمیر نے کچوکا دیا۔ چھوڑ اس بازار کو، اس ساحلِ عریانی نما بستی کو، اور نکل جا کسی صحرا کی طرف، جہاں نہ کوئی دیکھنے والا ہو نہ ٹوکنے والا۔ 'تہذیبِ نو' کی حکمرانی سے بہت دور، اور فطرت سے بہت قریب۔ اس لیے اور بھی کہ تیرے بدن پر لباس ہی نہیں۔ اور تجھے شرم بھی نہیں آ رہی ہے۔ شرم بھی تو انسان کے لیے ضروری شئے ہوتی ہے۔ ورنہ پھر جانور اور انسان میں فرق ہی کیا رہ جائے گا۔

صحرا میں سکون ہی سکون ہوگا۔ مگر ہم ہمیشہ سکون کے متلاشی یہ کیوں بھول جاتے ہیں تھا کہ 'سکوں محال ہے قدرت کے کارخانے میں'۔ موت بھی تو سکون ہی کا ایک ایڈیشن ہوتی ہے!

رہ رہ کر دماغ میں خجالت کی لہریں اُٹھ رہی تھیں۔

یکلخت منظر تبدیل ہو جاتا ہے۔

چاروں طرف، دور دور تک، اونچی اونچی، ہری بھری، بے ہنگم اُگی ہوئی قد سے بلند جھاڑیاں۔ نہ دوڑتی ہوئی گاڑیاں، نہ لال لال آنکھیں دکھانے والے سگنل۔ بس حدِ نظر تک کھلا آسمان، موسم ایسا کہ نہ صبح نہ شام۔ نہ بادل اور نہ دھوپ، ہوا ہے تو سہی مگر کبھی تیز اور کبھی آہستہ۔ گویا جنگل میں بھی ایک جادوئی دنیا تھی! دور دور تک نہ کوئی آدم نہ آدم زاد! کہیں جنّت میں بھی ایسا ہی ماحول نہ ہو!

چلتے چلتے خواہش نے سر ابھارا، موسم اچھا ہے، سو، آج ذرا چہل قدمی لمبی ہو جائے۔ بہت دور تک، ذرا نئے انداز کی!

مگر چہل قدمی کی بھی کوئی حد ہوا کرتی ہے۔ اور اگر راستہ بھٹک گئے تو کیا ہوگا۔

بھٹکنا کیا معنی! اسی راستے واپس تو ہوا جا سکتا ہے۔

مگر، یاد رہے کہ واپسی کا راستہ آسان نہیں ہوا کرتا۔

وسوسے نے دل میں سر اُبھارا۔ بہت ہولیا اب واپس ہولو، نہ جانے آگے اور کیا دیکھنا پڑے۔

مگر اب تو سمت کا بھی اندازہ نہیں ہو رہا! یہ کیا! اب واپسی کیسے ہو گی؟ واپسی کی کوشش کی تو پریشان کہ کس طرف کو قدم بڑھائے جائیں!

ارے! تو کیا واقعی راستہ کھو بیٹھے ہیں؟ اب کدھر کو چلیں؟ کہیں نہ کہیں تو جانا ہی ہوگا۔ مگر نہ بدن پر لباس ہے نہ پاؤں میں جوتی! اس حال میں کہاں جایا جاسکتا ہے۔

ایسے صحراؤں میں اور بھی خطرات ہوتے ہیں۔ یہ تو کینیا کی سفاری جیسا صحرا ہے۔ دور دور تک جھاڑیاں مگر کہیں بھی کوئی پیڑ نہیں۔ کہیں سے کوئی تیندوا نکل آیا تو؟ تجھ برہنہ تن کو ہرن ہی سمجھے گا۔

پرانے خطرات سے بھاگنے والوں کو نئے اور زیادہ بھیانک خطرات جھیلنے پڑتے ہیں۔

ارے واہ! اچانک یہ قلعہ نما عمارت کہاں سے آگئی۔ Thank God۔ یہ تو کسی لارڈ کی حویلی لگتی ہے۔ مگر گیٹ تو کھلا ہوا ہے۔ اندر چل کر دیکھتے ہیں۔ جو بھی ہوگا دیکھا جائے گا۔ صحرا سے تو چھٹکارا ملا۔ پہلے بستی سے چھٹکارے پر سکون مِلا تھا، اب صحرا سے چھٹکارے پر خوشی؟ خوب! انسان کسی حال میں خوش نہیں رہتا!

گیٹ سے داخل ہوتے ہی کیاریوں سے بنی ایک بھول بھلیاں سامنے منہ کھولے کھڑی ملی!۔ یک نہ شُد دو شد۔ ایک اور مشکل! زندگی میں کبھی کبھی ایسا مرحلہ بھی آتا ہے جب انسان کہیں گُم ہو جانے کی آرزو کرنے لگتا ہے۔

کہیں یہ بھول بھلیاں تحفظ کی خاطر، خودکُش بمباروں سے بچنے کے لیے تو نہیں، یا پھر یہ کوئی نئی چال ہے۔ راستہ بھی بھولے اور اس پر مستزاد یہ کہ بھول بھلیاں کا سامنا ہے۔! 'مرے پہ سو دُرّے' اسی کو کہتے ہوں گے، مگر اس کو تو بھگتنا ہوگا۔

مگر میں کوئی خودکُش بمبار تو نہیں۔ خودکُش بمبار تو ڈھیلے ڈھالے، ضرورت سے زیادہ لباس میں نکلتے ہیں۔ یہاں تو بدن پر لباس کا ایک تار بھی نہیں!

نیت اچھی ہو تو سب کچھ ٹھیک ہو جاتا ہے میاں!۔ غنیمت جانو۔ بھول بھلیاں کو بھی نعمت جانو۔ مہم جوئی کرنے والوں کے بھی مقدر ہوا کرتے ہیں۔

کسی لارڈ کی حویلی نہیں، یہ برطانیہ کے 'آسمانی بھونپو' کی عمارت ہے۔ ارے یہ کیا؟ اور سامنے وہ سڑک ہے جس پر ہر سال انگلستان کی 'مومی' ملکہ سنہرے رتھ میں بیٹھ کر، جس کے بوجھ کو ہر رنگ کے فربہ اور جہان بھر کے چیدہ چیدہ، سدھے ہوئے گھوڑے کھینچتے ہیں، 'فرمان' جاری کرنے جاتی ہے۔ ارے! ہم کہاں پہنچ گئے؟

یاد کرو نا! یہ وہی شہراہ ہے، جس پر روز آنہ تم لنچ کے بدلے ایک سیب اور ایک کیلا کھایا کرتے تھے، ٹہلا کرتے تھے، اور پورے ایک گھنٹے دیدارِ حسیناں کی دلچسپ اور ہیجان انگیز مشغولیت رہا کرتی تھی۔ لد گئے وہ زمانے۔

ارے! یہ کیا؟ یہ احساس ہی نہیں ہوا کہ کیاریوں سے بنی بھول بھلیاں میں داخلے کے وقت تو عالمِ برہنگی تھا۔ اب بدن پر یہ لباس کہاں سے آگیا! شاید بھول بھلیاں میں داخل ہو کر اپنی بھول کا احساس ہو گیا ہو، اور بدن پر ویسا ہی لباس آگیا ہو جس کو دیکھ کر ساری رعایا تو چپ تھی مگر ایک لڑکا بول پڑا تھا ''بادشاہ ننگا ہے، بادشاہ ننگا ہے'' مگر ہم تو بادشاہ نہیں! ابھی ابھی ایک مومی ملکہ ادھر سے گزری تھی۔ تو کیا اس کا لباس بھی ویسا ہی تھا؟ واہ، واہ۔ اگر ملکہ جوان ہوتی تو کچھ لطفِ نظارہ بھی ہوتا، یہ تو اسّی برس کی تھی۔

اب جیسا بھی ہو لباس تو ہے نا۔ کوئی کچھ بھی سمجھا کرے، کچھ بھی کہا کرے۔ دنیا حقیقت کی آنکھ سے دیکھتی سب کچھ ہے مگر مصلحت کی زبان سے بولتی ہے۔

ہر طرف سے پنجابی بولنے کی آوازیں۔ ارے! یہ لاہور ہے یا امرتسر ہے یا ساؤتھال ہے یا کچھ اور۔

ہر طرف پگڑیاں ہی پگڑیاں! چودھریوں کی پگڑیاں، اللہ میاں کے طوطوں کی دُمچی والی پگڑیاں، طالبان کی سیاہ پگڑیاں، ملاؤں کی سفید پگڑیاں، ہندی ملاؤں (سرداروں) کی نارنجی پگڑیاں، مارواڑیوں کی پگڑیاں۔ یا اللہ اور کتنی پگڑیاں دیکھنی پڑیں گی؟

کوئی پگڑی اُچھال نہ دے! مگر میرے سر پر تو کسی قسم کی پگڑی نہیں۔

کیوں نہ ہم بھی ایک نئے قسم کی پگڑی ایجاد کرلیں؟ جس میں ایک نہیں کئی طرح کے رنگ ہوں، اور حسبِ ضرورت اس کو دوبارہ باندھ کر آرام سے ہر طرح کے پگڑی والوں کے جلوس میں شامل ہو جایا کریں۔ اتنی بڑی ہو کہ اس میں چھوٹے موٹے ہتھیار بھی چھپائے جاسکیں! ہتھیار؟ ارے بھائی اپنی حفاظت کے لیے بھی تو ہتھیار کی ضرورت ہوتی ہے!

چلو اچھا ہوا۔ جان بچی لاکھوں پائے، پگڑی والوں میں تو آئے۔ کم از کم یہ اپنی طرف کے تو ہیں۔ کچھ تو مروّت کریں گے۔

لندن کی بس اور کھچا کھچ بھری ہوئی، بالکل کراچی کی طرح، جہاں لوگ بس کے پیچھے لگی سیڑھیوں پر آم، امرود کی طرح لٹکے، حتیٰ چھتوں پر بھی چڑھے سفر کرتے ہیں، سڑک کے ہچکولوں کے باعث گرتے بھی ہیں، اپاہج بھی ہوتے ہیں مرتے بھی ہیں۔ انتظامیہ کو کسی پر رحم نہیں آتا!

حواس درست ہوئے تو دیکھا کہ ہمارے پہلو سے لگی ایک گوری لڑکی کھڑی تھی۔ اتنی قریب کی اس کے جسم کی حرارت موٹے موٹے کوٹوں کے درمیان سے گزر کر بدن کی حساس جلد تک پہنچ رہی تھی۔ لڑکی جوان بھی، اور

نہایت حسین بھی۔ سبحان اللہ! لوگ تو گورے رنگ کے حسینوں کو رنگ دار جلد والوں کے حسینوں سے بہتر کہتے ہیں! اس میں بھی ایک احساسِ کمتری کا دخل ہوتا ہے۔

جوں ہی حسین لڑکی کی قربت کا احساس ہوا، جسم میں کرنٹ دوڑنے لگے ہیں۔ اسی کو جوانی کہتے ہیں۔ یہ سب ہارمون کا چمتکار ہوتا ہے بابا!

لوگ کہتے ہیں کہ پہلی نظر میں محبت ہوگئی ہے۔ محبت صرف ماں کے دل میں اپنے اولاد کے لیے ہوتی ہے جو قدرت کی طرف سے ودیعت ہوتی ہے۔ اور کوئی رشتہ محبت کا نہیں ہوتا۔ کہتے ہیں کہ خون کے رشتوں میں محبت ہوتی ہے۔ اگر ہوتی ہے تو ایک بھائی دوسرے بھائی سے نفرت کیوں کرنے لگ جاتا ہے۔ اورنگ زیب نے اپنے بھائیوں کو قتل کیوں کرادیا تھا۔ آنکھیں کیوں نکلوا دی تھیں؟ اور وہی اورنگ زیب مسلمانوں کا محبوب شاہنشاہ کہلایا!!

میاں! جس کو ہم محبت کہتے ہیں، محبت نہیں دراصل ضرورت ہوتی ہے۔ بیٹا باپ سے اس لیے محبت کرتا ہے کہ نظر باپ کے مال پر ہوتی ہے۔ جہاں بیٹا معاشی طور پر خودکفیل ہوتا ہے، وہاں باپ کی موت پر رسمی طور پر محض پھول بجھوا کر رشتے کا پاس کرتا ہے۔ باپ بھی بیٹے کی 'محبت' میں گرفتار ہوتا ہے جب اسے بیٹے سے معاشی توقعات ہوتی ہیں، یا مجبوریاں ہوتی ہیں۔

جوان مرد اور جوان عورتیں اس لیے 'محبت' میں گرفتار ہوجاتے ہیں کہ ان کی رگوں میں ایسا سیال دوڑ رہا ہوتا ہے جس کی ضروریات انہیں مجبور کر دیتی ہیں۔ باقی سب انسیت ہوتی ہے جو ایک ساتھ سالہا سال بسر کرنے سے بھی ہوجاتی ہے۔ جانوروں کو بھی انسیت ہوجاتی ہے۔ اور کچھ نہیں۔ لوگ اسے محبت کہہ کر جواز پیدا کرلیتے ہیں۔ تو کیا ہم بھی کبھی کبھی جانور ہوجاتے ہیں؟

ہاں، تو ہمارے پہلو سے لگی ایک گوری لڑکی کھڑی تھی۔ جوں ہی اس کی قربت کا احساس ہوا، جسم میں کرنٹ دوڑنے لگے تھے۔ اور کچھ نہیں تو قربت تو ہے۔ اس کے جسم کی اور شینیل کی ملی جلی خوشبو تو ہے۔ لڑکی شاید نشے میں تھی، بار بار اس کا سر میرے کاندھے پر ٹِک جاتا۔ ایک بار دل میں خیال آیا کہیں یہ مدہوشیِ حسن طلب تو نہیں۔ مگر پھر سوچا، ابھی کچھ دیر اور دیکھتے ہیں، ہو سکتا یہ حسنِ طلب ہی ہو! جو کچھ بھی ہوگا دیکھا جائے گا۔

افسوس۔ جیب میں ہاتھ ڈالا تو صرف ایک پاؤنڈ اور بیس پنس! ارے! اتنا تو بس کے کرایے کے لیے بھی کافی نہیں۔ کم از کم کرایہ تو دو پاؤنڈ ہے۔ پاؤنڈ کے سکّے پر نظر پڑی تو کیا دیکھتے ہیں کہ اس پر تو ہٹلر کی شبیہ بنی ہوئی تھی۔

یا اللہ! برطانیہ کا سکّہ اور اس پر ہٹلر کی شبیہ! یہ کیسا سکّہ ہے؟ کیا جرمنی نے برطانیہ پر قبضہ کرلیا ہے؟ مگر چرچل نے تو کہا تھا کہ جب تک برطانوی نظامِ انصاف قائم ہے، جرمنی ہم کو فتح نہیں کرسکتا۔ تو کیا ہٹلر سے مفاہمت ہوگئی ہے؟ یا برطانیہ کا نظام انصاف کسی آمر کی چھری تلے آگیا ہے؟ کیا ابھی دوسری عالمی جنگ کا زمانہ ہی چل رہا ہے؟ کیا ہٹلر نے ملکہ کے خاندان میں شادی کرلی ہے اور اس کو تخت کی وراثت بھی مل گئی ہے؟ کیا حکومت برطانیہ ہی کی ہے، اور ہٹلر صرف رسمی بادشاہ رہے گا۔ بالکل ویسا ہی جیسے ہمارے ایک متشرع، ڈاڑھی والے صدر صاحب تھے، جن کو کھانے، نماز پڑھنے اور وزیر اعظم کی ہر بات پر سر ہلانے کے سوا کچھ بھی نہیں کرنا پڑتا تھا! کیا مزے کی نوکری تھی! دل میں عجب عجب خیالات موجیں مار رہے تھے۔

ہم یہ کیوں بھول رہے ہیں کہ برطانیہ سمیت یورپ کے تمام خاندان ایک دوسرے کے قرابت دار رہے ہیں۔ ماؤنٹ بیٹن کا اصل نام تھا بیٹن برگ۔ جرمن زبان میں برگ پہاڑ کو کہتے ہیں سو جب ماؤنٹ بیٹن کے خاندان کی انگلستان کے شاہی خاندان سے رشتے داری ہوئی تو بڑی چالاکی سے اس نے اپنے نام کو انگریزی نام کا لبادہ پہنا دیا۔ اور وہ بیٹن برگ سے ماؤنٹ بیٹن بن گیا۔ حرف تبدیل ہوگئے مگر معنیٰ وہی رہے! کیا خوب کاری گری ہے! ہو سکتا ہے کہ کچھ نیا پیچ پڑ گیا ہو۔ حکومت میں ہونیوالے اپنے جیب میں ہر طرح کے جادوئی امکانات رکھا کرتے ہیں۔ ''نہ جانے کون سا کس وقت کام آجائے! سوا یک جیب میں بُت ایک میں خدا رکھنا!''

خیالات بھی بالکل بندر کی طرح ہوتے ہیں۔ کبھی اس ڈال پر اور کبھی اُس ڈال پر۔ ان پر قابو پانا کارِ محال ہے۔

مگر یہ بس بھی اپنی بستی تک تو نہیں جاتی۔ یعنی اور بھی بسیں لینی ہوں گی، تو دو، چار یا چھ پاؤنڈ درکار ہوں گے۔

دادی امّاں ٹھیک ہی تو کہا کرتی تھیں نا ''بیٹا گھر سے نکلو تو پاؤں میں اچھی جوتی ہو اور جیب میں معقول رقم ہو۔''

بادلِ ناخواستہ لڑکی کی قربت چھوڑ، بس کے کنڈکٹر سے کہا، بھائی میرے پاس تو دو پاؤنڈ بھی نہیں۔ کیا میں بس سے اتر جاؤں؟ ہائے رے بدقسمتی، کہیں پیچھا نہیں چھوڑتی!۔ کوئی بات نہیں۔ پھر کبھی! وصل کی خواہش ہی سہی! اس میں تو کچھ خرچ نہیں ہوتا!

بس کنڈکٹر بدبخت بھی کٹھور دل کا آدمی نکلا۔ پتہ نہیں ایشیائی تھا یا انگریز۔ اطوار سے تو لگتا ہے، ایشیائی ہی رہا ہوگا۔

زبان ہی سے پہچان ہوتی ہے نا۔ علی ابنِ ابی طالب نے کہا تھا ''کلام کروتا کہ پہچانے جاؤ'' مگر اس نے تو بول کر بھی نہ دیا! تو اس گونگے کی پہچان کیسے ہوتی!

اس جانور نما انسان نے اشارے ہی سے کام لیا۔ زبانِ بے زبانی سے، یعنی آنکھ کے اشارے سے بس سے نیچے اترنے کا اشارہ کیا۔ گویا کہہ رہا ہو' جیب خالی تو تمھارے لیے سڑک بھی خالی'۔

یہ بھی مہربانی تھی اس کی، کہ جتنی دور بھی سفر کیا، مفت کیا!

پیدل بھی ہوگئے، راستہ بھی نہیں معلوم، کدھر جانا ہے۔

اچانک سامنے گھر کا دروازہ آگیا۔

ارے واہ! چلو مشکل آسان ہوگئی۔

کنجی لے کر تو نکلے تھے مگر نہ جانے ہول میں کہاں گر گئی۔ گھنٹی بجائی۔ بیوی پریشان! دوڑی ہوئی آئی۔

ارے! آج اتنی دیر کہاں لگائی؟ گھڑی دیکھو، دِن کے بارہ بج رہے ہیں!

گھڑی کی ضرورت ہی نہیں پڑی۔ ارے بس کچھ نہ پوچھو۔

کچھ تو بتاؤ! میں کب سے پریشان ہو رہی تھی۔

آج جیسی چہل قدمی پہلے کبھی نہیں ہوئی! بڑا لطف آیا۔

بیوی سے جھوٹ بولنا جائز ہے!

ایک لمحہ ہی گزرا تھا کہ وہی محبت کرنے والی بیوی بَل کھا کر بڑے بڑے ناخونوں والی پچھل پائی بن گئی۔

پچھل پائی نے میری آنکھوں میں آنکھیں ڈال کر غور سے دیکھا جیسے وہ ان میں پوشیدہ راز تلاش کر رہی ہو۔ اس کے نظریں بار بار میرے اوور کوٹ کے کاندھے کی طرف اُٹھ رہی تھیں۔

’’ہاں ہاں، کیوں نہیں، مزہ کیوں نہیں آیا ہوگا‘‘ رنگ رلیاں منا کر آ رہے ہونا۔ وہ مٹک کر انگلی نچاتے ہوئے بولی۔

’’بھئی، کیا بکواس ہے‘‘

اپنے سیاہ رنگ کے کوٹ کے کاندھے پر نظر کی تو سنہرے رنگ کا ایک لمبا سا بال لہرا رہا تھا۔

اس لمبے سنہرے بال کا کیا جواز پیش کرتا؟

زبان گُنگ، کوشش کے باوجود، بولنا چاہا تو آواز نہیں نکل رہی تھی۔

اتنے میں محسوس ہوا کی پیچھے سے کسی نے کاندھے پر ہاتھ رکھ کر مخاطب کرنے کوشش کی۔ پلٹ کر دیکھا تو نشے میں چور وہی بس والی گوری لڑکی کھڑی تھی۔ اس کے بکھرے ہوئے لمبے لمبے سنہرے بال ہوا میں ہلکورے لے رہے تھے۔

’’واہ مسٹر، آپ مجھے اکیلا چھوڑ کر چلے آئے‘‘ وہ بڑے ناز سے بولی۔ پلٹ کر بیوی کی طرف دیکھتا ہوں تو بالکل ڈرامے کے اسٹیج کی طرح یک سر منظر بدل چکا تھا۔ نہ گھر تھا نہ گھر کا دروازہ۔ نہ غرّاتی ہوئی پچھل پائی!

حیرت تو بہت ہوئی۔ مگر، چلو ایک طرف سے تو سکون ہوا۔

مگر اب یہ لڑکی، اور یہاں کس لیے آئی ہے؟ اس کو پتا کیسے معلوم ہوا کہ میں یہاں ہوں؟ کہیں یہ بھی ایک مصیبت نہ بن جائے؟

لڑکی بولی ’’میں تو سمجھی تھی کہ تم مجھے ڈانس ہال میں لیجانے کی درخواست کروگے۔ مگر پلٹ کر دیکھا تو تم اچانک غائب ہو گئے تھے‘‘

لو! ہیں نہ اس میں مصیبت کے آثار!

میں نے بات بناتے ہوئے کہا ’’ڈارلنگ میں ذرا سگریٹ خریدنے کے لیے بس سے اترا ہی تھا کہ بس چل دی‘‘ اب میں اس کو کیا بتاتا کہ میرے جیب میں تو بس کا کرایہ بھی نہیں تھا، سگرٹ کہاں سے خریدتا۔ میں ڈانس ہال میں چلنے کی فرمائش کیسے پوری کرتا۔

میں نے کہا ’’سوری ڈیر‘‘ مگر اب میں تو تمہارے ساتھ نہیں جا سکتا۔ وہ بولی اچھا اگر تم نہیں جاسکتے تو میرا بال واپس کرو۔

میں نے سوچا اچھا ہوا، یہ بال میرے لیے وبال ہی تو تھا۔

میں نے خاموشی سے اپنے کوٹ کے کاندھے پر سے اس کا سنہرا بال چٹکی میں اٹھا کر اس کی پھیلی ہوئی ہتھیلی پر رکھ دیا۔

لڑکی کے پیچھے پیچھے کچھ کالی، سفید اور ہری پگڑی والے بھی آ گئے تھے۔

ان سب کے منھ لٹکے ہوئے تھے اور ان سب کے کوٹ کے کاندھوں پر سنہرے بال لہرا رہے تھے۔

گڑیا

ناصر بغدادی

آفس کی آرام دہ کرسی پر بیٹھے ہوئے میں نے دریچے سے باہر نظر دوڑائی۔ وہ لڑکی حسبِ معمول سڑک کی دوسری طرف بس اسٹاپ کے قریب انجانے کھیل رچانے میں مصروف تھی۔ اس وقت اُس نے قرمزی رنگ کا اسکرٹ اور سرخ بلاؤز پہن رکھا تھا جس میں اُس کا تن شبنم سے دھلے ہوئے گلاب سے زیادہ نکھر آیا تھا۔ اُس کے لبوں پر بچپن کی معصوم اور تفکرات سے بے نیاز مسکراہٹ اس طرح ناچ رہی تھی جیسے اوس کے شوخ قطرے پھولوں کے سینے پر اٹکھیلیاں کرتے ہیں۔ اُس کے بال گرد وغبار سے اَٹے ہوئے تھے۔ نازک ہاتھوں پر مٹی کے ذرّات نمایاں تھے، اور دھول میں بیٹھنے کی وجہ سے گرد اُس کے کپڑوں پر اس طرح جم گئی تھی جس طرح ایک جگہ کئی دنوں تک پانی سڑنے سے کائی پیدا ہو جاتی ہے۔ مگر جیسے وہ اردگرد کی ہر شے سے بے نیاز تھی، اپنے ہی خیالوں میں گم، بچپن کے انجانے اور کیف زا کھیل رچانے میں مصروف۔۔۔!

اس کی عمر چھ سات سال سے زیادہ نہ تھی۔ اُس کے چہرے پر اس قدر بھولپن برستا تھا کہ میرا دل بے اختیار اُس کی طرف کھینچنے لگا تھا۔ شاید یہی وجہ تھی کہ میں اُس کی حرکات وسکنات میں ضرورت سے زیادہ دلچسپی لے رہا تھا۔ ہر روز کرسی پر بیٹھے ہوئے اس کی طرف پابندی سے دیکھنا میری عادتِ ثانیہ بن چکی تھی۔ گو مجھے اس آفس میں چارج لیے زیادہ عرصہ نہیں ہوا تھا لیکن میں اُس کے متعلق بہت کچھ جان چکا تھا۔ مجھے معلوم ہوا تھا کہ اُس کی ماں بس اسٹاپ پر ڈرائی فروٹ فروخت کرتی ہے، اُس کے باپ کو مرے دو سال ہو چکے ہیں، وغیرہ وغیرہ۔

میں جس جگہ ملازم تھا، وہ مالی اعتبار سے ملک کی ایک مستحکم کمپنی تھی، ہیڈ آفس کراچی میں واقع تھا، اور اصلاً میری دلچسپی کا مرکز بھی وہی تھا لیکن آفس کے بعض طالع آزماؤں نے ایسی چال چلی کہ مجھے اسسٹنٹ منیجر بنا کر لاہور کی برانچ میں بھیج دیا گیا۔ چونکہ ملازمت پُرکشش تھی اور زندگی کا لنڈورا پن برقرار تھا لہٰذا کفرانِ نعمت کا مرتکب ہو کر بے وقوفی کا ثبوت دینا نہیں چاہتا تھا۔ لاہور آنے کے فوری بعد میں نے ٹرانسفر کی کوشش میں ایڑی چوٹی کا زور لگا دیا تھا۔

ایک بھیگی ہوئی، مسحور کن شام کو میں بس اسٹاپ پر بس کے انتظار میں کھڑا تھا۔ حسبِ معمول لوگ اپنے اپنے انداز میں وقت گزاری کا سامان پیدا کر رہے تھے۔ ایک کم عمر لڑکا شام کا اخبار لیے گاہکوں کی تلاش میں اِدھر سے اُدھر بھاگ رہا تھا۔ بڑھتی ہوئی بھیڑ کے دیکھ کر کچھ ٹھیلے والے بھی اپنا مال لے کر وہاں پہنچ گئے تھے۔ غرض وہ جگہ بس اسٹاپ سے زیادہ ایک بارونق بازار کا نقشہ پیش کرنے لگی تھی۔ ایسے میں وہ چھوٹی سی لڑکی بے نیازانہ شان سے ایک طرف بیٹھی مٹی کے اُس گھروندے کو پھولوں سے سجا رہی تھی جس کو شاید کچھ دیر قبل اُس نے مکمل کیا تھا۔ وہ اپنے کام میں اس درجہ منہمک تھی کہ اس کو اپنا بھی ہوش نہیں تھا۔ چند لمحوں بعد وہ اُٹھی اور ذرا دور جا کر کھڑی ہو گئی، مختلف زاویوں سے گھروندے کو دیکھا اور پھر شاید پھول جمع کرنے کہیں چلی گئی۔

دفعتاً دور سے بس آتی دکھائی دی، اور جیسے ہجوم میں کھلبلی سی پیدا ہو گئی۔ اتنی دیر سے جو لوگ صبر ایوبی کا مظاہرہ کر رہے تھے، اُن کے لیے مزید اس آزمائش سے گزرنا جیسے ناممکن ہو گیا تھا۔ ہر شخص لائن توڑ کر بس کی طرف یوں سرپٹ دوڑا جیسے بس میں سیٹ نہ ملنے پر اُس کے خلاف تادیبی کارروائی کا امکان ہو۔ ہر ممکن بچاؤ کی کوشش کے باوجود مجھے بھی اس سیلابی ریلے کے متاثرین میں شامل ہونا پڑا۔ بس میں داخل ہونا تو دور کی بات، اس طوفان بدتمیزی اور دھکم پیل نے میری چول چول ڈھیلی کر دی تھی۔ جاتی ہوئی بس میں لٹکتے ہوئے مسافروں کا نظارہ بھی کچھ کم عبرت ناک نہ تھا! میں کچھ دیر وہیں کھڑا اپنی اکھڑی ہوئی سانسیں درست کرتا رہا۔ اُنگلیوں سے کنگھی کا کام لے کر بالوں کو سنوارا، اور تب یکا یک میری نظر اس چھوٹی سی لڑکی پر پڑی تو میں نے اس کے گالوں پر آنسوؤں کو کپکپاتے ہوئے دیکھا۔

اس کی گود پھولوں سے بھری ہوئی تھی، اور وہ اپنے گھروندے کے پاس کھڑی اداس نظروں سے اس طرح ہجوم کو دیکھ رہی تھی جیسے اس میں شامل ہر شخص اس کے گھروندے کی بربادی کا ذمہ دار رہا ہو۔ میں نے اس کا گھروندہ دیکھا جو کسی ناکام عاشق کے دل کی طرح ٹوٹ کر چکنا چور ہو گیا تھا۔ شاید اس بھاگ دوڑ میں کسی کا پاؤں اس پر پڑ گیا تھا۔ مجھے اس بچی کی بے بسی پر افسوس ہوا۔ اُسی لمحے مجھے یاد آیا کہ میری جیب میں ایک چاکلیٹ ہے۔ آفس میں دوپہر کے کھانے کے بعد میں نے چپراسی سے چاکلیٹ منگوائے تھے۔ تین تو میں نے اُسی وقت کھا لئے تھے، اور چوتھے کو چبانے کا ارادہ کر ہی رہا تھا کہ ایک ملاقاتی آ گیا تھا، اور یوں اُس کی جان بچ گئی تھی۔۔۔ میں بچی کے پاس پہنچا، وہ منہ ہی منہ میں کچھ بڑبڑا رہی تھی، اور جب اس نے اپنا چہرہ اٹھا کر میری طرف دیکھا تو اُس کی آنکھیں خوف اور حیرت کے امتزاج سے پھیل گئیں۔

''م۔۔ میں نے آپ کو کچھ نہیں کہا'' اُس نے لرزتی ہوئی آواز میں کہا۔

''میں کب کہہ رہا ہوں کہ تم نے کچھ کہا ہے؟'' میں نے مسکراتے ہوئے نرم لہجے میں کہا۔ میری مسکراہٹ دیکھ کر اُس کا خوف دور ہوا، اور جب میں نے چاکلیٹ اُس کی طرف بڑھایا تو اس کا استعجاب عود کر آیا۔ اس کا دایاں ہاتھ چاکلیٹ کی طرف بڑھا مگر اس کے قریب پہنچنے سے پہلے ہی خلاء میں رک گیا۔

''لے لو'' میں نے پیار سے کہا، اور خود اس کے ہاتھ میں چاکلیٹ

تھمادیا۔ ''تمہارا نام کیا ہے؟''

''رجیہ'' وہ معصومیت سے بولی۔

''اوہ۔تو تمہارا نام رضیہ ہے!!'' میں خواہ مخواہ ہنس دیا۔

''نہیں۔رجیہ۔اماں مجھ کو اسی نام سے پکارتی ہیں'' اس کے بھولپن پر میں پھر ہنس دیا۔

''کہاں رہتی ہو؟'' میرے سوال پر اُس نے اپنی انگلی سے ایک طرف اشارہ کیا۔ میں نے اُس طرف دیکھا۔بس اسٹاپ سے ڈیڑھ دو فرلانگ کے فاصلے پر جھگیوں کی ایک بے ترتیب قطار بہت دور تک چلی گئی تھی۔ میں نے وہاں سے نظریں ہٹالیں۔

''کیا تم مجھے اپنے گھر لے جاؤ گی؟'' میرا یہ سوال شاید اُس کے لیے غیر متوقع تھا اس لیے اس نے مجھے عدم تیقن کے انداز میں دیکھا، پھر اثبات میں گردن ہلا دی۔ اسی اثناء میں ایک اور بس آ گئی اور مجھے آسانی سے جگہ مل گئی۔اپنی سیٹ پر بیٹھنے کے بعد میں نے پلٹ کر دیکھا وہ ابھی تک فٹ پاتھ پر کھڑی تھی۔ مجھے اپنی جانب متوجہ پا کر اُس نے اپنا ننھا سا ہاتھ لہرا دیا۔

دوسرے دن میں نے اپنے آفس کے دریچے سے دیکھا کہ رجیہ ایک باسکٹ لئے اِدھر سے اُدھر بھاگ رہی ہے۔ اُس کے انداز سے ظاہر تھا کہ وہ اس کے لیے کافی وزنی ہے۔کبھی وہ کسی کو روک کر ملتجیانہ انداز میں کچھ کہتی، اور جب وہ انکار میں گردن ہلا دیتا تو مایوسی سے آگے بڑھ جاتی۔ پھر وہ سامنے سے آنے والے کسی راہ گیر سے اسی انداز میں شاید وہی بات کہتی۔۔۔ یہ جاننا مشکل نہ تھا کہ وہ کچھ بیچ رہی تھی۔ ہر طرف سبک رفتاری سے چکر کاٹنے کی بناء پر اُس کی سانسیں تیز تیز چل رہی تھیں مگر اُسے تو جیسے کسی بات کا ہوش ہی نہیں تھا۔ مگر میں نے دیکھا کہ کسی نے بھی اُس کی چیزوں کو خریدنے میں دلچسپی ظاہر نہیں کی تھی۔ میں واپس کرسی پر بیٹھ کر فائلوں کی ورق گردانی میں مصروف ہو گیا۔

اُس شام کو میں نے پھر اُسے دیکھا۔ وہ فٹ پاتھ کے ایک طرف پانچ پتھروں سے کوئی کھیل رچا رہی تھی۔ میں جب بس اسٹاپ کی طرف بڑھنے لگا تو وہ مجھے دیکھ کر مسکرانے لگی اُس وقت میں بات کرنے کے موڈ میں نہیں تھا اس لیے جواباً مسکرا کر آگے بڑھ گیا۔ پھر میں نے چند لمحوں بعد اس کو اپنی ماں سے کسی چیز کے لیے ضد کرتے ہوئے دیکھا۔ اس کے انداز سے یوں لگا جیسے اُس کو اپنی مطلوبہ شے نہ ملی تو رونا شروع کر دے گی۔ کافی دیر ہو گئی مگر بس نہ آئی۔ میں نے وقت گزاری کے لیے شام کا اخبار خریدا اور یوں ہی ورق گردانی کرنے لگا۔ چند ثانیوں بعد میں بے اختیار چونک پڑا۔ کوئی میرا ہاتھ سہلا رہا تھا۔ میں مڑا۔ سامنے رجیہ کھڑی مسکرا رہی تھی۔ اس کے ہاتھ میں چار چھ اخروٹ تھے جن کو وہ میری طرف بڑھا رہی تھی۔

''یہ کیا؟'' میں نے حیرت سے کہا۔ ''یہ لے کر کیا کروں گا؟''

''کھائیے گا'' وہ بڑی معصومیت سے بولی۔

''کیا تم بدلہ چکا رہی ہو؟'' میں نے ہنس کر پوچھا اور اس نے نفی میں سر ہلا دیا۔ میں نے معصوم لڑکی کے جذبات کا خیال کرتے ہوئے اخروٹ قبول کر لیے تو اُس کے چہرے پر نور پھیل گیا۔ وہ بولی۔

''کیا آپ ہمارے گھر نہیں آئیں گے؟''

''کل آؤں گا'' میں نے جواب دیا۔ وہ میرے جواب سے مطمئن نہیں ہوئی تاہم وہ خاموش رہی۔ میں سمجھ گیا کہ اس کے جذبات کو ٹھیس پہنچی ہے۔

واپسی پر میں نے محسوس کیا کہ وہ میرے حواس پر مکمل طور پر چھائی ہوئی ہے۔ میرے خیالوں میں اُس کا عکس قوسِ قزح بن کر جھلملا رہا تھا۔ اُس کے متعلق سوچتے ہوئے لگا کہ دنیا میں کچھ ایسی دلفریب اور دلکش چیزیں ہیں جن کی موجودگی ذہن میں بالیدگی پیدا کر دیتی ہے، خیالوں میں رنگ بکھیرتی ہے، جب وہ میرے خیالوں میں چپکے سے آئی تو مجھے محسوس ہوا جیسے وہ آسمان میں اُڑتی ہوئی کوئی خوب صورت سی چڑیا ہو۔ صبح کے وقت پھیلتا ہوا اُجالا ہو یا شبنم کی ایک ایسی بوند جو کسی پتے کی سینے پر بیٹھی مسکرا رہی ہو۔

دوسرے دن جب میں نے آفس کے دریچے سے باہر جھانکا تو وہ کہیں نظر نہیں آئی۔ نہ جانے کیوں مجھے ایسا محسوس ہوا جیسے میرے دل پر کوئی وزنی شے رکھ دی گئی ہے۔ دوپہر تک میں نے کئی مرتبہ باہر دیکھا مگر ہر مرتبہ میری نظروں کو مایوسی کا سامنا کرنا پڑا۔ آج وہ نہ جانے کہاں غائب ہو گئی تھی۔ مجھے لگا کہ آفس کے کام میں میرا دل نہیں لگ رہا ہے۔ وقت بھی پہاڑ بن گیا تھا کہ کاٹے نہیں کٹ رہا تھا۔ بڑی مشکل سے گھڑیال نے پانچ بجائے تو میں نے فائلوں کے ڈھیر کو الماری میں رکھ کر مقفل کر دیا، اور چابی جیب میں رکھ کر آفس سے باہر نکل گیا۔ میری آنکھیں ہر سمت اس کو تلاش کر رہی تھیں مگر وہ اور اس کی ماں دونوں کہیں نظر نہیں آئے۔ میرے دل پر ایک گھمبیر سی کیفیت مسلط ہو گئی۔ کتنی عجیب بات تھی۔ میں ایک ایسی لڑکی کے متعلق سوچ رہا تھا جس سے میں صرف دو مرتبہ ہی مل سکا تھا۔ اور وہ ایسی غیر معمولی خصوصیات کی حامل بھی نہیں تھی کہ اس کی عدم موجودگی میرے دل میں کسی خلاء کی پیدائش کا موجب بن جاتی!! مگر اس کے باوجود میں خود کو نارمل محسوس نہیں کر رہا تھا۔

پورے چار دن گزر گئے لیکن اس دوران ایک لمحے کے لیے بھی رجیہ اور اُس کی ماں نظر نہیں آئے۔ میں نے اپنے تئیں لعنت ملامت کی کہ اس دن میں رجیہ کے ہاں کیوں نہیں گیا۔ مجھے اس کا گھر معلوم ہوتا تو آج مجھے اس قدر پریشانی کیوں اٹھانی پڑتی۔ پانچویں دن شام کو میں نے رجیہ کی ماں کو دیکھا۔ وہ حسبِ سابق اپنی مخصوص جگہ پر بیٹھی ڈرائی فروٹ بیچ رہی تھی مگر رجیہ اطراف میں کہیں نظر نہیں آ رہی تھی۔ میں جلدی جلدی قدم اٹھاتا ہوا اُس کے قریب پہنچا۔

''تم رجیہ کی ماں ہو نا؟''

''جی ہاں'' وہ مجھے حیرت سے دیکھتے ہوئے بولی۔

''اتنے دنوں سے رجیہ کو نہیں دیکھا۔ وہ کہاں ہے؟'' میں نے پوچھا۔

''وہ۔۔۔'' اس کی ماں کا چہرہ خوشی سے تابناک ہوگیا، وہ اب اسکول جانے لگی ہے''

اور مجھے اس خوش خبری نے کیا کچھ دیا، اس کو الفاظ میں بیان کرنا بے حد مشکل تھا۔

تقریباً ایک ماہ بعد جب مجھے کراچی تبادلے کی اطلاع ملی تو میں نے اپنے آپ میں بے کرانی سی محسوس کی۔ میری حالت اُس مسافر سے مختلف نہ تھی جیسے ریگستان کے سفر میں اچانک نخلستان نظر آ گیا ہو۔ میں نے سوچا کہ لاہور چھوڑنے سے قبل میں ایک بار رجیہ سے ضرور ملوں گا، اور اُسے ایک ایسا تحفہ دوں گا کہ وہ زندگی بھر مجھے یاد رکھے گی۔ اس غرض سے اسی شام میں ایک بے حد مشہور کھلونوں کی دکان میں داخل ہوا۔ دکان ہزاروں قسم کے کھلونوں سے بھری پڑی تھی۔ الماریوں میں قد آدم گڑیاں زندہ انسانوں کی طرح بیش قیمت لباس پہنے اس طرح کھڑی تھیں جیسے کسی کا انتظار کر رہی ہوں۔ بڑی بڑی لابنی میزوں پر ریل کی چھوٹی چھوٹی پٹڑیاں بچھی ہوئی تھیں جن پر چھوٹی چھوٹی ریلیں دوڑ رہی تھیں۔ میں تنوعات کی بھیڑ میں دیر تک اِدھر اُدھر بھٹکتا رہا۔ بالآخر مجھے ایک گڑیا بے حد پسند آئی۔ وہ تھی بھی بڑی خوب صورت۔ اُس کے ہاتھ میں دودھ کی ایک بوتل تھی۔ جوں ہی گڑیا میں چابی بھری جاتی تو وہ گڑیا اس بوتل کو آہستہ آہستہ اپنے منہ کی طرف لے جاتی۔ میں نے ارادہ کرلیا کہ میں رجیہ کے لیے یہ گڑیا خریدوں گا۔ مگر جب اس کی قیمت معلوم ہوئی تو میں نے بے اختیار ہتھیار ڈال دیے۔ اگرچہ اس وقت اتنی رقم میری جیب میں تھی مگر میرے اندرون کا ہمزاد نہیں چاہتا تھا کہ ایسی لڑکی کے لیے اتنی رقم خرچ کی جائے جس سے دوبارہ ملنے کا سوال ہی پیدا نہیں ہوگا۔ اچانک میں نے محسوس کیا کہ لین دین کی منطق نے اس معصوم لڑکی کی محبت کو بیدردی سے قتل کر دیا ہے۔ میں نے کوئی سستی سی گڑیا خریدنی چاہی مگر اس وقت دکان میں ایسی کوئی گڑیا نہیں تھی اور پھر میں نے رجیہ کے لیے تحفہ خریدنے کا ارادہ ہی ختم کر دیا اور دکان سے باہر نکل گیا۔

دوسرے دن جب اُس کی ماں مجھے ملی تو میں نے اس سے کہا کہ جلد ہی لاہور چھوڑ رہا ہوں، اور چاہتا ہوں کہ جانے سے پہلے ایک مرتبہ رجیہ سے ملاقات کروں۔

''یہ ہماری خوش نصیبی ہوگی بابو جی'' وہ ٹوکری سنبھالتے ہوئے بولی۔ ''اگر آپ کے پاس وقت ہو تو ابھی چلیں۔ رجیہ گھر پر ہی ہے''

میں اس کے پیچھے پیچھے چلنے لگا۔ اس کا گھر زیادہ دور نہیں تھا۔ دو چار پتلی اور گندی گلیوں کو عبور کرنے کے بعد ہم ایک خستہ حال جھگی کے قریب رکے۔ وہاں پر چند میلے کچیلے لونڈے نہ جانے کب سے طوفانِ بدتمیزی کا منظر پیش کر رہے تھے۔ رجیہ کی ماں نے انہیں ڈانٹ کر بھگایا، اور مجھے عاجزی کے ساتھ اندر آنے کا اشارہ کیا۔ میں ہچکچاتے ہوئے اس کے پیچھے ہولیا۔ اندر کی حالت کے متعلق کچھ کہنا مناسب نہیں۔ جتنا میں نے اندازہ لگایا تھا، بدحالی اس سے کہیں زیادہ تھی۔ ایک ٹوٹی ہوئی چارپائی پر رجیہ گڑیوں سے کھیل رہی تھی۔ مجھ کو دیکھ کر اُس کا چہرہ کِھل اٹھا۔

''آپ۔۔۔'' اس کی آواز میں حیرت و مسرت کی آمیزش تھی۔

''ہاں رجیہ۔۔۔ میں تم سے ملنے آیا ہوں'' میں نے اس کے سر پر ہاتھ پھیرتے ہوئے کہا ''میں اگلے ہفتے کراچی واپس جا رہا ہوں''۔

''پھر کب آئیں گے؟'' وہ معصومیت سے بولی۔

''شاید کبھی نہیں''

''اوہ۔۔۔'' وہ اُداس ہوگئی۔

''تم کو دکھ ہوا؟'' میں نے پوچھا۔

''ہاں۔۔۔ اب میں کس سے باتیں کروں گی؟''

''دنیا میں بے شمار لوگ ہیں''

''مگر وہ مجھ کو قریب تھوڑی آنے دیتے ہیں!!'' اس کی آواز میں ملفوف کرب مجھ سے چھپ نہیں سکا۔ میں کچھ دیر اس سے اِدھر اُدھر کی باتیں کرتا رہا۔ مگر وہاں کی فضا ایسی نہیں تھی کہ میں زیادہ دیر ٹھہر سکتا۔

''آپ جا رہے ہیں؟'' جب میں نے اسے خدا حافظ کہا تو وہ دکھ سے بولی۔

''ہاں رجیہ''

''ایک منٹ۔۔۔'' اس کے چہرے نے غیر مانوس احساسات کو جنم دیا، میں نے دیکھا کہ وہ پلنگ کے نیچے جھک کر کچھ دیکھ رہی ہے۔ اس کے انداز سے لگ رہا تھا کہ وہ کوئی چیز تلاش کر رہی ہے۔ چند لمحوں بعد وہ اُٹھی، اُس کے ہاتھ میں ایک گڑیا تھی، ویسی ہی گڑیا جس کو میں اُس کے لیے خریدنا چاہتا تھا۔ نہ جانے کیوں میں نے محسوس کیا کہ میرے اندرون میں ہلچل مچی ہوئی ہے۔

''اسے رکھ لیجیے'' وہ بھولپن سے بولی۔ ''آپ جب اس گڑیا کو دیکھیں گے تو میں آپ کو یاد آ جاؤں گی'' میں نے محسوس کیا کہ میں اپنے آپ میں نہیں ہوں۔

''نہیں رجیہ! میں اسے نہیں لے سکتا'' میں نے اپنے ہاتھ کھینچ لئے۔

''لے لیجیے ورنہ بچّی کو دکھ ہوگا'' اس کی ماں بولی ''اس نے یک ایک پیسہ جمع کر کے اُسے خریدا تھا'' کچھ ایسی صورت حال پیدا ہوگئی تھی کہ اس مرتبہ میں انکار نہ کر سکا۔ میں نے گڑیا اس کے ہاتھ سے لے لی۔ میں نے دیکھا کہ رجیہ کی آنکھوں میں خوشی کے آنسو چھلک رہے تھے۔

جب میں جھگّی سے باہر نکلا تو میں نے محسوس کیا کہ میرے ہاتھ میں دبی گڑیا مجھے حقارت سے دیکھ رہی ہے اور میں شرم کے مارے زمین میں دھنسا جا رہا ہوں!!

’’مسیحاؤں کے حضور‘‘

کیلی فورنیا (امریکہ) میں مقیم ڈاکٹر فیروز عالم ماہر طبیب، مشفق انسان اور اعلیٰ پائے کے ادیب کے طور پر منفرد شناخت کے حامل ہیں۔ گذشتہ دنوں ڈاکٹر صاحب کا تازہ افسانوی مجموعہ ’’دھنک کا آٹھواں رنگ‘‘ دستیاب ہوا تو ایک دُور افتادہ ادیب اور افسانے کی ادنیٰ طالب علم کے طور پر میری خوشی بے بہا اور بے حساب تھی۔ مجموعے کو دیکھتے ہی پہلی خواہش دل میں یہ پیدا ہوئی کہ میں اس افسانوی مجموعے پر نئے زاویے سے ایسا کچھ تحریر کروں جس سے کتاب اور صاحبِ کتاب کو سمجھنے میں قاری کے لیے آسانی ہو سکے۔

آپ اسے میری خودغرضی کہیں یا کوئی اور نام دیں ’’دھنک کا آٹھواں رنگ‘‘ میں شامل ایک کہانی جس میں نوجوان مریض ڈاکٹروں کی غفلت سے آن کی آن میں دم دے دیتا ہے کو پڑھ کر میں اپنے جذبات پر قابو نہ رکھ سکی۔ چونکہ میں اور میرا خاندان برسوں پہلے اسی طرح کے سانحے سے گزر چکے تھے لہٰذا ڈاکٹر صاحب کی کہانی پڑھ کر، خود پر گزری رُودادِ الم تحریر کرنے پر مجبور ہوگئی۔ میرا یہ عمل کس حد تک صائب ہے، اس کا فیصلہ میں آپ اور ڈاکٹر فیروز عالم صاحب پر چھوڑتی ہوں۔

ڈاکٹر رینو بہل

۱۸ر دسمبر جمعہ کا دن صبح ساڑھے آٹھ کے قریب کا وقت ہوگا دوسرے کمرے میں فون کی گھنٹی مسلسل بجے جا رہی تھی۔ میں نے بھاگ کر فون اُٹھایا دوسری طرف ارون بھیا تھے۔ گھبرائی ہوئی آواز میں اتنا ہی کہا کہ ’’ہم لوگ پی جی آئی جا رہے ہیں وہاں پہنچ جاؤ‘‘۔ پی جی آئی کا نام سُنتے ہیں پیروں تلے سے زمین کھسک گئی۔

’’کیا ہوا سب ٹھیک تو ہے؟‘‘

’’تم بس جلدی پہنچو ہم بھی پہنچ رہے ہیں۔ چاچاجی کا ایکسیڈنٹ ہو گیا ہے۔‘‘ اتنا کہہ کر اُنھوں نے فون کاٹ دیا۔ اُن دنوں موبائل تو ہوتے نہیں تھے۔

چاچاجی یعنی میرے پاپا۔ ایکسیڈنٹ کیسے اور کہاں ہوا؟ یہ سوال ذہن میں کُلبلانے لگا۔ ابھی تو پہلے حادثے کے چکرویوہ سے باہر نہیں نکل پائے تھے کہ اس خبر نے کھلبلی مچادی۔ اُسی وقت میں اور میری بہن جو تیار ہو رہی تھیں چھوٹے چچا کے گھر ان کے چوتھے کی رسم میں شریک ہونے، اب گاڑی ہسپتال کی طرف بھگا دی۔

ابھی دس دن پہلے سب بالکل ٹھیک ٹھاک تھا۔ ایک ضروری فنکشن میں شرکت کرنے کے لیے پانچ دن کا دلی جانے کا پروگرام تھا۔ والدین کے ساتھ میں اور میری بہن ریتو اپنی نجی کار سے دلی کے لیے (نو) ۹ر دسمبر کی صبح ہی روانہ ہوگئے۔ یہاں میں یہ واضح کردوں پاپا نے ہم چاروں بہنوں کو ایسی تربیت دی تھی کہ ہم کبھی کسی کام کے لیے اوروں کا منہ نہ دیکھیں کسی کے محتاج نہ ہوں۔ اسی وجہ سے کبھی گھر میں بیٹے کی کمی محسوس نہیں ہوئی۔ پہلی اولاد ہونے کے باعث میں اپنے پاپا کے سب سے قریب تھی سب سے لاڈلی۔ اردو شعر و ادب کا ذوق مجھے ہی وراثت میں اُن سے ملا۔ حافظ، غالب، نظیر اور اقبال اُن کے پسندیدہ شاعر تھے۔ رات کو سونے سے قبل وہ ان چاروں میں سے کسی ایک کے دیوان کا مطالعہ ضرور کیا کرتے۔ پاپا کی گفتگو میں علمی، ادبی چاشنی کے ساتھ اُن کے پسندیدہ شعراء کا حوالہ اکثر سننے کو ملتا۔ جب کبھی شہر میں کوئی مشاعرہ منعقد ہوتا یا کوئی اچھا سا ڈرامہ کھیلا جاتا تو ہم دونوں کے علاوہ کسی کو اس میں شریک ہونے کی دلچسپی نہ ہوتی۔ وہ کھلے ذہن اور فراخ دل کے مالک تھے۔ وہ صرف ہمارے پاپا ہی نہیں بڑے بھائی اور ایک اچھے دوست بھی تھے۔ ہر عمر کے شخص کے ساتھ ویسے ہی بن جاتے۔ کوئی بھی پریشانی چاہے کتنی ہی بڑی کیوں نہ ہو، خود ہی اُس سے نپٹ لیتے ہم تک اُس کی آنچ بھی نہ آنے دیتے۔ وہ گھر کے ایسے اہم مرکزی کردار تھے جن کے ارد گرد ہم ماں بیٹیوں کی زندگی گھومتی تھی۔ اُن کی موجودگی میں سارے گھر کی فضا میں پیار، محبت، شرارتیں، سکون اور خوشیاں پھیلی ہوئی محسوس ہوتیں۔

خود اُنھوں نے کبھی سکوٹر، کار کچھ بھی نہیں چلایا مگر ہم سب کو سائیکل سے کار تک چلانی بھی سکھائی اور لے کر بھی دی۔ سب کو اُن کا ڈرائیور بننا بہت پسند تھا۔

دلی کے سفر میں، میں اُن کی ڈرائیور تھی۔ وہاں پانچ دن کا قیام بہت ہی یادگار رہا، فیملی فنکشن کے دوران کئی پرانے لوگوں سے ملاقات بھی ہوئی

کئی ایسے رشتے داروں کے اصرار پر اُن کے گھر جا کر سب کا گِلہ بھی دُور کیا۔ میری ماں کے برعکس انھیں دوستوں، رشتے داروں اور لوگوں سے ملنے میں بڑی خوشی ہوتی تھی۔ یہ پانچ دن کیسے ہنسی خوشی سب سے ملنے ملانے میں کٹ گئے معلوم ہی نہیں ہوا۔

۱۳ر دسمبر دو پہر کے وقت ہم لوگ دلی سے روانہ ہوئے۔ ہمیشہ کی طرح میرے ساتھ والی سیٹ پر پاپا بیٹھے۔ سارے راستے باتیں کرتے رہے۔ دلی کے لیے نکلنے سے ایک روز پہلے میں اپنے دفتر میں کام کر رہی تھی کہ فون کی گھنٹی بجی دوسری طرف پاپا تھے۔ ''تخلیق'' لاہور سے نکلنے والے رسالے میں میری پہلی نظم بہ عنوان ''تلاش'' چھپی تھی اور انہوں نے ایک ہی سانس میں وہ نظم پڑھ لی تھی اور پوچھا ''یہ کس کی تلاش ہے تمہیں؟ مجھے تو بتایا ہی نہیں''۔

پہلی بار کسی رسالے میں نظم چھپی تھی اور اس کی اطلاع پاپا سے جس انداز میں ملی اُس وقت جو مسرت حاصل ہوئی تھی وہ بیان نہیں کر سکتی۔ اُسی زمانے میں، میں نے اپنے ادبی سفر کا آغاز افسانوں کے ذریعہ کیا تھا اور اُنہیں اس بات کی خوشی بھی تھی اور میری حوصلہ افزائی بھی کرتے رہتے۔

پاپا کا پروگرام تھا کہ اگلی صبح یعنی ۱۴ر دسمبر کو میرے چھوٹے چاچا کے ساتھ شملہ اپنے دوسرے بھائی کے بیٹے کی شادی میں شریک ہونے جانا تھا۔ میرے پاپا چھ بھائی تھے اور وہ دوسرے نمبر پر تھے۔ شملہ والے بھائی کا باقی بھائیوں سے اپنی شادی کے بعد کوئی زیادہ آنا جانا نہیں تھا اس لیے اتنا قریبی رشتہ ہونے کے باوجود اپنائیت کا ہمیں کبھی احساس ہی نہیں ہوا۔ جب وہ اپنے بیٹے کی شادی کا کارڈ دینے آئے تو کسی نے وہاں جانے کی حامی نہیں بھری۔ انھوں نے بھی کچھ نہیں کہا اپنے دوسرے چھوٹے بھائی کے ساتھ شملہ جانے کا پروگرام بنا لیا۔ اتنا ہی ہنس کر بولے ''کیا کروں خون کا رشتہ ہے کبھی کبھی یہ خون اُبالے کھاتا ہے۔ سب بھول کر میں جاؤں گا ضرور''۔

دلی سے گھر پہنچتے پہنچتے ہمیں قریب پانچ بج گئے۔ کار سے اُترتے ہی پاپا نے کہا۔

''Thanks بیٹا''۔

میں نے سوالیہ نظروں سے دیکھا تو کہنے لگے۔

''ٹھیک ٹھاک پہچانے کا۔ اب کچھ دن بالکل پریشان نہیں کروں گا اپنے ڈرائیور کو۔''

ابھی آدھا گھنٹا بھی نہیں گزرا تھا کہ اطلاع ملی کہ چھوٹے چاچا اسپتال میں ہیں اور سبھی صبح سے ہم سے رابطہ قائم کرنے کی کوشش کر رہے تھے۔ پتا چلا کہ صبح چاچا سیر کے لیے نکلے۔ سردیوں کی صبح دُھند میں لپٹی ہوئی تھی اور ایک انجانی گاڑی کی چپٹ میں آ گئے۔ چوٹ سر پر لگی تھی اور گرتے ہی ہوش کھو بیٹھے۔ اس وقت پی جی آئی کی امرجنسی میں داخل تھے۔ اسی وقت دوبارہ گاڑی نکال کر پی جی آئی کی طرف روانہ ہو گئے۔ پاپا نے بیٹھتے ہی کہا۔

''Sorry بیٹا''۔

اُنھیں کچھ دیر پہلے کہی ہوئی اپنی ہی بات یاد آ گئی تھی۔

''آپ ایسے کیوں کہہ رہے ہو۔ صرف آپ کے بھائی کا نہیں ہمارے چاچا کا بھی ایکسیڈنٹ ہوا ہے''

وہ تین دن اور تین راتیں اسپتال، ڈاکٹرز اور گھر آنے جانے کے چکر میں گزرے۔ ۱۶ر دسمبر کی صبح ہی اُنھوں نے اُسی حالت میں بنا آنکھیں کھولے رختِ سفر باندھ لیا۔ پاپا کو چھوٹے بھائی کے اس طرح اچانک بنا کچھ کہے بنا کچھ سنے چلے جانا کسی صدمے سے کم نہیں تھا مگر اُنھوں نے گھر کے بڑے ہونے کے ناتے خود کو سنبھالا۔ بیمار چاچی اور اُن کی اکلوتی شادی شدہ بیٹی کے سر پر ہاتھ رکھا اور آخری سفر کی ساری رسمیں خاندان کے بڑے بیٹے یعنی ارون بھیا سے پوری کروائیں۔ طے یہ ہوا کہ ممی پاپا چوتھے کی رسم تک وہیں رُکیں گے۔ ہم دونوں بہنیں صبح چاچا کے گھر چلی جاتیں اور رات واپس لوٹ آتیں۔ ہمارے فون سے پہلے پاپا کا فون آ جاتا یہ جاننے کے لیے کہ ہم سلامتی سے پہنچ گئیں۔

پی جی آئی کے امرجنسی کے باہر ہی ہمیں کچھ لوگ مل گئے اور ہمیں سیدھے پاپا کے پاس لے گئے۔ پاپا سٹریچر پر لیٹے تھے اور پوری طرح ہوش میں تھے۔ ہمیں گھبرایا دیکھ کر ہلکے سے مُسکرائے اور کہنے لگے ''سب ٹھیک ہو جائے گا فکر مت کرو'' اُنہیں اس طرح بات کرتے دیکھ کر کچھ راحت محسوس ہوئی۔ ہمارے پہنچنے سے پہلے ڈاکٹری جانچ ہو چکی تھی زخموں پر مرہم پٹی تو ہو گئی تھی مگر اُن کا کہنا تھا کہ جلد ہی آپریشن کرنا پڑے گا شاید بائیں ٹانگ کاٹنی پڑے (Amputation)۔

ارون بھیا نے ہی ہمیں بتایا کہ صبح سویرے ہی وہ پاپا اور تین دوسرے رشتے داروں کو ساتھ لے کر شمشان گھاٹ چاچا جی کے پھول (ہڈیاں) چُننے گئے تھے۔ سپردِ آتش کے بعد جب مرحوم کی راکھ ٹھنڈی ہو جاتی ہے تبھی پھول چُننے جاتے ہیں۔ کارجی ہی راکھ کے ڈھیر سے پھول چُن چُن کر لائی گئی تھیلی میں ڈال دیتا ہے۔ پھر اسے گھر نہیں لایا جاتا یا تو اپنے اپنے عقیدے کے مطابق بہتے پانی میں بہا دیا جاتا ہے یا وہیں جمع کر دیتے ہیں اور جب جانا ہو تب لے جاتے ہیں۔ وہ تھیلی وہیں جمع کروا دی گئی اور راکھ کو تھیلے میں ڈال کر بہتے پانی میں بہانے کے لیے لے گئے۔ دسمبر کی سردی شباب پر تھی سورج چھپا بیٹھا تھا اور ہلکی ہلکی دُھند چھائی ہوئی تھی۔ پُل کے نیچے گھگھر کا پانی بہتا تھا۔ پُل پر پہنچ کر بھیا نے گاڑی روک دی اور باقی کے تینوں لوگ وہ راکھ لے کر نیچے اتر گئے۔ پاپا اُترنے لگے تو بھیا نے روک دیا۔ ''آپ رہنے دو باہر سردی بہت ہے۔ ہم لوگ پُل کے آخر سے گاڑی موڑ کر لاتے ہیں'' پہلے تو وہ رُکے پھر یہ کہہ کر نکل گئے کہ ''میں گاڑی میں بیٹھے تھوڑی آیا ہوں'' اور بھیا چُپ چاپ گاڑی کو پُل کے آخر سے موڑ کر لانے کو چلے گئے۔ یہ چاروں لوگ ابھی راکھ کو پٹری سے کھڑے ہو کر پانی میں بہا کر کھڑے ہی ہوئے تھے کہ ایک طرف سے بس اور سامنے کی

طرف سے ٹرک کو آتے دیکھا۔اُن دونوں کی آپس میں ٹکر ضرور ہو جاتی اگر ٹرک پٹری پر نہیں چڑھ جاتا۔ٹرک کو پٹری پر چڑھتے دیکھ وہ سبھی اِدھر اُدھر بھاگے اور پاپا بھاگنے کے چکر میں وہیں گر گئے اور ٹرک کا پچھلا پہیا اُن کی بائیں ٹانگ کو کُچل گیا۔جب تک بھیا گاڑی موڑ کر لائے یہ حادثہ ہو چکا تھا۔سبھی سکتے میں تھے اُنہیں سمجھ نہیں آ رہا تھا کہ اچانک ایک دم سے یہ کیا ہو گیا۔پھر پاپا نے ہی آخر کہا ''یار واب اُٹھاؤ بھی مجھے''اسی وقت گاڑی میں ڈال کر انہیں اسپتال پہنچا دیا گیا۔

دن میں کئی بار ڈاکٹروں سے ملے۔اُن کے مطابق آپریشن کے لیے جو سامان چاہیے تھا وہ بھی بازار سے خرید لیا گیا۔وقت گزر رہا تھا اور اُن کی تکلیف بھی بڑھ رہی تھی۔پاپا درد کو ضبط کرنے کی کوشش کر رہے تھے مگر شاید درد کی شدت اتنی تھی کہ انھوں نے مجھے بُلا کر کہا ''ڈاکٹروں کو کہو ٹانگ کاٹنی ہے تو کاٹ دو مگر جلدی کرو''۔ہم اُن سے یہ بات چھپا رہے تھے اور وہ اس فیصلے سے سمجھوتہ بھی کر چکے تھے۔ہمیں بس اُن کی جان کی سلامتی چاہیے تھی ہمیں ٹانگ کٹنے پر بھی تسلی تھی۔تین بار آپریشن کا وقت مقرر ہو گیا اور ہر بار آپریشن ملتوی ہوتا گیا۔اُن کی تکلیف بڑھتی گئی اور ہماری بے بسی۔ہم انہیں کسی پرائیویٹ اسپتال بھی لے کر نہیں جا سکتے تھے کیونکہ ایکسیڈنٹ کا کیس تھا کوئی ہاتھ نہ ڈالتا۔مجبوراً ڈاکٹروں سے کبھی خود تو کبھی کسی سے سفارشیں کراتے رہے کہ آپریشن جلدی کر دو۔صبح سے شام ہو گئی۔خبر ملتے ہی ماں بھی اسپتال پہنچ گئی تھیں مگر پاپا کے پاس صرف ایک مرتبہ ہی گئیں باہر بیٹھی رہیں۔وہ اُن کے سامنے رونا نہیں چاہتی تھیں اور آنکھیں اُن کے بس میں نہیں تھیں بہتی جا رہی تھیں۔اتنی تکلیف میں سٹریچر پر لیٹے لیٹے بھی پاپا مجھے کہہ رہے تھے کہ ''جا اپنی ماں کو بھی دیکھ آ۔اُسے کچھ کھلا پلا آ''

دوپہر کو چاچا جی کے اُٹھالے کی رسم مکمل ہوئی تو وہاں آئے رشتے دار بھی اسپتال پہنچ گئے۔ڈاکٹر نے آ کر بتایا کہ آٹھ بجے آپریشن ہو جائے گا۔شکر شکر کر کے رات کے آٹھ بھی بج گئے۔اُنھیں آپریشن تھیٹر لے جانے کی ساری تیاری ہو گئی۔اتنے میں خبر ملی کہ آپریشن اس وقت ممکن نہیں کیونکہ پاپا کی شکر کا لیول بڑھ گیا ہے اور دل بھی ٹھیک سے کام نہیں کر رہا Heart Problem ہو گئی ہے۔پہلے یہ قابو میں کرنا ضروری ہے ٹانگ کا آپریشن تو بعد کی بات ہے۔

دو دن پہلے امرجنسی کے جس وارڈ میں چاچا جی کو Oxygen لگائی گئی تھی اور Heart Pumping کی جا رہی تھی اسی وارڈ کے مریض ہمیں دوبارہ وہاں دیکھ کر حیران ہو کر پوچھنے چلے آئے۔اُسی جگہ پر انہیں بھی رکھا گیا پھر Oxygen اور پمپنگ شروع ہو گئی۔I.C.U میں جگہ نہیں ملی۔منہ پر ماسک لگنے کی وجہ سے بولنا بھی بند ہو گیا۔ہمت اتنی تھی کہ ڈاکٹر دیکھنے آتے تو لکھ کر اپنا B.P اور طبیعت کے مطلق پوچھ لیتے۔پھر یہ بات بھی ختم ہو گئی۔

دھیرے دھیرے دو دنوں میں سبھی Organs نے کام کرنا بند کر دیا اور Multiple failer کے باعث دوائیوں کے سہارے دو دن اور کٹ گئے۔وہ اگلے دو دن اور دو راتیں ہم لوگوں نے مر مر کر گزارے صرف اس اُمید پر کہ شاید کوئی معجزہ ہو جائے شاید وہ ٹھیک ہو جائیں۔

۲۰/دسمبر شام پانچ بجے کے قریب ارون بھیا Pumping کر رہے تھے اور میں پاپا کے پاس ہی سٹول پر اُن کا ہاتھ اپنے ہاتھوں میں دبائے ''اوم نموشوائے'' کا جاپ کر رہی تھی۔پاپا کی آنکھیں موندی ہوئی تھیں۔یکلخت مجھے محسوس ہوا کہ ایک زبردست کرنٹ ہاتھوں سے ہوتا ہوا میرے پورے جسم میں دوڑ گیا۔اس سے پہلے اس طرح کا کرنٹ میں نے کبھی محسوس نہیں کیا تھا۔اُسی وقت بھیا نے زور سے آواز دے کر ڈاکٹر کو بلایا۔مجھے وہاں سے ہٹا دیا گیا۔کئی ڈاکٹرز ایک ساتھ آ گئے جنہوں نے پاپا کو گھیر لیا۔کوئی زور زور سے اُن کا سینا دبا رہا ہے کوئی انجکشن لگا رہا ہے پھر جب وہ کوشش کر کے ہار گئے تو انھوں نے چادر سے اُن کا منہ ڈھانپ دیا۔اُنہیں اس درد سے ہمیشہ کے لیے نجات مل گئی اور ہم سب کچھ لٹا کر خالی ہاتھ گھر لوٹ آئے۔

۱۶/دسمبر کی صبح وہ ایسے گھر سے نکلے کہ ۲۱/دسمبر کو صبح ہی اُن کے مردہ جسم کو گھر لایا گیا۔دونوں بھائی شملہ ایک ساتھ جانے کا پروگرام بنا رہے تھے، شملہ تو جا نہیں سکے معلوم نہیں کون سے راستے سے ہوتے ہوئے کس مقام پر جا پہنچے۔دونوں بھائیوں کی استھیوں کا وسرجن ایک ساتھ ہی ہری دوار میں بہتی گنگا میں کیا۔چنڈی گڑھ سے ہری دوار کا پانچ گھنٹے کا سفر لال تھیلی میں اُن کی استھیاں میری گود میں ایسے تھیں کہ جیسے میں اُن کے وجود کو سمیٹ کر گود میں بیٹھی ہوں۔بچپن میں جن کی گود میں کھیلے بڑے ہوئے تو اُن کے وجود کو گود میں سمیٹ کر سفر کے آخری مقام تک پہنچانا پڑا۔

پھر اس کے بعد شروع ہوئی گھر میں ویرانی،خالی پن،درد،مایوسی اور اُداسیوں کی داستان۔ہنستا کھیلتا گھر خاموش ہو گیا۔گھر کا مرکزی کردار جس کے اردگرد گھر کی کل کائنات سانس لیتی تھی وہ ایسے غائب ہوئی جیسے جسم سے جان۔کچھ سوال اتنے عرصے بعد بھی پریشان کرتے ہیں کہ ڈاکٹروں نے اگر وقت پر اُن کا آپریشن کر دیا ہوتا تو شاید وہ بچ جاتے۔پھر خود کو تسلی بھی دینے لگتے ہیں کہ ایک انسان جس نے ساری زندگی خود اعتمادی سے بسر کی ہو اُسے اپاہج بن کر جینا کتنا تکلیف دہ ہوتا۔شاید اوپر والے کو یہی منظور تھا۔مگر راکھ میں دبی چنگاری کی طرح یہ بات ذہن و دل کو اکثر پریشان کر دیتی ہے کہ ڈاکٹروں کی لاپرواہی کی وجہ سے ہمارے سر سے باپ کا سایہ اٹھ گیا۔ہماری ماں بیوہ ہو گئی۔اور یہ گھر ویران ہو گیا۔

خدا جانے سچ کیا ہے مگر ایک سچ تو یہ ہے کہ وہ اب اس دنیا میں نہیں ہیں مگر ہمارے ساتھ ہمارے دل میں ہماری یادوں میں آج بھی بستے ہیں اور تازندگی ہمارے ساتھ ہی ہونگے۔خدا نہ کرے کبھی کسی ڈاکٹر سے ایسی غفلت سرزد ہو اور ایک شخص کے ساتھ جڑی کئی زندگیاں بھی اُجڑ جائیں۔

☆

سخت جانی ہائے تنہائی

سید سعید نقوی

''ہائے میری ٹانگ'' احمد کی سسکی میں درد کی شدت نمایاں تھی ارے کوئی ہے جو میری مدد کرے۔ احمد کا بدن کمر سے نیچے بالکل مفلوج ہو چکا تھا۔ کاش درد کا احساس بھی مفلوج ہو جائے، مٹ جائے۔ درد رہے یا نہ رہے، بس محسوس نہ ہو۔ اس درد سے چھٹکارا پانے کے لئے اس وقت وہ سب کچھ قربان کرنے کو تیار تھا۔ ارے کوئی میری مدد کرے۔ اس نے چاہا کہ ذرا کروٹ لے لے تو شاید آرام آ جائے، مگر جسم نے ساتھ دینے سے انکار کر دیا۔ درد کی ٹیسیں اب صرف جسم میں نہیں بلکہ جسم سے آگے کہیں روح تک کچوکے لگا رہی تھیں۔

کان کا یہ حصہ تقریباً بارہ فٹ چوڑائی اور سولہ فٹ لمبائی کا ایک ہال سا تھا۔ فرش پر چھت سے گرنے والے کچھ چھوٹے بڑے پتھر پڑے تھے۔ دیوار پر لگا بلب معجزانہ طور پر ابھی تک جل رہا تھا، گویا زندگی کے ہونے کی یاد دہانی کرا رہا ہو۔ سولہ کان کن بالکل ٹھیک تھے، خراش تک نہیں آئی تھی، بارہ کان کنوں کی ہلکی پھلکی چوٹیں تھیں۔ تین کارکن زیادہ زخمی تھے۔ چھت سے گرنے والے پتھر سے ایک کارکن کے سر پر شدید ضرب آئی تھی اور وہ بے ہوش تھا ایک کان کن کے اعضا پر ضرب آئی تھی اس کا ایک بازو اور پیر کی ہڈی ٹوٹ گئی تھی۔ کچھ جسمانی چوٹوں سے بے خبر تھے، کچھ درد سے کراہ رہے تھے، سب کے چہروں پر ہراس تھا۔ سب کے ذہنوں میں ایک ہی سوال گردش کر رہا تھا جو کوئی زبان پر لانے کو تیار نہیں تھا۔ ٹمٹماتا بلب سامنے کی دیوار پر گھٹتے بڑھتے سایوں سے ایسی شکلیں بنا رہا تھا جس سے ماحول ڈراؤنا اور بوجھل ہو گیا تھا۔ کسی نے کھنکار کر گلا صاف کیا تو جیسے تمام کارکن کسی نیند سے بیدار ہو گئے۔ سب کو اپنی چوٹیں یاد آنے لگیں، ہر طرف سے کراہنے کی آوازیں آنے لگیں۔ دو کان باقاعدہ آواز سے رو رہے تھے۔ احمد کی آواز ان کی آواز میں دب گئی تھی۔ جو کم زخمی تھے وہ زیادہ آواز سے شور کر رہے تھے۔ گاؤں کا مولوی نور الدین بھی ان دبے ہوئے کان کنوں میں شامل تھا۔ شومئی قسمت وہ ان سولہ کان کنوں میں شامل تھا جن کا بال بھی بیکا نہیں ہوا تھا۔ جبار نے لپک کر احمد کا سر اپنے زانو پر رکھ لیا۔

''سب مل کر زور لگائیں تو یہ بڑا تودہ ہٹ جائے اور احمد اس کے نیچے سے نکل آئے'' جبار نے ساتھی کان کنوں کی طرف مدد طلب نظروں سے دیکھا

نورلدین اس وقت تک دوسرے زخمی کے پاس پہنچ گیا تھا اور اس کے گال پر ہلکے ہلکے تھپڑ لگا کر اسے ہوش میں لانے کی کوشش کرنے لگا۔

''ذرا سا پانی ہوتا تو اسے ہوش میں آنے میں آسانی ہوتی'' نور الدین نے بے بسی سے کہا۔ جواب سب کو معلوم تھا لیکن کسی نے اس سوال کا جواب نہیں دیا۔

جن کان کنوں کی ہڈیاں ٹوٹ گئی تھیں ان کے سر کے نیچے قمیضوں کا تکیہ بنا کر رکھ دیا گیا۔ یہ تو اچھا ہوا کسی کے بھی خون جاری نہیں تھا۔

''اب کیا ہوگا'' یہ سوال جو اکتیس ذہنوں کے ہر خلیے میں موجود تھا مزید دبا نہ رہ سکا۔ ایک کارکن نے روتے ہوئے یہ سوال کیا داغا، وہ جو ایک دوسرے سے نظریں چرا رہے تھے سب اچانک ایک ساتھ بولنے لگے۔

''ہونا کیا ہے زندہ دفن ہوں گے''

''مجھے تو بہت پیاس لگ رہی ہے''

''میں ایسے زندہ دفن ہونے کو تیار نہیں''

''مجھے سانس نہیں آ رہی'' ایک کان کن سر پکڑ کر زمین پر بیٹھ گیا۔

یہ جملے آپس میں ایسے ہی گڈمڈ ہو کر معنی کھو رہے تھے، جیسے اکلوتے بلب کے پیدا کردہ سامنے دیوار پر رقص کرتے کالے دیو۔

''اللہ کی ذات سے اتنا مایوس بھی نہیں ہونا چاہیے'' نورالدین کی آواز میں چھپی امید نے باقی آوازوں کا گلا گھونٹ دیا۔ بے یقینی اور ہراس کے ماحول میں امید کا صور ایسا ہی جادو اثر ہوتا ہے۔ سب بانسری بجانے والے کے گرد جمع ہو جاتے ہیں۔

''مجھے نہیں معلوم ہم کب تک قید میں رہیں گے'' نورالدین کی تقریر جاری تھی ''لیکن میں اس کی ذات سے مایوس نہیں ہوں۔ وہ لوگ یقیناً ہمیں کھود نکالنے کی کوشش کر رہے ہوں گے۔ میرا تجربہ بتاتا ہے کہ یہاں ہفتوں کے لئے آکسیجن موجود ہے'' نورالدین نے جیسے خود بخود کنٹرول سنبھال لیا۔ ''سب سے پہلے اپنی جیبوں، کونے کھدروں میں دیکھیے کچھ کھانے کے لئے موجود تو نہیں؟''

''ہاں اگر ہے تو کچھ کھا پی لیں تاکہ سوچنے سمجھنے کی قوت بحال ہو'' ایک کان کن نے رائے دی۔

''بے وقوف، اگر کچھ نکل بھی آئے تو اسے بہت سنبھال کر خرچ کرو، کیا معلوم یہاں کب تک قید رہنا پڑے'' دوسرے کان کن نے مشورہ دیا۔

ایک بار پھر مختلف آوازیں گونجنے لگیں۔

''میرے خیال میں ہمیں ایک لیڈر چن لینا چاہیے، تاکہ آپس میں اختلاف نہ ہو'' نورالدین اجتماعی بے چینیوں سے نپٹنے کے ہنر سے واقف تھا۔

''ارے احمد کو اس تودے سے نکالنے میں کوئی مدد کرو'' اس سے

پہلے کہ کوئی نورالدین کی بات کا جواب دیتا، جبار کی ملامتی آواز آئی۔اپنی بے حسی سے شرمندہ کئی کان کن اٹھ کر لپکے۔

’’ٹھہرو، یہ بے وقوفی نہ کرنا‘‘ نورالدین اطمینان سے بیٹھا رہا، اس نے اٹھنے کی کوئی کوشش نہیں کی

’’کیا مطلب، احمد کو ایسے ہی تودے کے نیچے دبے رہنے دیں، درد سے تڑپ رہا ہے‘‘ اب جبار چیخ پڑا۔دیگر کان کنوں نے بھی حیرت سے نورالدین کو دیکھا۔

’’بھئی کان میں حادثہ ہو تو اندر بغیر سوچے سمجھے ایسے دیواریں اور تودے ادھر سے ادھر نہیں کرتے، ہوسکتا ہے مزید مٹی اور چھت سر پر آن پڑے، نکاسی کا راستہ نہ بند ہو جائے۔‘‘ نورالدین نے سمجھایا۔

’’جو ہوگا دیکھا جائے گا، ابھی کم از کم اسے تو درد سے نجات دلائیں، اللہ سے امید رکھیں اچھا ہی ہوگا‘‘ جبار نے تودے کو اکیلے ہی ہلانے کی کوشش کی مگر وہ ٹس سے مس نہ ہوا۔

’’احتیاط لازم ہے، تودے کو ہٹانے میں بہت خطرہ ہے‘‘ نورالدین نے ساتھی کارکنوں کو سمجھایا۔ جبار نے سب کی طرف طائرانہ نظر ڈالی، سب کان کن تودے سے پیچھے ہٹ گئے، لیڈر کا انتخاب خود بخود ہو گیا تھا۔

’’میں تو کہتا ہوں یہ عذاب ہم پر آیا بھی احمد کی وجہ ہی سے ہے‘‘ نورالدین جیسے اپنے آپ سے بولا

’’کیا مطلب‘‘ جبار زخمی آواز میں بولا

’’تمھیں اپنے یار کی حرکتیں نہیں معلوم‘‘ نورالدین زہرخند لہجے میں بولا۔

’’کیا کہنا چاہ رہے ہو‘‘ جبار اس جال میں پھنس چکا تھا پیچھے ہٹنا ممکن نہیں تھا۔

’’اپنی کان کے مالک خرم صاحب کی بیوی سے اس کا تعلق سب ہی جانتے ہیں، جلد یا بدیر سزا تو ملنی ہی تھی‘‘ نورالدین کی آواز زہر میں بجھی تھی۔

’’بکواس بند کر نورالدین‘‘ جبار غصے سے نورالدین کی طرف بڑھا تو کئی کان کن بیچ میں آگئے۔’’ہوش کر جبار، نورالدین صحیح کہہ رہا ہے، کیسی شیخی مارتا تھا احمد‘‘

’’لیکن احمد کے ساتھ ہمیں کس چیز کی سزا مل رہی ہے‘‘ ایک اور کان کن کے سوال کا نورالدین کے پاس کوئی جواب نہیں تھا۔احمد اب درد کی شدت سے نکل کر نیم بیہوشی کی وادیوں میں بھٹک رہا تھا۔

دھماکے کی آواز اتنی شدید تھی کہ میلوں دور ملک برادرز کے دفتر میں کھڑکی کے شیشے بجنے لگے۔خرم کچھ ہی دیر پہلے دفتر پہنچا تھا۔آبائی ملکیت تھی کانوں کی۔یہ بات تو قدرتی تھی کہ وقار ملک کے بعد علی احمد ملک اور اب خرم ملک ہی اس کاروبار کو سنبھالے گا۔یہ ملکیت صرف تین پشتوں تک ہی محدود نہیں تھی، لیکن صرف اتنی موروثیت ہی خرم ملک کو زبانی یاد تھی۔ان تین پشتوں کے نفع سے اب کاروبار دوسری شاخوں میں بھی پھیل گیا تھا، چمڑے کا کام، ملبوسات کا کام، اب تو سیمنٹ کی فیکٹری بھی لگی ہوئی تھی۔لیکن اس دولت کا اصل ماخذ تو یہی کانیں تھیں۔معدینیات کے علاوہ، سنگِ مرمر اور دوسرے قیمتی پتھر ملک برادرز کی تجوریوں کا پیٹ بھر رہے تھے۔خرم ملک آکسفورڈ سے کان کنی میں ماسٹرز کی ڈگری لے کر آئے تھے۔فیشن تو یہی تھا کہ خاندان کے چشم و چراغ سمندر پار کسی معروف یونی ورسٹی سے ڈگری لے آئیں۔گو عموماً یہ ڈگری ان کی سوچ، فکر یا علمیت کا کچھ نہیں بگاڑ پاتی تھی۔پشتوں سے یہ شہسوار ڈگری تو لے آتے مگر تعلیم یافتہ ہونا ان کی سرشت میں نہیں ہوتا۔یونیورسٹی بھی مطمئن رہتی کہ بیرونِ ملک کے طلبہ سے بھاری فیس موصول ہو جاتی۔یہ گریجویٹ اپنے گھر جا کر ہی لنکا ڈھاتے۔مگر خرم ملک کا معاملہ ذرا مختلف تھا۔انہوں نے تو تعلیم کو سنجیدگی سے لے لیا تھا، ذہنی طور پر بن سنور کر واپس لوٹے تھے۔کان کنی میں ماسٹر ڈگری کے دوران کان میں ہونے والے حادثے، اس کے اثرات، اس کے بچاؤ اور سدباب سب کے متعلق کتنا ہی تو پڑھا تھا۔ذہنی طور پر ہر وقت وہ اس حادثے کے لئے تیار تھے، پلان بنے ہوئے تھے، مگر یہ قیامت واقعی آ بھی جائے گی، یہ تو اس کے وہم و گمان میں بھی نہیں تھا۔اب جو زوردار دھماکے کی آواز سنی تو اس کا دل بیٹھ گیا۔کھڑکی میں لگے شیشے اپنی اپنی جگہ اچھل کود کر واپس جم گئے۔خرم ملک کے دل کا بھی شاید یہی حال ہوا۔ابھی یہ حقیقت ذہن میں بیٹھی بھی نہیں تھی کہ فون کی گھنٹی بجنے لگی۔

’’کیا ہوا سر؟‘‘ عالیہ گھبرائی ہوئی دفتر میں داخل ہوئی۔

خرم اس کی بات ان سنی کر کے فون کا چونگا اٹھا چکے تھے۔دوسری طرف سے وہی خبر ملی جس سے وہ لاشعوری طور پر پہلے ہی واقف تھا۔

فون رکھ کر وہ دھم سے کرسی پر گر سا گیا۔

’’کیا ہوا سر‘‘ عالیہ نے اب نزدیک آکر خرم ملک کے شانوں پر ہلکا مساج شروع کر دیا۔خرم برطانیہ سے شادی کر کے لوٹے تھے لیکن عالیہ کے سحر سے نہیں بچ سکے تھے۔پہلی غلطی تو اس وقت ہوئی جب عالیہ کو اس کی شکل و صورت دیکھ کر اپنی سیکریڑی کے طور پر ملازم رکھ لیا۔عالیہ پڑھی لکھی تھی اور سابقہ تجربہ بھی تھا، لیکن خرم نے یہ فیصلہ دماغ سے نہیں دل سے کیا تھا۔اس غلطی کے بعد پھر دوسری غلطیاں ہوتی چلی گئیں۔اس پر طرہ یہ کہ عالیہ نے اپنی حیثیت سے زیادہ کوئی مطالبہ بھی نہیں کیا۔اب اس دہرے رشتے کی مقناطیسیت چاہنے کے باوجود انہیں آزاد نہیں ہونے دیتی تھی۔

خرم نے کرسی سے اٹھ کر کوٹ کی طرف ہاتھ بڑھایا، تو عالیہ اسے پہلے ہی واکئے تیار تھی کہ وہ اپنے بازو اس میں ڈال دے۔

’’کان میں دھماکہ ہو گیا ہے‘‘ ابھی تفصیلات کا نہیں پتہ۔الماری

میں سے ''حادثے کے بعد'' کے عنوان کا فولڈر نکالو اور اس پر عمل شروع کراؤ۔ انجینئر سے کہو فوراً مجھ سے کان پر ملے۔ سب ملازمین سے کہو چھٹی کے بعد بھی موجود رہیں کہ کوئی ضرورت پڑ سکتی ہے۔'' خرم تقریباً بھاگتے ہوئے دفتر سے نکل رہے تھے، ساتھ ہی ہدایات کا سلسلہ جاری تھا۔ حادثے کی مختلف جہتیں ذہن میں گھوم رہی تھیں۔ کار کی پچھلی سیٹ پر بیٹھنے تک عالیہ کو ہدایات دیتے رہے۔ ڈرائیور کو کچھ کہنے کی ضرورت ہی نہیں تھی۔ دھماکے کی آواز نے ایک غیر محسوس طور پر مالک اور مزدور سب کی حیثیت کو ایک خاص سطح پر ہموار کر دیا تھا۔ خرم کے دروازہ بند کرتے ہی ڈرائیور نے تیزی سے کار کان کی طرف بڑھا دی۔

کان میں وقت جیسے ٹھہر گیا تھا۔ ٹھٹکا ہوا، سہما ہوا وقت، جیسے کوئی جانور اچانک کار کے سامنے آجائے اور شش و پنج میں رہے کہ آگے بھاگنا بہتر ہے یا واپس لوٹنا۔ وقت بھی ایسے ہی منجمد ہو گیا تھا۔ زخمی کان کن اپنی اپنی جیبوں، اوور آل، اوزار کے تھیلوں اور بکسوں کی تلاشی لے کر سامان جمع کر رہے تھے۔ ٹارچ، ماچس، پانی، پٹی کرنے کے قابل کوئی سامان، غذا یا پینے کے قابل کوئی شے۔ یہ سب چیزیں ایمانداری سے ایک ہی جگہ جمع کی جا رہی تھیں۔ یہ سارا کام ایسی خاموشی سے ہو رہا تھا جیسے آواز نکلی تو کوئی اور دیوار گر پڑے گی۔ احمد کی درد بھری آواز بھی اب بند ہو گئی تھی، درد شاید مایوس ہو گیا تھا یا بے ہوشی کی وادی میں پناہ مل گئی تھی۔ مشکل یہ تھی کہ یہ کام فوراً ہی ختم ہو گیا۔ کون سا ایسا لق و دق میدان تھا۔ چاروں طرف کان کی دیواریں، نیچی چھت، گنے چنے اوزاروں اور غذا کے تھیلے، سب کی تلاشی فوراً ہی مکمل ہو گئی۔ اب وہ سب پھر اضطراب میں تھے کہ اب کیا کریں۔ نور الدین بھی اتنی جلد فراغت پر مضطرب تھا مگر اس نے ظاہر نہیں ہونے دیا۔ وہ جانتا تھا انہیں مصروف رکھنا کتنا اشد ضروری ہے۔ جیسے ہی فارغ ہوں گے اپنی صورتِ حال کے متعلق سوچنے کا موقع ملے گا، اور مایوسی، ناامیدی انہیں گھیر لے گی۔ امیدان کی مشترکہ دوست تھی، جس نے سب کو ایک بندھن میں باندھ دیا تھا۔ مایوسی اور ناامیدی ان کان کنوں کی حیوانی جبلتوں کو بیدار کرتی، زندہ رہنے کی تڑپ ایک دوسرے کے مقابل صف آرا کر دیتی۔ انہیں مصروف رکھنا کتنا ضروری لیکن کتنا دشوار ہوگا، نور الدین اس خیال سے ہی سہما جاتا تھا۔

''اب جتنی بھی غذا ہے اسے فی کس کے حساب سے تقسیم کر دو۔ لیکن ایسے خرچ کریں گے کہ کم از کم یہ تین دن تک تو چل سکے۔ میرے خیال میں اس سے زیادہ کی ضرورت نہیں پڑے گی، پھر ہم آزاد ہوں گے''۔

نور الدین کو خود بھی نہیں پتہ تھا کہ یہ تین دن کا دورانیہ کہاں سے اس کے ذہن میں آیا۔ لیکن اتنا ضرور تھا کہ اب کم از کم اسے اتنا وقت ضرور مل گیا تھا۔

''تین دن؟'' کسی سمت سے آواز آئی

تین دن ہی تو ہیں، تین ماہ تو نہیں۔ آرام سے گزر جائیں گے۔ اپنے رب کو یاد کرو اور آپس میں اخلاص سے رہو۔ اس وقت ہمیں اس چیز کی سخت ضرورت ہے۔

''نور الدین، احمد کو بھی ذرا دیکھ لے'' کسی نے رائے دی

''خود کیوں نہیں دیکھ لیتے'' نور الدین ٹس سے مس نہیں ہوا۔ ''سزا دینا اس نے اپنے ہاتھ میں رکھا ہے، بچانا چاہے گا بچا لے گا، مالک کی عورت پر نظر رکھنے والے کا مر جانا بہتر ہے''۔

اتنے میں عقب سے ایک کراہ کی آواز آئی۔ ایک بیہوش مریض ہوش کی وادی میں واپس قدم رکھ رہا تھا۔ نور الدین نے لپک کے اس کا سرہانا اپنی گود میں رکھ لیا۔ چند سال ایک کمپوڈر کا کام کرنے کا تجربہ تھا۔ سر گود میں رکھنے میں پوری احتیاط برتی تھی کہ سر سیدھا رہے۔ گردن کی ہڈی پر ضرب ہوئی تو بے توجہی سے بات خراب بھی ہو سکتی ہے۔

''پانی'' زخمی کے منہ سے نکلا

''ذرا سا اس کے منہ میں پانی تو ٹپکا دو'' نور الدین نے ایک کان کن سے کہا

''لیکن ابھی تقسیم مکمل نہیں ہوئی''

''کوئی بات نہیں، بعد میں اس کے حصے میں سے یا میرے حصے میں سے کم کر لینا، لیکن ابھی تو اس کو پانی دیدو'' نور الدین نے بڑے رسان سے کہا۔

اس سے نبٹ کر، وہ دوبارہ اپنی جگہ بیٹھنے سے پہلے دوسرے زخمیوں پر نظر ڈالنا نہیں بھولا تھا۔ احمد کے پاس جبار تھا، نور الدین نے اس کی طرف جانے کی زحمت نہیں کی۔ ایک چادر نما کپڑا بچھا کر اب اس پر خورد و نوش کی جو اشیا مل سکی تھیں انہیں اکتیس حصوں میں تقسیم کیا جا رہا تھا۔

''اگر جلد ہی کوئی آسرا نہیں بنا تو کیا ہوگا'' نور الدین نے دل میں سوچا۔ ''جب تک امید باقی ہے، یہ سب کان کن مہذب ہیں، بلکہ اس مصیبت میں گرفتار ہونے کے سبب باہمی تعاون بڑھ گیا ہے۔ کسی ایسی حرکت کا امکان نہیں جس سے بچانے والا اپنا ارادہ بدل دے۔

ڈرائیور نے گاڑی حادثے والی کان سے تھوڑے فاصلے پر روکی تو خرم فوراً باہر آگئے۔ لوگوں کی ایک بھیڑ جمع ہو چکی تھی۔ عورتوں کے بین کرنے کی آواز بھی آرہی تھی۔ لوگوں کی پریشانی ابھی اشتعال میں تبدیل نہیں ہوئی تھی۔ پھر بھی کان کے دو حفاظتی گارڈ خرم کے نزدیک آکر کھڑے ہو گئے تھے۔ مایوس اور غمگین آدمی اپنا غصہ کسی پر بھی نکال سکتا ہے۔

''اطلاع یہ ہے کہ حادثے کے وقت کان میں کوئی نوے مزدور تھے۔ ان میں سے انسٹھ باہر نکل آنے میں کامیاب ہو گئے تھے۔ اکتیس کان کن لا پتہ ہیں اور غالب امکان یہی ہے کہ کان میں پھنسے ہوئے ہیں'' انجینئر نے خرم کو رپورٹ دی۔

''ان کے زندہ رہنے کا کیا امکان ہے'' خرم کی آواز اتنی دھیمی تھی

کہ انجینیئر کو قریب آ کر سننا پڑا۔لیکن وہ اس سوال کے لئے تیار تھا۔

''جہاں چھت گری ہے اس کے پیچھے ایک ہال نما جگہ ہے جہاں اس وقت کھدائی ہو رہی ہے، امکان ہے کہ یہ وہاں موجود ہوں گے۔ اگر کسی بھاری پتھر یا تودے کے نیچے نہیں دب گئے تو فوری خطرہ نہیں ہے'' انجینیئر کی آواز بھی اتنی ہی دھیمی تھی۔

''ہمارے پاس کتنا وقت ہے'' کیا ڈاکٹر کیا انجینئر اس سوال سے سب ہی گھبراتے ہیں۔ کتنا وقت باقی ہے، سارے عمل اور کردار کا دارومدار اسی کے گرد گھومتا۔اسی لئے اپنی تمام سائنسی تربیت کے باوجود انجینئر کے لئے یہ سوال سب سے ٹیڑھا تھا۔

''شاید چند دن، سارا انحصار غذا اور زخمیوں کی حالت پر ہے'' اس نے ہچکچاتے ہوئے کہا

اب خرم نے مجمعے کی طرف رخ کیا۔اس کی پیشہ ورانہ تربیت یہی کہہ رہی تھی کہ صورت حال کا قرار واقعی جائزہ پیش کردے۔ اچھے برے سارے عوامل۔

''آپ سب کو معلوم ہے کہ کان نمبر سولہ کی چھت گر گئی ہے۔'' خرم نے مضطرب چہروں کا جائزہ لیتے ہوئے کہا۔ہمارے اکتیس دوست لاپتہ ہیں۔ امید ہے کہ یہ ملبے کے پیچھے ایک ہال نما کمرے میں قید ہو گئے ہیں۔'' مجمعے نے واضح طور پر سکون کا ایک مشترکہ سانس لیا۔

''لیکن،لیکن اب اس ملبے کو بہت احتیاط سے اٹھانا ہے کہ جہاں وہ سب مقید ہیں، اس حصے پر دباؤ نہیں پڑے۔ فیصل آباد سے بڑی کرینیں پہلے ہی چل پڑی ہیں۔لیکن ملبہ ہٹا کر راستہ بنانے میں چند دن بھی لگ سکتے ہیں۔'' اب مجھے کو گویا سانپ سونگھ گیا۔''میں آپ کو یقین دلاتا ہوں کہ انتظامیہ کوئی کسر نہیں اٹھا رکھے گی''۔لوگ شاید اس سے بھی زیادہ بری خبر کے منتظر تھے کہ وہ اس سہارے سے اپنی امیدیں باندھ کر وہیں بیٹھ گئے۔

''عارضی خیمے لگوا کر، کچھ یہاں روشنی کا انتظام کریں'' خرم نے ہدایات دیں''پھنسے ہوئے کانکنوں کے جو اعزا یہاں رہ کر انتظار کر رہے ہیں انہیں خیموں میں جگہ دیں، ان کے کھانے پانی کا میری طرف ے انتظام ہوگا۔انجینئر صاحب آپ اپنی ساری توجہ ملبے کے پار راستہ بنانے پر مرکوز رکھیں''۔

''ملک صاحب یہ کان کنوں کی آج کی شفٹ کی فہرست ہے'' ایک اوورسیئر نے خرم کے ہاتھ میں ایک کاغذ تھما دیا۔''جو لوگ باہر آ گئے ہیں ان کے نام پر میں نے ایک لکیر کھینچ دی ہے''۔

خرم پھنسے ہوئے کانکنوں کی فہرست پڑھنے لگا۔ انگلستان سے آنے کے بعد اس نے کوشش کی تھی کہ اپنی کانوں میں کام کرنے والے تقریباً دو سو کان کنوں کو وہ نام سے جان سکے۔فہرست پر نظر دوڑاتے ہوئے اس کی نظر احمد کے نام پر آ کر رک گئی۔احمد پہلے اس کے گھر میں ڈرائیور تھا۔اپنی بیوی کا ڈرائیور کی طرف التفات کا معاملہ کچھ زیادہ چھپ نہ سکا تھا۔اس کے کچھ ہی عرصے بعد خرم کو ایسی چہ مگوئیاں سننے کو ملیں کہ اسے یقین نہ آیا۔اپنا دامن خود صاف نہ ہونے کی بنا پر اس میں اتنی اخلاقی جرات نہیں تھی کہ بیوی سے پوچھ گچھ کرتا۔شکر ہے اوورسیئر نے احمد کو گھر کی ڈرائیوری سے ہٹا کر کان میں لگا دیا تھا، یہ مسئلے کا قابلِ قبول حل تو نہ تھا مگر اس سے خرم کو وقت مل گیا تھا کہ اپنے معاملات پر نظر ثانی کر سکے۔اب جو فہرست میں احمد کا نام دیکھا تو دل میں عجیب عجیب خیال آنے لگے۔شاید قدرت نے یہ موقع اسے جان بوجھ کر دیا ہے۔ایک قدرتی حادثے کے باعث اس عذاب سے چھٹکارا مل جائے تو کیا اچھا ہے۔

اوورسیئر خرم کے چہرے کے اتار چڑھاؤ کا دزدیدہ نگاہوں سے جائزہ لے رہا تھا گویا اس کے دل میں جاری جنگ سے واقف ہو۔

کان میں اب انتظار کا موسم شروع ہو گیا تھا۔اشیاء کی تقسیم مکمل ہو چکی تھی۔زخمیوں کی حتی الامکان مرہم پٹی کردی گئی تھی۔اب انتظار تھا کسی آواز کا، کسی اجنبی روشنی یا سائے کا۔پژمردہ چہرے، ایک دوسرے سے آنکھیں ملانے سے گریزاں۔فضا میں اب ایک بساندی شامل ہو گئی تھی۔حادثے کو کئی گھنٹے ہو چکے تھے۔دو کان کن مزید برداشت نہیں کر سکے تھے اور ایک کونے میں جا کر پیشاب کر آئے تھے۔

''نورالدین، ایک بات مجھے تنگ کر رہی ہے'' ایک کان کن اپنا منہ نورالدین کے کان کے پاس لا کر بولا۔

''وہ کیا ہے میاں؟''

''نورالدین وہ، وہ ملک صاحب بھی تو اس احمد سے واقف ہیں''

''تو؟''

''تو یہ کہ'' ایک توقف آ گیا، کان کن کچھ سوچ رہا تھا لیکن کہہ نہیں پا رہا تھا۔

''ابے تو کیا؟''

''تو ملک کے لئے اس سے بہتر موقع کیا آئے گا''

''نہیں'' نورالدین سناٹے میں آ گیا۔''ایسا کیسے ممکن ہے، اور ہم سب'' لیکن اس کی آواز میں ایک بےیقینی تھی۔

''تیرے ذہن میں یہ وسوسہ آ بھی گیا تھا تو اپنے تک نہیں رکھ سکتا تھا؟'' نورالدین الٹ پڑا۔لیکن آواز دھیمی ہی رکھی تھی۔اس نے سن رکھا تھا کہ لاعلمی ایک نعمت بھی ہو سکتی ہے، آج ثبوت بھی مل گیا۔

''نہیں، تو خرم صاحب سے واقف نہیں، میں جانتا ہوں۔فکر نہ کر۔ وہ ہم سب کو بچانے کی پوری کوشش کریں گے۔اور پھر اوورسیئر، سرکاری کارندے، ہمارے گھر والے'' نورالدین کچھ اسے تسلی دے رہا تھا کچھ اپنے آپ کو۔

''کیا وقت ہوگیا، کتنے گھنٹے ہوگئے ہمیں یہاں پھنسے'' ایک کان کن نے سوال کیا۔

''کوئی چودہ کلاک ہوگئے ہیں'' ایک ساتھی کی روہانسی سی آواز آئی۔

''میرے خیال میں ہمیں کچھ سونے کی کوشش کرنی چاہئے'' نور الدین نے رائے دی۔

''نیند کس کمبخت کو آئے گی؟''

''صحیح کہہ رہے ہو لیکن آنکھیں موند کر، بن کے ہی پڑ جاؤ۔ اٹھیں گے تو کچھ وقت بھی گزر جائے گا، پھر کچھ ایک ایک راشن بھی پیٹ میں ڈال لیں گے۔'' نور الدین نے اپنی قمیض کا بچھونا راشن کے سامنے لگا دیا تھا۔ گویا یہ اس کی آرام گاہ تھی۔ وہ اس قلیل مقدار کو برابری سے تقسیم کرنے کی نیت رکھتا تھا۔ اسے پتہ تھا بھوک ایک ایسا جانور ہے جو ایک دفعہ بیدار ہوجائے تو خود اپنا گوشت کھانے سے بھی نہیں چوکتی۔ کچھ دیر کے لئے کان میں خاموشی چھا گئی، حیرت یہ ہے کہ چند کان کن واقعی سو بھی گئے۔

بھاری مشنری کے انتظار میں خرم بیٹھا نہیں رہا تھا۔ اس کی تربیت کام آئی تھی۔ ایک دو انچ چوڑا سوراخ بہت احتیاط سے آگے بڑھایا جا رہا تھا، جیسے کوئی سانپ اپنا راستہ بناتا جا رہا ہو۔ بند کان میں پھنسے مزدوروں کی جائے پناہ کا اندازہ تقریباً ڈھائی سو فٹ زیرِ زمین لگایا گیا تھا۔ یہ دو انچ چوڑا سوراخ اب تقریباً پچاس فٹ کی مسافت طے کر چکا تھا، لیکن اسی میں چھتیس گھنٹے لگ گئے تھے۔ کان کے باہر اولین بھاری مشنری کی آمد شروع ہوگئی تھی۔ رشتہ داروں کے ساتھ کچھ اخبار والوں نے بھی ڈیرہ لگا لیا تھا۔ ٹی وی والے بھی مستقل حال بتا رہے تھے، اب پوری قوم کی توجہ اس سانحے کی طرف مبذول ہوچکی تھی۔

''ٹن'' اس آواز کے ساتھ ہی سوراخ کرنے والی مشین کی گراری رک گئی۔

''کیا ہوا'' خرم نے فوراً سوال کیا، یہ آواز کیسی تھی۔ ان چھتیس گھنٹوں میں وہ ایک بار بھی نہیں سویا تھا۔ گھر سے کئی دفعہ پیغام آچکا تھا کہ وہ آجائے، اوورسیئر کس کام کے لئے رکھا ہے، مگر اس کا دل نہیں مانتا تھا۔ اس ملک کے خون میں یقیناً کچھ خرابی تھی یا اس کا کوئی پرزہ ڈھیلا تھا، کوئی بات بھی ملکوں والی نہیں تھی، کوئی اور ہوتا تو بیوی کو نکال دیتا یا احمد کو مروا دیتا۔ چلو تب نہیں تو اب، کیسا اچھا موقع تھا، مگر اس میں تو کوئی بات ملکوں والی تھی ہی نہیں۔

''جناب برما نکاسی کے پائپ سے ٹکرایا ہے'' انجینیر جو نقشے پر جھکا ہوا تھا اس نے انگلی سے پائپ کا راستہ واضح کیا۔

''یہی پائپ نیچے اس ہال سے بھی گزر رہا ہے جہاں وہ کان کن پھنسے ہیں؟'' خرم کی آواز میں دبا دبا جوش تھا۔

''ہاں گزر تو رہا ہے، لیکن آپ فکر نہ کریں تھوڑی دیر ضرور لگے گی لیکن برما گھوم کر پائپ کے نیچے سے سوراخ گہرا کرتا رہے گا، یہ کان کنی کا خاص آلہ ہے جناب''

''اچھی بات ہے، لیکن میرا کہنے کا مطلب یہ ہے کہ اگر اس برمے سے پائپ پر آواز پیدا کی جائے تو نیچے ہال میں بھی شاید سنی جا سکے، انہیں معلوم ہوجائے کہ ہم ان کی تلاش میں ہیں۔''

''ٹن'' کی آواز نیچے ہال میں بھی سن لی گئی تھی۔ آواز نے گویا مردہ جسموں میں جان ڈال دی۔

''اوئے سنا تو نے، تم نے بھی سنا'' کئی کان کن ایک ساتھ بول پڑے

''وہ ہمیں ڈھونڈ رہے ہیں، انہوں نے ہمیں پا لیا ہے''

''اللہ تیرا شکر ہے'' نور الدین نے دعا کو ہاتھ بلند کر دئے۔

لیکن ٹن کی وہ خوش کن آواز ایک بار آ کر پھر دوبارہ نہیں آئی تو چہرے لٹکنے شروع ہوگئے۔ کوئی کچھ نہیں بولا، لیکن آنکھوں میں بہت سے سوالات تھے، شکایت تھی کہ یہ کیسا مذاق تھا۔ اس مختصر ہال کی ہوا اب دبیز ہوچکی تھی۔ تازہ ہوا کی آمد نہیں تھی، جو آکسیجن جمع تھی وہ اکتیس نفوس سانس لے کر خرچ کر رہے تھے۔ پھر سانس کے ساتھ جو گیس خارج ہو رہی تھی اس سے ہال کی فضا بوجھل ہو رہی تھی۔ نور الدین کا بس چلتا تو سانس لینے پر بھی راشن لگا دیتا۔ بقیہ تیس کان کن اسے اپنی ذمہ داری محسوس ہو رہے تھے۔ احمد کو نکال بھی دوں تو بھی ان تیس جنوں کا تو کچھ کرنا ہوگا، اس نے دل میں سوچا۔

اب تقریباً دو دنوں کے بعد اس کی تسلیوں میں وہ دم خم نہیں تھا۔ پھر یہ کہ وہ کچھ بھی کہے، فضا میں بڑھتی ہوئی مایوسی کچھ اور کہانی سنا رہی تھی۔

''ٹن'' آواز پھر سنائی دی، اور پھر ٹن ٹن ٹن، نور الدین کو لگا کوئی قید خانے کا تالہ کھول کر آزادی کی نوید دے رہا ہو۔ اس نے جھٹک کر اپنے سر کو صاف کیا۔ نقاہت سے خود اس کا دل بھی اٹھنے کو نہیں چاہ رہا تھا۔ اب تک سب مل کر دو دو راشن کھا چکے تھے کوئی پانچ پانچ راشن ہر ایک کے حصے کے باقی تھے۔ شکر ہے چند کان کن زخموں سے بیہوش تھے ورنہ راشن اور کم ہو جاتا۔ نور الدین کو خود ہی اپنی گھٹیا سوچ پر شرمندگی ہوئی۔ پانچ پانچ راشن، راشن کیا ایک مٹھی بھر چاول، یا دو بسکٹ یا کسی کے پاس بچی ہوئی ایک روٹی۔ دن میں اگر دو راشن سے گزارہ کریں تو ڈھائی دن چل سکتے ہیں۔ حالانکہ اس کی بھوک اس وقت ایسی تھی کہ پورے اکتیس بندوں کا پانچوں وقت کا راشن منٹوں میں چٹ کر سکتا تھا۔ اس نے دیوار کے سہارے خود کو کھڑا کیا اور ٹن کی آواز کی سمت بڑھا۔ یہ جاننا زیادہ دشوار نہ تھا کہ یہ آواز اس پائپ میں سے آ رہی تھی جو سامنے والی دیوار اور چھت کے جوڑ کے ساتھ ساتھ دوڑ رہا تھا۔ اس ہال میں کئی چیزیں ایسی تھیں جسے نور الدین پائپ پر مار کر آواز پیدا کر سکتا تھا۔ اس نے ایک ہتھوڑا اٹھا کر پائپ پر برسانا شروع کر دیا۔ ''ٹن ٹن ٹن ٹن ٹن'' نور الدین نے بیرونی دنیا سے رابطہ بحال کر لیا۔

پائپ کے اطراف سے گزر کر دوانچ کے راستے کو مزید آگے بڑھانا خاصہ دشوار ثابت ہوا۔ اب حادثے کو تقریباً تین دن گزر چکے تھے۔ اندر اور باہر دونوں طرف سے ٹن ٹن امیدیں بحال رکھے ہوئے تھی۔ وہ رشتہ دار جو مشتعل ہو کر بلوے پر آمادہ تھے وہ بھی ایک عجیب بے چینی سے انتظار میں گرفتار تھے۔ خرم نے بھی ایک خیمے میں ہی ڈیرہ جما لیا تھا۔ ان تین دنوں میں زیادہ وقت انتظار میں ہی گزرا تھا۔ اسے سوچنے کا بہت وقت ملا۔ عالیہ کے ساتھ اس کے تعلق کا کوئی سبب یا جواز نہیں بنتا تھا۔ خرم اس سے اچھی طرح واقف تھا۔ یہ بات اس کا لاشعور تو بہت پہلے قبول کر چکا تھا مگر ان تین دنوں میں وہ اس حقیقت کو شعوری طور پر قبول کر کے اپنے افعال میں امان تلاش کر چکا تھا۔ اسے یقین تھا کہ احمد کی طرف اس کی بیوی کا جھکاؤ محض انتقامی تھا اور بات ہرگز التفات سے آگے نہیں بڑھی تھی۔ اس نے بیوی کو بھی وہیں خیمے میں بلوا لیا۔ پچھلے دو دنوں میں دونوں ایک دوسرے سے خاصے گلے شکوے کر کے ایک دوسرے کے جذبہ شرمندگی میں پناہ گیر تھے۔ ایک لحاظ سے اس حادثے نے خرم کو موقع فراہم کیا تھا کہ اپنی زندگی کو واپس ایک سمت فراہم کر سکے۔

بیوی کو وہیں خیمے میں بلا لینے کا عمل خرم کے لئے تو جیسا بھی رہا مگر تعلقاتِ عامہ کے لئے بہت خوشگوار ثابت ہوا۔ لوگوں نے اسے ملک خاندان کی اپنے کان کنوں سے محبت اور وفاداری سے تعبیر کیا۔

جس جگہ سے سوراخ کو بڑھایا جا رہا تھا وہاں سے اچانک تالیوں کی آوازیں آنے لگیں تو خرم لپک کر خیمے سے باہر نکلا۔

''کیا ہوا؟''

اس کا سوال مکمل ہونے سے پہلے ہی اوورسیئر نے جوش میں بولنا شروع کر دیا تھا:

''سوراخ نیچے ہال تک پہنچ چکا ہے''

''اس سے کیا فائدہ ہوگا''

''اب ہم کم از کم ان کان کنوں تک تازہ ہوا اور شاید پانی اور کچھ مائع پہنچا سکیں گے۔''

حفظ مراتب کو بالائے طاق رکھ کر خرم نے انجینیئر کو گلے لگا لیا۔

''لیکن وہ بھاری مشینیں کب نکاسی کا راستہ بنا سکیں گی کہ وہ پھنسے ہوئے کان کن باہر آ سکیں؟'' خرم نے آہستہ سے دریافت کیا۔

''جناب ابھی اس میں مزید تین سے چار دن لگنے کا امکان ہے۔ بہت احتیاط سے آگے بڑھنا پڑتا ہے کہ کہیں ملبہ، کوئی چھت یا شکستہ دیوار راستے کو بالکل مسدود نہ کر دے''۔ خرم کو اپنی خوشی نصف ہوتے محسوس ہوئی۔

تالیوں کی آواز سن کر کان کنوں کے خاندان بھی خیموں سے باہر نکل آئے تھے۔ یہ اچھی خبر سن کر ان کے چہرے دمک اٹھے اور وہ ایک دوسرے کو گلے لگانے لگے۔ مصیبت نے سب کو جیسے جذبوں کی ایک ہی لڑی میں پرو دیا تھا۔ کیمرے کی آنکھ ان جذبوں اور سوراخ کی کھدائی کے منظر کو پوری قوم تک پہنچانے لگی۔

نیچے ہال میں تین دن تین قیامتوں کی طرح تھے۔ اب ہوا اتنی کثیف تھی کہ کئی لوگ سر میں درد اور قے کی شکایت کر رہے تھے۔ تین دن کا فضلہ بھی فضا میں اپنی موجودگی کا احساس دلا رہا تھا۔ گو بُو کا احساس اب اتنا معمول بن گیا تھا کہ جاتا رہا تھا۔ تبدیلی احساس کو بیدار کرتی ہے۔ اب ہال کی فضا مسلسل بوجھل تھی اور واحد تبدیلی تیزی سے کم ہوتی آکسیجن ہی تھی۔ تین اور کان کن جو پہلے ہوش میں تھے اب بیہوش تھے۔ کھانے کا راشن ختم ہونے کے قریب تھا۔ کمزوری اور نقاہت اتنی شدید تھی کہ پہلے دن جو بچ جانے کی آس انہیں زندہ رکھے ہوئے تھی وہ معدوم ہوتی جا رہی تھی۔ گزشتہ رات کھٹ پٹ سے نورالدین کی آنکھ کھلی تو اس نے ایک کان کن کو بچے کچھ راشن پر جھکے دیکھا۔ یہ لالچ اور ناانصافی دیکھ کر اس حالت میں بھی وہ رہ نہ سکا۔ پاس پڑے ایک پتھر کو اس کی جانب پھینکا تو وہ کان کن گھسٹ کر اپنی جگہ پر جا لیٹا۔ نورالدین ان سے آخری دم تک اچھی اقدار کا خواہشمند تھا۔ اس نے گھسٹ کر اپنے آپ کو ایسے بٹھا لیا کہ ایک دفعہ کا بچا ہوا راشن اب اس کے داہنے جانب پشت پر تھا اور اس تک پہنچنے کے لئے نورالدین کو پھلانگ کر جانا پڑتا۔ وہ خود چاہتا تو بہت آسانی سے ہاتھ بڑھا کر راشن میں خرد برد کر سکتا تھا، لیکن اب آخر وقت میں وہ کوئی ایسا کام کر کے اپنا ایمان خراب کرنا نہیں چاہتا تھا۔ ذہن پر ایسی غنودگی طاری تھی کہ کوئی اسے پھلانگ کر راشن تک جاتا تو اسے پتہ بھی نہیں چلتا۔ لیکن ہم سب کی طرح رکاوٹیں کھڑی کر کے نور الدین مطمئن ہو گیا تھا کہ بدعنوانی کو روک لے گا۔ اچانک اسے ایسا لگا کہ جیسے ہال میں تازہ ہوا کا جھونکا سا آیا ہو۔ شاید میں خواب دیکھ رہا ہوں، یا اب ہذیانی کیفیت شروع ہو رہی ہے۔ لیکن اس ہوا کے جھونکے کے ساتھ اب ہال کی فضا واضح طور پر بہتر ہو رہی تھی۔ سانس لینا نسبتاً آسان ہو گیا تھا۔ تشویش کی بات صرف یہ تھی کہ ٹن ٹن کی آواز بند ہو گئی تھی۔ نورالدین نے بمشکل خود کو گھسیٹ کر نیم دراز کیا تو سامنے کی دراز میں ایک سوراخ نظر آیا، تازہ ہوا اسی میں سے آ رہی تھی۔ اس نے وہیں کھڑے ہو کر کئی منٹ تک گہری سانسیں لیں۔ کئی اور کان کن بھی واضح طور پر اس تازہ ہوا کا اثر محسوس کر رہے تھے سوراخ میں سے اچانک سنسناہٹ کی آواز پیدا ہوئی اور ایک دوانچ قطر کا پائپ اس میں سے جھانکنے لگا۔ نورالدین وہیں زمین پر بیٹھ گیا کہ مزید کھڑے رہنا اس کے لئے ممکن نہیں تھا۔ وہ شاید وہیں دوبارہ غنودگی میں چلا گیا۔ اسے معلوم نہ ہو سکا کہ وہ کتنی دیر اس بیہوشی میں رہا لیکن خواب میں اسے محسوس ہوا کہ جیسے منہ پر پانی کے قطرے گر رہے ہیں۔ اس نے آنکھ کھولی تو واقعی جس پائپ سے پہلے ہوا آ رہی تھی، اسی پائپ میں سے رس رس کے پانی قطرہ قطرہ ٹپک رہا تھا۔ نورالدین کے دیکھتے ہی دیکھتے یہ ایک پتلی دھار میں تبدیل ہو گیا۔ نورالدین نے منہ کھول دیا اور مٹیالے پانی سے اسے اچھو لگ گیا۔ واہ ری

قدرت، درست ہی تو کہا ہے پالنے والے نے کہ ہم پتھر میں بھی رزق پہنچاتے ہیں۔نورالدین کی طرح پانچ چھ اور کان کن بھی اپنا جسم گھسیٹ کر وہاں پہنچ گئے اور اس مٹیالے پانی سے پیٹ بھرنے لگے۔نورالدین نے ہمت کر کے ایک بیہوش کان کن کو بھی اس پائپ کے نیچے کھینچ لیا کہ اس کے منہ پر پانی کی ہلکی سی دھار پڑنے لگی۔ اس کی دیکھا دیکھی دوسرے ہوش مند کان کنوں نے بمشکل گھسیٹ کر جنہیں بھی پائپ کے نیچے پہنچا سکتے تھے پہنچا دیا۔چند ہی لمحوں میں پانی جیسے آیا تھا اسی طرح بند بھی ہو گیا۔کان کنوں نے وحشت سے ایک دوسرے کی طرف دیکھا لیکن نورالدین نے انہیں اطمینان دلایا کہ یہ غالباً اس لئے ہے کہ ہال میں کیچڑ نہ پیدا ہو، چند گھنٹوں بعد پانی یقیناً دوبارہ کھلے گا، اور ہوا بھی یہی۔

پانی اور ہوا کی نکاسی سے اب صورتِ حال بہتر تھی لیکن کان کو بند ہوئے کوئی چھ دن گزر چکے تھے۔ راشن کب کا ختم ہو چکا تھا۔اب اندر ہال میں اوپر ہونے والی کھدائی کی ہلکی سی آواز بھی سنائی دینے لگی تھی۔ دو انچ کے پائپ کو چوڑا کر کے اب تقریباً ایک فٹ قطر کی جگہ بنائی جا رہی تھی۔ پائپ کے اطراف کی مٹی اندر کان میں گری تو اس کے پاس بیٹھے کان کن ڈر کے ہٹ گئے۔ یہ خوف روزِ اول سے سب کے دماغ میں تھا کہ ہلکی سی بے احتیاطی سے اس ہال کی چھت ان کان کنوں پر گر بھی سکتی ہے۔ مگر اس مٹی کے گرنے سے کوئی ایک فٹ چوڑائی قطر کی سرنگ باہر کی دنیا کو اندر دبے کان کنوں سے رابطہ بنانے کا ذریعہ بن گئی۔ ساتھ ہی سورج کی روشنی ایک کرن اس سوراخ سے ہال کو روشن کر گئی۔ جو کان کن اس قابل تھے وہ سب تالیاں بجانے لگے۔

''ہیلو تم لوگ کیسے ہو'' ڈھائی سو فٹ کا فاصلہ طے کر کے ایک فٹ قطر کی سرنگ سے یہ آواز ہال میں ایسے سنائی دی جیسے صور پھونکا جا رہا ہو۔کئی کان کنوں نے جواب دینے کی کوشش کی مگر کسی سے آواز نہ نکلی۔ بھوک، کمزوری، بخار، نمونیہ مختلف کان کنوں کو مختلف مراحل درپیش تھے۔ نورالدین جب کوشش کے باوجود آواز نہ نکال سکا تو اس نے ہلکے ہلکے تالیاں بجانی شروع کر دی۔ بے ربط، بہت مدہم سی آواز جیسے کوئی فالج زدہ شخص بے ہنگم طریقے سے ایک ہاتھ کو دوسرے ہاتھ پر مارے۔اس کی دیکھا دیکھی چند دوسرے کان کنوں نے بھی یہی حرکت دہرائی تو ہال میں اتنی گونج ضرور پیدا ہو گئی کہ یہ تھپ تھپ باہر سنی جا سکے۔ باہر کھڑے سینکڑوں لوگ، جو ''تم لوگ کیسے ہو'' کا جواب نہ پا کر دم سادھے کھڑے تھے، سینکڑوں کے مجمعے کے باوجود ایسی خاموشی تھی کہ کوئی سوئی بھی گرتی تو آواز سن لی جاتی۔ ایسے میں جب کان کے پیٹ سے تھپ تھپ کی آواز باہر پہنچی تو ایک شور مچ گیا، لوگ ایک دوسرے سے لپٹ کر رونے لگے، مبارک بادیاں، خوشی کی کلکاریاں، انسانی ہمت اور زندہ رہنے کی جبلت ایک بار پھر جیت گئی تھی۔

اسی ایک فٹ کے سوراخ سے ایک تھیلی میں چاکلیٹیں، بسکٹ، طاقت کی گولیاں اور ڈاکٹروں کی تجویز کی ہوئی غذا، جو اس مختصر سوراخ سے گزر بھی سکے۔، نیچے بھیجی گئی۔ ساتھ ایک پرچے پر یہ نوید بھی کہ دو دن بعد بھاری مشنری اتنا بڑا سوراخ کر لے گی کہ انہیں باہر نکالا جا سکے۔ کسی عقلمند نے ایک سادہ کاغذ اور قلم بھی بھیج دیا، کہ رابطے کا یہ ذریعہ باقی رہے۔ غذا نیچے کیا پہنچی گویا حیات واپس لوٹ آئی۔ ذرا ہمت ہوئی تو نورالدین نے جائزہ لیا۔ حیرت کی بات تھی سب کی سانس جاری تھی۔ بڑے تودے کے نیچے دبا احمد بھی سانس لے رہا تھا۔ جبار اس کے منہ میں پانی ٹپکا تا رہا تھا۔ اب اس غذا کے ساتھ آئے طاقت کے قطرے بھی سب مریضوں کے منہ میں ٹپکا دیئے گئے۔ایک وقت کے کھانے کے ساتھ ہی واضح فرق پڑ گیا تھا۔ رات ہونے سے پہلے، غذا کی دوسری قسط نیچے اتری تو نورالدین نے کاغذ پر پیغام لکھ کر اوپر بھیج دیا:

رسی اوپر کھینچی گئی تو اس کے وزن سے صاف ظاہر تھا کہ نیچے سے کان کنوں نے کچھ رکھ کر بھیجا ہے۔ خرم بھی رسی کھینچنے والے کے پاس کھڑا ہو گیا۔ جو ٹوکری نیچے بھیجی گئی تھی اس میں سوپ کی بوتل اور ایک کاغذ پر کچھ لکھ کر کان کنوں نے نیچے سے بھیجا تھا۔ خرم نے بڑھ کر پرچہ اٹھایا اور اسے بلند آواز سے پڑھنے لگا:

''کچھ دوائیوں کی سخت ضرورت ہے ساتھ کچھ تاش کے پتے بھیج دو یہ سوپ ٹھنڈا ہے اسے گرم کرا کے دوبارہ بھیجو''

آپ کا خادم نورالدین۔

خرم کے چہرے پر ایک گہری مسکراہٹ بکھر گئی، پاس کھڑے انجینئر اور اوورسیئر سب ہی ہنسنے لگے۔ ہمیشہ کا سور ہے یہ نورالدین۔

کوّے بہت ہیں

رومانہ رومی

کرنل کبیر سے ملنے کی خواہش اسے کامرہ تک لے ہی آئی ،اس نے وین کے مطلوبہ اسٹاپ پر رُکتے ہی اپنا مختصر سامان اُٹھایا اور وین سے باہر آ گیا وین سے باہر نکلتے ہی اسے خنکی کا احساس ہوا اس نے بیگ کاندھوں پر ڈالا اور اطراف کا جائزہ لینے لگا اسے کرنل کبیر نے بتا دیا تھا کہ جیسے ہی وُہ اڈے پر اترے گا اسے لانے کے لیے فوجی جیپ وہاں کھڑی ہوگی اس کی نظریں اسٹاپ سے ہوتی ہوئی سامنے واقع لاثانی ریسٹورنٹ پر رُک گئی جہاں اک فوجی جیپ کھڑی تھی وُہ دھیمے قدموں سے چلتا ہوا وہاں پہنچا جیپ کے ساتھ کھڑے فوجی کی متلاشی نگاہوں نے اسے آتے دیکھا تو گویا جانچ لیا کہ اس کے صاحب کا یہی مہمان ہے اس کے لبوں سے اردو اور پنجابی میں گندھا ہوا لفظ نکلا

''ذیشان صاحب؟''۔

اس نے ہلکا سا گردن کو خم دیا گویا یہ اثبات کا اشارہ تھا چند لمحوں بعد وُہ جیپ کی پچھلی آرام دہ نشست پر بیٹھا فوجی چھاؤنی کی حدود میں داخل ہو رہا تھا واقعی یہ شاہراہ ،شاہراہِ عام نہ تھی یہ علاقہ ہر خاص وعام کے لیے گزرگاہ کی حیثیت نہ رکھتا تھا داخلے کے گیٹ پر فوجی گاڑی کے ڈرائیور کو بھی چند لمحہ روکا گیا پھر شناخت کا مرحلہ پل میں طے ہوتے ہی اسے اندر داخلے کی اجازت مل گئی۔

جیپ انتہائی صاف ستھرے، سرسبز وپھول دار راستے سے گزرتی ہوئی کئی آرمی بیرکس کو طے کرتے ہوئی بالآخر ایک نہایت نفیس اور سجے ہوئے دفتر کے سامنے جا کر رُک گئی ،ڈرائیور نے اس کی طرف کا دروازہ کھولا احتراماً جھکتے ہوئے اسے اِک دفتر کی طرف اشارہ کرتے ہوئے بتایا کہ کرنل کبیر وہاں آپ کے منتظر ہیں وُہ پتھروں سے تراشے ہوئے راستے پر چل پڑا دفتر کے باہر بھی خاکی وردی میں ملبوس اردلی کھڑا تھا اس نے اسے اپنا نام بتایا وُہ اندر چلا گیا چند لمحوں بعد ہی جب اردلی باہر آیا تو اس کے ساتھ ہی کرنل کبیر بھی آ گیا، کلف لگی خاکی وردی میں اس کا جمال اور جلال بیک وقت نکھرا ہوا لگ رہا تھا اس نے والہانہ انداز میں آگے بڑھ کر ذیشان کا استقبال کیا اور اس کے ہاتھ کو اپنے ہاتھ میں لیے ہوئے دفتر میں چلا گیا رسمی باتوں کا، سفر کے حال احوال کا اور چائے کا دور چلنے لگا۔

ذیشان معروف افسانہ نگار و تنقید نگار کے طور پر جانا جاتا تھا۔ کرنل کبیر سے اس کی شناسائی ،جان پہچان کو زیادہ عرصہ نہ گزرا تھا قلمی رشتے کی مضبوطی اور پھر ٹیلی فونک گفتگو، ایک دوسرے کے مضامین پر اظہارِ خیال ،ان کے رشتوں کو مضبوط کرتی چلی گئی فوجیوں کے بارے میں نہ جانے کیوں ذیشان کی رائے زیادہ مثبت نہ تھی تاہم وُہ کرنل کبیر کو''کرنل'' سے زیادہ ایک لکھاری کی حیثیت سے پسند بھی کرتا تھا اور اس کی تحریروں کا دلدادہ بھی تھا۔ دفتر میں چند لمحے رُک کر کرنل کبیر اُسے اپنی جیپ میں لے کر گھر کی جانب روانہ ہوئے۔

تراشیدہ پتھروں کی مدد سے تعمیر کردہ کھلے کھلے گھر ،شہر کی دھول آلودہ زندگی سے باہر آ کر یہاں کی فضا اسے بالکل مختلف محسوس ہو رہی تھی وُہ سحر زدہ کیفیت سے گزرتے ہوئے سوچ رہا تھا کہ وُہ پاکستان ہی کے کسی شہر میں گھوم رہا ہے یا پھر کسی طلسماتی فضا نے اسے آگھیرا ہے اسے سارا ماحول کسی الف لیلوی داستان کا حصّہ لگ رہا تھا اس کی سوچ کو اس وقت بریک لگے جب گاڑی نے ایک جھٹکا سا لیا اس نے کھوئی کھوئی نگاہوں سے دیکھا گاڑی کرنل کبیر کے گھر کے کھلے آنگن میں رُک چکی تھی۔ یہ گھر کوئی دو ہزار گز پر بنا ہوا تھا گھر کے چاروں اطراف باغ تھا جسے بڑی محنت سے سنوارا گیا تھا اُسے ابھی تک کہیں کوئی بے ترتیبی نظر نہ آئی تھی ہاں ایک خاص بات جو اُسے محسوس ہوئی وہ تھی فضا میں ایک عجیب سا سکوت، اِس سے پہلے کہ وہ کچھ اور سوچتا کرنل نے اُس کے کندھے پر ہاتھ رکھا اور دونوں گھر میں داخل ہو گئے۔ کھانا کھاتے اور گپ شپ کرتے شام ڈھلنے لگی اسی اثنا میں کرنل کبیر نے اُسے یہاں کے ایک خوبصورت پارک کو دیکھنے کی دعوت دی۔ پارک کا فاصلہ کچھ زیادہ نہ تھا اِس لیے اُنہوں نے پیدل چلنا شروع کر دیا۔ وہ شروع سے کئی اہم باتوں کو اپنے دماغ کے کمپیوٹر میں محفوظ کرتا جا رہا تھا جو اُسے سوالات کرنے کی ترغیب دے رہے تھے مگر وہ بڑے صبر وتحمل سے کسی مناسب موقع کے انتظار میں تھا چلتے چلتے باتیں کرتے کرتے اُسے موقع مل ہی گیا۔

''کرنل صاحب! کیا ہمارا پورا ملک آپ کے اس فوجی چھاؤنی کی طرح خوبصورت اور صاف ستھرا نہیں ہو سکتا؟''

کرنل کبیر نے چونک کر اسے دیکھا، چند لمحے سوالیہ سی نظریں جیسے وُہ سمجھنا چاہتے ہوں کہ میں نے آخر یہ سوال کیوں، کس لیے کیا ہے؟ ان کے ماتھے پر سلوٹیں پڑ گئیں شاید وُہ اس سوال کی توقع نہیں کر رہے تھے اور اب مناسب جواب تلاش کر رہے تھے پھر انتہائی دھیمے لہجے میں انہوں نے کہنا شروع کیا۔ ''ذیشان صاحب! میں یہ سمجھتا ہوں کہ ہر محبِ وطن شخص کی یہ خواہش ہوتی ہے کہ اُس کے وطن کا ہر شہر، ہر گاؤں اور ہر قصبہ ایسے ہی نکھرا نکھرا حسین، جاذبِ نظر اور خوبصورت ہو مگر ایسا خواہش سے نہیں بلکہ محنت اور توجہ سے ہوتا ہے۔ فوج جیسا نظم وضبط، محنت ولگن اور اپنے کام سے گہری وابستگی، لگن اگر ہر شخص کا وطیرہ بن جائے تو میں آپ کو یقین دلاتا ہوں کے ہمارے ملک کا ہر کونا آپ کو ایسا ہی نظر آئے گا بات صرف وصرف محنت اور لگن کی ہے۔''

''مگر کرنل صاحب! سوال یہ پیدا ہوتا ہے کہ فوج جیسی سہولیات اور وسائل عوام کو کہاں میسر ہیں؟''

"بالکل میسر ہیں! بات صرف اُن کے صحیح استعمال کی ہے۔" کرنل نے فوراً جواب دیا۔

اِس سے پہلے کہ بات مزید آگے بڑھتی پارک کا صدر دروازہ قریب آ گیا اور وہ دونوں پارک میں داخل ہو گئے۔ پارک کو عمدہ پلاننگ سے بنایا گیا تھا پارک بڑے وسیع رقبہ پر محیط تھا۔ اس کے چاروں طرف مصنوعی پہاڑ بنائے گئے تھے جب کے نیچے وادی میں پانی کی ایک بڑی شفاف سی جھیل بھی موجود تھی۔ اِس جگہ کی خوبصورتی کو آنکھوں میں اُتارتے ہوئے وہ پارک کے درمیان بنے ہوئے جدید طرز کے چھتری نما ہٹ کے اندر پتھر سے تراشیدہ کرسیوں پر بیٹھ گئے۔

شام کے سائے گہرے ہو رہے تھے لیکن ہمارے درمیان جاری باہم ادبی و سیاسی گفتگو تھمنے کا نام نہ لے رہی تھی اس ماحول کو کوؤں کے اچانک شور نے متاثر کر دیا ذیشان نے سر اُٹھا کر آسمان کی طرف دیکھا لاتعداد کوّے فضا میں منڈلا رہے تھے کچھ اونچی پرواز سے کچھ نیچی پرواز سے اُڑان بھرتے ہوئے کائیں کائیں کیئے جا رہے تھے پارک کی پوری پُرسکون فضا کو یوں ڈسٹرب ہوتے دیکھ کر اس سے رہا نہ گیا اس نے کرنل کبیر سے پھر ایک سوال کر دیا۔ "کرنل صاحب!۔۔۔ایک زمانہ تھا کہ یہاں کوّے ڈھونڈنے سے بھی نہ ملتے تھے یہاں کی فضا میں طوطے، کوئل، مینا اور چڑیوں کے ساتھ ساتھ دیگر اسی طرح کے خوش کن پرندے یہاں کی فضا میں محوِ پرواز رہتے تھے کہیں سے کوئل کی کوک آتی تھی تو کہیں سے تیتر کی سبحان تیری قدرت کی صدا آتی تھی اب وُہ آوازیں بند ہو گئی ہیں اور ان خوبصورت پرندوں کی جگہ ان بدصورت پرندوں نے لے لی ہے آخر کیوں؟۔۔۔آخر یہاں بھی کوّے زیادہ کیوں ہیں؟۔۔۔"

کرنل بے ساختہ ہنس دیا جیسے میں نے اسے کوئی لطیفہ سنا دیا ہو۔

شام ڈھلتے ہی اندھیرا بڑھنے پر پارک کی روشنیاں جل اُٹھیں اور ٹھنڈک کا احساس ہونے لگا تو ہم نے گھر کی راہ لی۔ گھر پہنچ کر چائے کے ایک تازہ کپ نے سردی کے احساس کو جیسے ختم کر دیا، کرنل کبیر نے اسے اپنا ایک تازہ افسانہ سنایا اور اس دوران اسے بتایا کہ ہم رات کا کھانا آفیسرز میس میں جا کر کھائیں گے۔

آفیسرز میس، گو کچھ فاصلے پر تھی مگر ذیشان نے اس پر اصرار کیا کہ ہم پیدل جائیں گے، گھر سے کلب کے لیے جب وُہ روانہ ہوئے تو رات گہری ہو چکی تھی مگر چاند کی روشنی پھیلی ہوئی تھی۔۔۔عجیب سے طلسماتی ماحول میں قدم بہ قدم چلتے ہوئے مینڈکوں کی ٹراہٹ اور جھینگروں کی آوازیں سُنتے ہوئے وُہ آفیسرز میس تک پہنچے پھر جیسے ماحول اچانک بدل گیا۔۔۔کلب اچھے خاصے رقبے پر پھیلا ہوا تھا۔ وہ دونوں ایک بہت بڑے ہال میں داخل ہوئے جس کا ایک حصہ انڈور گیم کے لیے مخصوص تھا۔ بچے ویڈیو گیم کھیل رہے تھے جب کہ بڑے سنوکر سے لطف اندوز ہو رہے تھے۔ اندر کا ماحول بجلی سے چلنے والے ہیٹروں کی وجہ سے گرم تھا۔ اُن دونوں نے یہاں کچھ وقت گزارا اور رات کے کھانے کے لیے ڈائننگ ہال کی جانب چل دیئے۔ ڈائننگ ہال بھی کافی بڑا اور خوبصورت تھا۔ اِس کو قیمتی اور نفیس فرنیچرز سے آراستہ کیا گیا تھا جب کہ ایک کونے میں دیوار کے مخصوص حصے کو ٹی وی اسکرین میں تبدیل کر دیا گیا تھا بہت سے افراد ٹی وی پر خبریں سننے میں محو تھے۔ اُس وقت نیوز چینل پر ملک میں ہونی والی تازہ ترین دہشت گردی کی ایک خبر نشر ہو رہی تھی جس کو سن کر دونوں نے دکھ سے ایک دوسرے کی جانب دیکھا۔ خبروں میں بتایا جا رہا تھا کہ دہشت گردوں کا تعلق ہمارے اُس پڑوسی ملک سے ہے جنہیں کبھی ہم نے پناہ دی تھی مگر اب وہی ناسور کی صورت ہمارے ملک کی بربادی کا سبب بن رہے تھے۔ اُس نے موقع کا فائدہ اُٹھاتے ہوئے سوال کر ہی لیا۔۔

"کرنل صاحب! کیا یہ وہی لوگ نہیں ہیں جن کو آپ ہی کے ایک جرنیل نے اپنے دورِ حکومت میں ملک میں پناہ دی اور ان کی امداد کے نام پر ڈالر وصول کیئے ان کو ملک کے اندر پنپنے کا موقع دیا اور پھر اُن کے نام پر مزید ممالک سے فوائد حاصل کیئے اِس کُھلی چھوٹ کی وجہ سے اِس وقت ہمارا ملک ناجائز اسلحے اور منشیات کی عالمی منڈی کی حیثیت اختیار کر چکا ہے اور پورے ملک میں کسی کی جان محفوظ نہیں ہے؟"

کرنل کبیر نے افسوس زدہ نظروں سے اُس کی طرف دیکھا اور کہا۔ "آپ ایک شخص کی غلطی پر پوری فوج کو کیسے ذمے دار ٹھہرا سکتے ہیں۔ آپ لوگ یہ کیوں بھول جاتے ہیں کہ تپتے ہوئے صحراؤں کی جھلسا دینے والی گرمی سے لے کر سیاچین کی خون جما دینے والی سردی میں ملک کی حفاظت کرنے والے بھی یہی فوجی ہوتے ہیں۔"

"مجھے اِس بات سے انکار نہیں! اُس نے کہا۔ مگر پتا نہیں کیوں حالات کو دیکھتے ہوئے ایسا محسوس ہوتا ہے کہ جیسے پوری قوم سیاست دانوں اور فوجی جرنیلوں کے ہاتھوں یرغمالی ہو! کیوں کہ یہ فوجی جرنیل محدود مدت کے لیے آ کر لامحدود وقت کے لیے ملک پر قابض ہو جاتے ہیں اور کیا یہ بات سچ نہیں ہے کہ آپ ہی کے ایک اور سابق فوجی جرنیل نے اپنی حکومت کو لامحدود وقت کے لیے قائم رکھنے کی خاطر فوجی افسران کو ملک کے تمام سول اداروں کا سربراہ بنا کر ملک میں ملٹری بیورکریسی کو متعارف کروایا جن کی یہ پریکٹس آج تک قائم ہے اور جس کی وجہ سے سارے سول ادارے تباہ ہو کر رہ گئے۔ اِس جیسی اور بہت سی دیگر غلط پالیسیوں کی وجہ سے ہم نہ صرف آج بھی وہیں کھڑے ہیں جہاں سے آغاز کیا تھا بلکہ آج تک ہم میں یک جہتی اور قومی تشخص پیدا نہیں ہو سکا اور نہ ہی بین الاقوامی طور پر ہماری کوئی شاخت بن سکی۔ اِس کا ذمہ دار کون ہے کہ آج تک قائداعظم کے بعد نہ کوئی اچھا لیڈر ملا اور نہ ہی مخلص جرنیل۔ ملک کے دو ٹکڑے ہو گئے، معیشت تباہی کے دہانے پر آ پہنچی مگر قوم کے نمائندوں کو شرم نہ آئی فوج اپنے دفاعی بجٹ میں اضافہ کرتی رہی، پلاٹ لیتی رہی، فوجی اسکیمیں،

فوجی بینک متعارف کراتی رہی اور اپنے مفادات حاصل کر کے حکمرانوں کو سب کچھ کرنے کی اجازت دے دی اُن کی عیاشیوں پر قوم قرض دار ہوتی جارہی ہے ۔ملک کے دفاع کے نام پر اربوں کے بجٹ خرچ کرنے کے باوجود جاسوسی طیاروں کے حملوں پر کسی جرنیل کو کوئی تشوش نہیں ،سب خاموش اور ایسی چُپ سادے بیٹھے ہیں جیسے اِن سب باتوں سے اُن کا کوئی تعلق ہی نہ ہو کچھ مخصوص جر نیل ہیں جو اپنی مدتِ ملازمت شاہانہ انداز سے مکمل کرنے کے بعد باقی زندگی بھی عیش سے گزار رہے ہیں ان کی یہ خواہش ہوتی ہے کہ ملک کے حالات خراب ہوں اور اُنہیں مارشل لاء کے ذریعہ ملک پر حکومت کرنے کا موقع ملے۔‘‘ س نے ساری باتیں کھل کر کہہ دیں۔

’’آپ نے ہمارے فوجی جرنیلوں کے بارے میں بہت ہی غلط اندازہ لگایا ہے ایسی کوئی بات نہیں دراصل بات یہ ہے کہ۔۔۔۔۔‘‘

کرنل کبیر کچھ بولتے بولتے رک گئے اور کہا۔’’دراصل میں کچھ سمجھانا چاہوں تب بھی شاید میں آپ کے ذہن کی سوچ تبدیل نہیں کر پاؤں گا‘‘۔

’’لیکن یہ بات ضرور ہے کہ چاہے حکومت عوامی ہو یا فوجی ہماری تقدیروں کا فیصلہ وہ غیر ملکی آقا کرتے ہیں جو ہمیں اپنی شرائط پر قرضوں کی بھیک دیتے ہیں اور جس کا فائدہ بھی صرف اور صرف افسر شاہی ،سیاست دان حضرات سمیت چند مخصوص فوجی جرنیل ہی اُٹھاتے ہیں اور اُٹھاتے رہیں گے‘‘۔

کرنل کبیر، کی گفتگو کو روکتے ہوئے ذیشان نے کہا’’میری بات کا بُرا نہ مانیے گا دراصل ایک ادیب ہونے کے ناطے میں کچھ ضرورت سے زیادہ ہی حساس ہوں سب ہی فوجی سب ہی سیاست دان یقیناً کرپٹ نہیں ہیں تاہم اکثر یت ’’خربوزے کو دیکھ کر خربوزے کی طرح‘‘ بگڑ چکی ہے اور پھر پیسہ کس کو بُرا لگتا ہے۔۔۔اب تو ہمارے سیاست دانوں اور فوجیوں نے عوام کو لوٹ لوٹ کر سوئس بینک بھر دیئے ہیں کسی نے دبئی میں تو کسی نے برطانیہ میں جائیدادیں خرید لیں تو کسی نے امریکہ میں کاروبار میں رقم لگا کر خود کو مستحکم کر لیا ان کا پاکستان سے بھاگنا آسان ہے کوئی مولانا بن کر لوٹ رہا ہے تو کوئی قرضہ اتارو اسکیم کا نام لے کر تو کوئی این جی او بنا کر، یہاں سب لیٹرے ہیں اور ان کے ہاتھوں لٹے ہو ئے عوام میں قطعی ہمت نہیں کہ وُہ روڈ پر احتجاج کر سکیں اس لیے کہ ان کی صبح سے شام تک کی ساری جدوجہد مزدوری کر کے اتنی رقم حاصل کرنا مقصد ہوتا ہے کہ جس سے وُہ اپنے بیوی بچوں کا عزت سے پیٹ بھر سکے کیا آپ کو اس کا اندازہ ہے کہ پچھلے چار سالوں میں پاکستان میں کتنی شریف خواتین عصمت فروشی کی طرف مائل ہوئی ہیں؟۔۔۔کیا آپ کو اس کا اندازہ ہے کہ کتنی بوڑھی ماؤں کے بیٹے، کتنی ہی خواتین کے سہاگ نشے کے عادی ہو کر روڈ پر پڑے ملتے ہیں لوگوں نے سرِ عام موبائل تک چھیننا شروع کر دیئے ہیں۔۔۔کراچی میں تو خواتین سونے کے زیورات پہننے کا تصور بھی نہیں کر سکتیں ۔۔۔کیا اس میں صرف سیاست دان ملوث ہیں کیا ہم ایک طویل مدت تک برسرِ اقتدار ر ہنے والے فوجی حکمرانوں کو رعایتی نمبر دے دیں جو مکمل قوت و طاقت کے ساتھ بادشاہت کر تے رہے اور جو چاہتے تو ملک کی قسمت بدل سکتے تھے لیکن جو فوجی ذاتی مفادات کی خاطر کالا باغ ڈیم نہ بنا سکا ہو وُہ ملک کی قسمت کیا بدلیں گے؟۔۔۔ہمارے ملک کی تباہی میں فوجی و سول دونوں قیادتوں کا ہاتھ ہے۔‘‘

ذیشان کی ہیجان انگیز گفتگو کو سنتے سنتے کئی بار کرنل کبیر کو ذرا آہستہ، ذرا آہستہ کہنا پڑا اردگرد موجود فضا پر پڑنے والے اثرات سے وُہ اپنے مہمان کو شاید محفوظ رکھنے کا خواہاں تھا۔۔۔آخر اس نے کہا کہ’’ ذیشان صاحب افسانہ لکھنے اور حقیقت میں بڑا فرق ہے‘‘۔اس سے پہلے کہ کرنل کبیر کچھ اور کہتے ان کے کانوں تک ٹی وی کی ایک گونجتی ہوئی آواز پہنچی کسی نے ٹی وی کی آواز اچانک تیز کر دی تھی وہاں بریکنگ نیوز چل رہی تھی۔

’’اعلیٰ عدالت کی جانب سے بڑے کیس پر تفصیلی فیصلہ آنے کے بعد کرنل صاحب کے ادارے کو اہم ذمہ داری کے لیے طلب کر لیا گیا تھا۔

اعلان سُن کر کرنل کبیر جیسے سکتے میں آگئے انہوں نے ذیشان کی طرف ایسے دیکھا جیسے کوئی مجرم!۔۔۔

ذیشان ہنس دیا اور بولا۔

’’کرنل صاحب !۔گھبرانے کی کوئی ضرورت نہیں ۔۔۔میں نے آپ کو کہا تھا ناں کہ کبھی یہاں کوئلیں کوکا کرتی تھیں۔۔۔تیتر’’سبحان تیری قدرت‘‘ کہا کرتے تھے۔۔۔چڑیاں چہچہاتی تھیں۔۔۔مگر۔۔۔اب فضاؤں میں ان کو مٹایا جا چکا ہے اور اب یہاں صرف کوؤں کا راج ہے اور کوؤں کا کام ہی کائیں کائیں کرنا ۔۔۔ٹھونگیں مارنا۔۔۔اور۔۔۔ہاتھ سے گوشت چھین کر فضاؤں میں اُڑ جانا ہے۔۔۔آئیں کرنل صاحب ہم وہاں چلیں جہاں یہ کوّے نہ ہوں۔۔‘‘

''اُفق کے اُس پار''

عذرا اصغر

''کہاں رہیں اتنے دن؟'' اسے دیکھتے ہی میں نے سوال داغا۔

''پتہ نہیں کہاں کہاں پھرتی رہی ہوں'' اس نے جواب دیا۔

''صحرا نورد بن گئی ہو؟'' میں نے طنز کا تیر چلایا۔

''ایسا ہی سمجھ لو'' وہ مسکرا دی۔

''پھر بھی کچھ تو کہو۔۔۔ کچھ تو بتاؤ!'' میں نے اشتیاق بھرا اصرار کیا

''بھئی بس، جستجو، کھوج، تجسس۔ ایسے ہی الجھی رہی ہوں۔''

''اچھا۔۔۔! تو فلسفے کی گتھیاں سلجھاتی رہیں؟''

''ارے ہم کہاں کے فلسفی'' اس کے لہجے میں ازلی بے نیازی تھی۔

''کیوں۔۔۔ فلسفیوں کے سر پر سینگ ہوتے ہیں کیا؟ تمہاری ہی طرح ہوتے ہیں بے چارے، بیوقوف سے، پاگل سے، بہکے بہکے۔۔۔''

وہ ہنس پڑی۔۔۔ ''واللہ! تم بھی ذرا نہیں بدلیں''

وہ جب بھی مجھے ملتی ہے ایسی ہی اوٹ پٹانگ باتیں ہم کرتے ہیں۔ وہ کبھی میری بات کا بُرا نہیں مانتی۔ وہ میری بہت اچھی دوست، بہت مخلص اور محبت کرنے والی سہیلی ہے۔ اس نے اور میں نے کچی پکی جماعت میں ایک ساتھ داخلہ لیا تھا۔ ہمارا یہنا پا بچپن کے ابتدائی دنوں سے ہے۔ وہ چھٹپن سے ہی ایسی تھی۔ کھوئی کھوئی سی۔۔۔ کیوں۔۔۔ کیا۔۔۔ کیسے۔۔۔ تجسس آمیز لفظ اس کے لبوں سے نکلتے رہتے۔ غور وفکر اس کا متمع نظر تھا جبکہ وہ یہ سب سمجھ بھی نہ پاتی ہوگی۔ مگر جان لینے کا شوق اسے متجسس کیے رکھتا اور میں اس جھنجھٹ سے یکسر آزاد تھی۔ بےفکر اور لاابالی، مگر اس تضاد کے باوجود ہماری دوستی مثالی تھی۔ اس میں کبھی رخنہ نہیں پڑا تھا۔ وہ میری رازداں تھی۔ میری زندگی کے تمام نشیب وفراز سے آگاہ۔۔۔ اس کی زندگی میں تو کوئی راز تھا ہی نہیں۔ یونیورسٹی میں تھے تو اکثر لڑکے آگے پیچھے ہوتے تھے میں نے اسے بتایا تو وہ بولی:

''تو یوں کہو تم عشق کرنے لگی ہو؟''

''ہاں! شاید ایسا ہی ہے'' میں نے اعتراف کیا تو وہ قہقہے لگانے لگی۔

''اچھا۔۔۔ تو تمہیں عشق ہو گیا ہے'' ہنسی کا دورہ تھما تو بولی۔ ''اچھا تو پھر۔۔۔ اب کیا ہوگا؟''

''پھر کیا۔۔۔ پھر عشق کے امتحاں ہوں گے''

''حیرت ہے۔ تمہاری جیسی غیر سنجیدہ لڑکی عشق کیسے کر سکتی ہے'' حیرت زدہ لہجے میں وہ بولی۔

''اب تو ہو گیا۔۔۔'' میں نے بے نیازی سے کہا۔

''کیا یہ عشق دوطرفہ ہے۔ یعنی آگ دونوں طرف لگی ہے؟ کسی وکیل کی طرح اس نے جرح کی۔

''یقین سے کچھ کہا نہیں جاسکتا!''

''کون ہے وہ؟'' اس کی جرح جاری تھی۔

''بھئی جب مل جائے گا تو تمہیں بھی بتلا دوں گی''

''اس کا مطلب ہے۔۔۔!'' ہاں جی اس کا بالکل یہ ہی مطلب ہے کہ جس سے مجھے عشق ہو گیا ہے وہ ابھی ملا نہیں، اُس کی بات کو درمیان سے کاٹتے ہوئے میں نے جملہ مکمل کیا۔

''عشق۔۔۔ وہ بھی ان دیکھا'' شانے اُچکاتے ہوئے ''کمال ہے بھئی''

''خیر چلو! ان دیکھا ہی سہی، اللہ تمہیں عشق مبارک کرے'' اس نے جیسے بادل نخواستہ کہا۔

اس کے بعد جب وہ ملی درمیان میں خاصہ وقت گزر گیا تھا۔

''کہو خوش اور مطمئن ہو؟''

''ہاں بالکل۔ ہمارے درمیان چاہت کا تعلق اسی طرح برقرار ہے۔ تم سناؤ! تم اپنے اُنہی نظریات پر ابھی تک قائم ہو؟''

''بالکل۔۔۔ اسی کی کھوج میں ہوں جو ابھی تک ملا نہیں!''

''کبھی کسی کو ملا؟'' میں نے ہلکا سا طنز کیا۔

''کیوں نہیں۔۔۔ جو ڈھونڈتے ہیں وہ پا لیتے ہیں'' اس کے لہجے میں یقین تھا۔

''میں نے سوچا زندگی کی پیچیدگیاں تو ہمیشہ انسان کا گھیراؤ کیے رکھتی ہیں مگر مشکلیں کب نہیں ہوتیں؟ اور اگر زندگی بالکل سیدھی، سپاٹ کورے لٹھے کی مانند گزر جائے تو اُسے زندگی تو نہیں کہا جاسکتا!

''سناؤ! کہاں پہنچی تمہاری تپسیہ۔۔۔!''

''اس کی اتھاہ تک پہنچنا آسان نہیں ہے۔ کائنات لامحدود ہے۔ تہہ در تہہ۔ ہم تو ایک چپہ بھر زمین پر بسے ہوئے ہیں۔ مٹھی میں سما جاتا ہے ہمارا یہ ملک اور ہم اسے بھی ملیامیٹ کرنے پر تلے ہوئے ہیں۔ ہم آج تک ایک ڈیم نہیں بنا سکے۔ اس لیے کہ ہمارے بڑوں کے پیٹ ڈیم سے زیادہ بڑے ہیں۔ برسات آتی ہے تو یلغاروں پانی ضائع ہو جاتا ہے۔ آبادیاں بہہ جاتی ہیں اور کھیتیاں پیاسی رہ جاتی ہیں۔ بے گھر لوگوں کی فریاد اور مرنے والوں کے نالے بہرے کانوں تک نہیں پہنچ پاتے۔ تھر میں بچے بھوک سے بلک بلک کر دم توڑ دیتے ہیں اور حکمران ایک وقت میں اتنی طرح کی ڈشز ہڑپ کر جاتے ہیں۔ ارے اس سرزمین سے

باہر نکل کر دیکھو انہوں نے کائنات کو زمین کے اندر تہہ در تہہ ڈھونڈ نکالا ہے۔ صرف چاند تاروں تک ہی رسائی حاصل نہیں کی زمین کی پرتیں ادھیڑ ڈالی ہیں۔ شہر کے شہر بسا لیے اور ایک ہم ہیں کہ آگے بڑھے نہ منزلِ عشقِ بتاں رہے"

"یہ تم مجھ پر طنز کر رہی ہو؟" میں تلملائی۔

"نہیں ڈیئر تم پر طنز نہیں کر رہی۔ اپنے جگر میں اٹھتے درد کا تجزیہ کر رہی ہوں۔ ہم دین کے پیشوا ہونے کے دعویدار ہیں اور جو ہماری نگاہ میں لادین ہیں انہوں نے کھوج نکالا ہے کائنات کو۔ ہم تو اس چپہ برابر زمین کی حفاظت نہیں کر پا رہے ہیں۔ لہولہان کر دیا ہے اسے۔"

وہ اپنی رو میں بولتی چلی گئی۔

"مگر ہمیں۔۔۔ مجھے یا تمہیں یہ سب سوچنے اور کڑھنے کی کیا ضرورت ہے۔" میں نے کہا تو وہ تلملا اٹھی۔

"ضرورت کیوں نہیں؟ جو چیز میری ہے اس کے بارے میں سوچنا میرا حق ہے۔ یہ ملک میرا بھی ہے۔ میں اس کی شہری ہوں۔ میں اسے خوبصورت دیکھنا چاہتی ہوں اور ترقی کی بلندیوں پر۔"

"مگر جس چیز پر اختیار نہ ہو اسے سوچنے کا فائدہ" میں نے دلیلاً کہا

"یہی تو افسوس ہے کہ ہم بے اختیار ہیں۔ ہمیں بے بس بنا دیا گیا ہے۔ ہماری آواز ہم سے چھین لی گئی ہے۔ مگر ہم سوچ تو سکتے ہیں، جدّ وجہد تو کر سکتے ہیں، چراغ سے چراغ جلانے کی کوشش تو کر سکتے ہیں"

"دیکھو! میری بات سنو۔۔۔!!" میں نے اپنے تئیں متانت سے کہا۔

"جو لوگ سوچتے ہیں، کڑھتے ہیں وہ اپنا نقصان کرتے ہیں۔ آج کی دنیا کا چلن سیکھو۔ کھاؤ، پیو، لوٹ مار مچاؤ، جھوٹ بولو، اپنے ظاہر اور باطن میں تضاد پیدا کرو۔ بس زندگی انتہائی پُر بہار، خوشگوار گزرے گی۔"

"نہیں۔۔۔ یہ مجھ سے نہیں ہو سکے گا مائی ڈیئر فرینڈ" اس نے دو ٹوک فیصلہ سنایا۔ سنو!

"پچھلے دنوں مجھے ایک یورپی ملک میں جانے کا اتفاق ہوا۔ جہاں حیرت انگیز عجائبات سے میرا سابقہ پڑا۔ جنگِ عظیم دوم میں یہ ملک تباہ ہو چکا تھا اور اب اس ملک کے شہر تہہ در تہہ آباد ہیں۔ تمام نظام گھڑی کی سوئیوں پر چلتا ہے۔ گویا گھڑی کی سوئیوں سے اس ملک کے باشندوں کی زندگی وابستہ ہے۔ وہ لوگ وقت کی اہمیت کو جانتے ہیں۔ وقت کی قدر کرتے ہیں، اسے پکڑ لیتے ہیں، ضائع نہیں ہوتے دیتے۔ وقت جو ٹھہرنا نہیں جانتا، چلتا چلا جاتا ہے بہتے پانی کے مانند۔ وقت واپسی کے رستے سے نا آشنا ہے اور ہم وقت کھو دینے کے عادی ہیں۔ ہم نہیں جانتے کہ بس لمحۂ موجود ہی تو ہمارا ہے۔ اور لمحہ۔۔۔ ہوتا ہی کتنا ہے۔ جسے ہم بے نیازی سے گنوا دیتے ہیں۔ ہم پانی کی طلب کے لیے زمین شگافتہ کرتے ہیں، ساٹھ فٹ، سو فٹ۔۔۔ پھر پانی نکل آتا ہے۔ انہوں نے زمین کے نیچے ایک اور شہر آباد کیا، سڑکیں بنائیں، پُل تعمیر کیے، ریلوے لائن بچھائی، بازار بنائے، ایک دنیا بسا ڈالی۔ اس کے نیچے پھر ایک اور شہر ویسا ہی یکساں نظام۔ تینوں جگہ گھڑی کی سوئیوں سے جڑا ہوا سلسلہ۔۔۔ تین تین منزل شہر اور ایک نظام۔۔۔ گھڑی کی سوئیوں کے پابند شہری۔ فرض شناس، محبِ وطن، بات کے پکے، قول کے سچے، تضادات سے دور۔ میں آج بھی سوچتی ہوں انہوں نے اتنے وسیع پیمانے پر یہ سب کیسے کیا۔ زمین کے نیچے پانی پر کیسے فتح پائی۔ کیسے یہ قدرت حاصل ہوئی۔ انہوں نے کیونکر وقت کی پابندی سیکھی۔ قومیت کا جذبہ کس طرح اپنے اندر پیدا کیا۔ تب بھی میں سوچتی رہی، یہ صفات تو ہمارا دینی منشور ہیں مگر انہوں نے اپنا لئے، کاربند ہو گئے اور ہم نے سب ہنسی ٹھٹھے میں اڑا دیا، بے راہ ہو گئے۔ پتہ نہیں دین کی کس رسّی کو پکڑ لیا۔ نظامِ کائنات پر غور کرنا ضروری نہیں سمجھا۔ ورنہ اطاعت کے لیے کچھ کم نہ تھے۔۔۔ سورج، چاند، ستارے کیسے وقت کے پابند ہیں ذرا فرق نہیں۔ سورج وقتِ معینہ پر مشرق سے طلوع ہوتا ہے اور دن بھر خلق کو منوّر کر کے مغرب میں جا کر روپوش ہو جاتا ہے۔ چاند رات کی تاریکی کو روشنی اور حسن عطا کرتا ہے۔ ستارے فلک پر چمکتے ہیں میں سمندر کے کنارے کھڑے ہو کر گھنٹوں سوچتی ہوں۔

"یہ بیکراں ٹھاٹھیں مارتا پانی اپنی حدود سے آگے کیوں نہیں بڑھتا۔۔۔ کیوں؟ آخر کیوں۔۔۔؟؟ یہی پانی تو تھا جس نے نوح کی قوم کو نافرمائی قدرت پر ڈبو مارا تھا اور نوح کی کشتی کو پہاڑ کی چوٹی پر لا ٹھہرایا تھا۔ جانتی ہو کائنات بنانے والے کا حکم ماننے والے ہی فلاح پاتے ہیں۔ ظاہری حلیہ بدل لینے سے کچھ فرق نہیں پڑتا۔ دل کی دنیا بدلنا ضروری ہے۔ روح کی کثافتیں دھونا لازمی ہیں۔ صرف اپنے ہی مفادات پر نظر مت رکھو خلقِ خدا کی بہتری کو، ان کے نفع نقصان کو بھی مدِ نظر رکھو۔ خود کو گھڑی کی سوئیوں کا پابند بنا لو۔۔۔ میں اگرچہ تہہ در تہہ شہر آباد کرنے سے قاصر ہوں۔ میری یہ بساط نہیں۔ مگر میں خود کو گھڑی کی سوئیوں کا پابند تو کر سکتی ہوں۔ اپنے من کے تضاد کو تو مٹا سکتی ہوں نا۔ خلقِ خدا سے محبت تو کر سکتی ہوں نا۔۔۔"

وہ اپنی رو میں بولتی چلی جاتی ہے اور میں۔۔۔ میں اس کی باتیں غور سے سنتی ہوں۔ جب وہ ملتی ہے ایسی ہی بہکی بہکی باتیں کرتی ہے۔ وہ دنیا داری اور دنیاوی فضول آسائشوں سے بے نیاز ہے۔ اکثر لوگ اس کی بیحد عزت کرتے ہیں اور کچھ اسے پیٹھ پیچھے پاگل قرار دیتے ہیں۔ ٹھٹھہ اڑاتے، کچھ اسے مجذوب کہتے لیکن نہ وہ مجذوب ہے نہ پاگل۔ وہ اپنی روزی اپنے ہاتھ سے کماتی ہے۔ اس کی اعلیٰ تعلیم نے اسے بلند مرتبہ عہدے پر فائز کیا ہے۔ وقت کی پابندی اس کا موٹو ہے۔ شاید وہ ابراہیم ادھم کے نظریے کی پیروکار ہے۔ دولت جمع کرنا، بچا کے رکھنا اس کے نزدیک کفر ہے۔ شروع شروع میں جب وہ دفتر میں داخل ہوتی تھی تو دفتر کے کمرے کا بند دروازہ اس کا خیر مقدم کرتا تھا۔ جب تک چپراسی آتا وہ باہر کھڑی کمرہ کھلنے کا انتظار کرتی رہتی۔ وہ کسی سے باز پرس

بھی نہ کرتی لیکن اس کی پابندیٔ وقت کے لحاظ میں سارا عملہ وقت کا پابند ہو گیا۔ میں خود جو اسے احمقوں میں شمار کرتی تھی اب اسی کے نقشِ پا پر چلنے لگی ہوں۔ اسی کی طرح سوچتی ہوں اگر میں شہر تہہ بہ تہہ آباد کرنے کی استطاعت نہیں رکھتی تو اپنے محل کی چپہ بھر زمین کسی بے گھر کے لیے مختص تو کر سکتی ہوں نا۔۔۔ نباتات، جمعدات اثرات قبول کرتے ہیں تو ہم انسان کیوں نہیں۔ جو شعور رکھتے ہیں اور اشرف المخلوقات ہیں۔ بہترین مخلوق۔۔۔

میں نے اسے دیکھ کر۔۔۔ سمجھ کر خود کو بدلا ہے۔ کوئی ایک اور مجھے دیکھ کر بدلے گا۔ میرے بچے۔۔۔ میری نسل۔۔۔ اور پھر اور۔۔۔ آگے۔ یوں تبدیلی دھیرے دھیرے ہی سہی۔۔۔ آئے گی۔۔۔ زنجیر بنتی چلی جائے گی۔ میں جو کبھی اس پر ہنسا کرتی تھی اب اسی انداز سے سوچتی ہوں، سوچ بچار زندگی کا تسلسل ہے۔ زندگی ہے۔۔۔ کائنات پر غور و فکر عبادت ہے۔۔۔ مجھے نہیں معلوم میری وہ دمساز و ہمدم اب کہاں ہے۔ جانے کس ملک کے کسی شہر میں اپنے نظریات کی کھوج کر رہی ہوں گی۔ اس کی یادیں اور اس کا فلسفۂ حیات میرے پاس ہے۔ میرا رہنما ہے۔ میرے لیے یہ بہت بڑا، بہت عظیم سرمایہ ہے۔ اردگرد بسنے والے لوگوں کی مطلق پروا نہیں ہے۔ مادی وسائل میں حقداروں میں تقسیم کر دیتی ہوں۔ بانٹ دینے کا ہنر مجھے سکھ دیتا ہے۔ شانت کرتا ہے۔۔۔ ابھرتا ڈوبتا سورج۔۔۔ گھٹتا بڑھتا چاند۔۔۔ نیل گگن پر چمکتے ستارے سب مخلوق کو اپنے حصے سے فیضیاب کرتے ہیں۔ یہ کراں بے کراں وسعت۔۔۔ تہہ در تہہ زمین اور منزل بہ منزل آسمان۔۔۔ سب فیض رساں ہیں۔

ائیر پورٹ کے وسیع لاؤنج میں بیٹھی میں سوچ رہی تھی۔۔۔ دیکھ رہی تھی۔۔۔ بھانت بھانت کی مخلوق۔۔۔ خود نمائی کے دلدادہ لوگ اور لحہ لحہ گذرتا وقت۔۔۔ چند لمحے پہلے میں وہاں تھی۔ اس گذر میں جس کا مختصر لان پھولوں سے آراستہ ہے۔ جہاں میرے دل کے ٹکڑوں کی کلکاریاں ہیں، محبت کی مہکاریں ہیں اور اب میں فضا میں ہوں۔ وسیع قطع زمین اور لامحدود آسماں میری وسعتِ نگاہ میں ہے۔ پھر جہاز اتنا بلند ہوا کہ زمین جس سے میرا رابطہ کٹ چکا تھا اب نظر سے بھی اوجھل ہو گئی۔ میں دو آسمانوں کے درمیان محوِ پرواز ہوں۔ نیچے سفید بادلوں کے ٹکڑے ایک دوسرے کے تعاقب میں دوڑ رہے ہیں۔ جیسے آنکھ مچولی کھیل رہے ہوں۔ میں اس تماشے سے محظوظ ہو رہی ہوں۔ حیرتوں نے مجھے اپنے گرفت میں کیا ہوا ہے۔ جہاز کی یہ چھوٹی سی کھڑکی میری آنکھوں کے تل برابر عدسے پر خاصی وسیع کائنات کے مناظر کو میرے سامنے پھیلا رہی ہے۔ میں اوپر کی جانب دیکھتی ہوں نیلا بے داغ آسمان ہے۔ جس کے مغربی کنارے پر سورج تیزی سے رواں دواں ہے۔ یہ اس کے روپوش ہونے کی تیاری ہے۔ آفتاب کا وہ نور بھرا چہرہ جس سے گھڑی بھر پہلے آنکھ ملانا ممکن نہیں تھا اب سرخ نارنجی رنگ کے گولے میں تبدیل ہو چکا ہے۔ اب میں اسے دیکھ سکتی ہوں اور اس کے حسن کے لطیف احساس کو سمیٹے سرشار ہو رہی ہوں۔ وہ غیر محسوس طریقے لیکن تیزی سے آگے بڑھتا جا رہا ہے کوئی رکاوٹ نظر نہیں آتی۔ وہ کسی شے کے پیچھے چھپ رہا ہے۔ مجھے لگتا ہے میرا جہاز فضا میں معلق ہو گیا ہے۔ سورج کی شفق رنگ کرنوں نے سفید بادلوں کے کناروں پر سنہری گوٹا ٹانک دیا ہے۔ شفق کی سرخی سے مغرب میں ابھی اجالا ہے۔ جبکہ مشرقی سمت میں رات اتر چکی ہے۔ آسمان نے ستاروں بھری سیاہ چنری اوڑھ لی ہے۔ وہ کون ہے جو لحہ لحہ منظر بدل رہا ہے؟ یہ مظاہرِ قدرت ہیں جو میرے احساس کو زیر و زبر کر رہے ہیں۔ ہلچل مچا رہے ہیں۔ میں سوچتی ہوں کیا میں کسی دانش گاہ میں بیٹھی ہوں؟ سمجھنے والوں کے لیے یہ کائنات ایک درس گاہ ہی تو ہے۔ ابھی تھوڑی دیر پہلے اس بدلتے منظر کو کسی کے ساتھ شیئر کرنے کو جی بے اختیار مچلا۔ میں نے اپنی اجنبی ہمسفر کا شانہ ہلایا تھا۔

''دیکھیں کتنا حسین نظارہ ہے غروبِ آفتاب کا''

اُس نے کھڑکی سے ذرا سا بادلوں کے شنگرفی کناروں کو دیکھا اور ایک ہُنکارہ بھر کے اپنے ہاتھوں میں پہنی سونے کی چوڑیوں سے کھیلنے لگی اور میں پھر بدلتے منظر کی طرف متوجہ ہو گئی۔ زمین پر جلتے بجھتے بجلی کے قمقمے شہر کی آمد کا پتہ دے رہے تھے۔ جہاز دھرتی سے بغلگیر ہونے جا رہا تھا۔ میرے دل کے کچھ ٹکڑے یہاں بھی میرے منتظر ہوں گے۔ میں تنہا۔۔۔ ایک اکیلا وجود۔۔۔ محبت کے ہزار رنگ، کروڑوں روپ لیے اس وسیع و عریض کائنات میں موجود ہوں۔۔۔ اور تہہ در تہہ آسماں مجھے حیرت میں غرق کر رہا ہے۔ افق کے اُس پار آسمان زمین میں مدغم ہو رہا ہے اور میرے کان میں جیسے کوئی کہہ رہا ہے۔

''پس ہماری کن کن نعمتوں کو جھٹلاؤ گے''

وہ کون ہے۔۔۔؟ کون ہے وہ انجانا محبوب۔۔۔ جس کی مجھے روزِ اوّل سے تلاش تھی اور لحہ آخر تک رہے گی۔۔۔!

روح کا کینسر

ڈاکٹر احسان احمد شیخ

ڈاکٹر صفدر شاہ نے فائل سے نگاہ اوپر اٹھائی۔ عینک اتار کر میز پر رکھی اور اپنے سامنے بیٹھے ہوئے جوڑے کے چہروں پر نظر جمادی۔

''مسٹر اور مسز سلیم! میرے پاس آپ کے لیے اچھی خبر نہیں ہے''

نرگس نے ہاتھ بڑھا کر سلیم کا ہاتھ زور سے پکڑ لیا۔

''جب میں نے پہلی بار مسز سلیم کا معائنہ کیا تھا تو آپ لوگوں کو صاف صاف بتادیا تھا کہ آپ نے آنے میں دیر کردی ہے۔''

سلیم نے محسوس کیا کہ نرگس کا ہاتھ ٹھنڈا پڑ گیا ہے اُس نے ہمت بڑھانے کے لیے اپنی بیوی کا ہاتھ دبایا۔

''ڈاکٹر صاحب! میں نے آپ کو پہلے بھی بتایا تھا یہ کسی مرد ڈاکٹر سے معائنہ کرانے کے لیے تیار ہی نہیں تھیں اور آپ کی فیلڈ میں کوئی لیڈی ڈاکٹر نہیں ہے بس اسی بحث و مباحثہ میں کم از کم تین ماہ ضائع ہو گئے''

''بہر حال جو ہوا سو ہوا۔ اب صورتِ حال یہ ہے کہ آپ کی بیگم کے دائیں پستان میں دو بڑی اور ایک چھوٹی گٹھلی ہے جو معائنے میں بھی محسوس ہوگئی تھیں اور میموگرام میں بھی نظر آ گئی تھیں۔ نیڈل بائیوپسی کی رپورٹ میں اُن تینوں میں کینسر ہے۔ دائیں بغل میں جو بڑھے ہوئے غدود ہیں امکان یہی ہے کہ کینسر وہاں تک پہنچ گیا ہے۔'' ڈاکٹر صفدر نے کچھ توقف کیا تا کہ میاں بیوی اس خبر کو ذہنی طور پر قبول کر سکیں۔ سلیم بُت کی طرح خاموش ٹکٹکی لگا کر ڈاکٹر صاحب کو دیکھ رہا تھا۔ نرگس اپنے خشک ہونٹوں پر زبان پھیر رہی تھی۔ ڈاکٹر صاحب نے گھنٹی بجا کر چپراسی کو بلایا اور اسے دو گلاس پانی لانے کو کہا جو وہ آنا فاناً لے آیا۔

''ڈاکٹر صاحب! اب کیا کرنا ہے''

سلیم نے پانی کا گھونٹ گلے سے اتار کر زبان کھولی۔

''دیکھئے کینسر کے کیس کا کوئی ایک ڈاکٹر علاج نہیں کرتا۔ ڈاکٹروں کی ایک ٹیم ہے جس میں یعنی چسٹ سرجن، کینسر اسپیشلسٹ اور ریڈیو تھراپسٹ شامل ہوتے ہیں اکثر اوقات ہم سی ٹی اسکین اور ایم آر آئی کرنے والے ڈاکٹرز کو بھی شامل کر لیتے ہیں۔ ہسپتال میں انتارش ہے کہ ہم یہ کانفرنس ہفتے میں ایک مرتبہ ہی کر پاتے ہیں۔ اتفاق سے یہ میٹنگ کل سہ پہر ہی ہے۔ میں مسز سلیم کا کیس اس میں شامل کرا دیتا ہوں مگر اس سے پہلے آپ کینسر اسپیشلسٹ ڈاکٹر علوی سے آج ہی مل لیجیے۔ میں اُنہیں ابھی فون کر دیتا ہوں۔''

ڈاکٹر علوی سے ملاقات اور معائنے کے بعد بات مزید بڑھ گئی انہوں نے ڈیپارٹمنٹ میں فون کر کے نرگس کے لیے ایم آر آئی کا وقت لے لیا جو شام چھ بجے تھا۔ جب نرگس اور سلیم کی گاڑی گھر کے پورچ میں رکی اور ڈرائیور نے کار کا دروازہ کھولا تو رات کے آٹھ بجے تھے۔

''میں بہت تھک گئی ہوں''

نرگس گھر میں آتے ہی بستر پر لیٹ گئی۔

سلیم اس کے پاس بیٹھ گیا اور اپنی بیوی کے بالوں میں پیار سے ہاتھ پھیرنے لگا۔

''سلیم! جب آپ نے اپنے دوست ڈاکٹر عمران سے ڈاکٹر صفدر شاہ سے جلدی وقت لینے کی بات کی تھی تو اُس نے کیا بتایا تھا؟''

''ڈاکٹر عمران نے صرف ڈاکٹر صفدر شاہ سے ہی بات نہیں کی تھی بلکہ اس نے تمام متعلقہ ڈاکٹروں سے اور اُن کے ڈیپارٹمنٹ میں سب سے وقت لے رکھا تھا۔ جب ہی تو آج اتنے کام ہو گئے عمران بتا رہا تھا کہ یہ سب کام کرانے کے لیے کئی کئی دن لگ جاتے ہیں۔''

''اچھا یہ سب چھوڑیئے نا۔ مجھے بتایئے کہ ڈاکٹر میرے ساتھ کیا کریں گے؟''

سلیم نے اپنے ہاتھ نرگس کے بالوں سے ہٹائے اور اس کا ہاتھ اپنے دونوں ہاتھوں میں لے لیا۔ نرگس کی نظریں اپنے شوہر کے چہرے پر اس طرح ٹکیں تھیں جیسے کوئی قتل کا ملزم امید و بیم کی حالت میں جج کے چہرے پر نظریں جمائے فیصلے کا منتظر ہو۔

''نرگس! ڈاکٹر عمران نے کہا تھا ہم دونوں کو ہمّت سے کام لینا ہوگا''

''اور؟''

''اور یہ کہ تمہارا علاج مکمل ہونے کے بعد بھی ہماری زندگی پہلے کی طرح نہیں رہے گی''

''کیوں؟ کیسے؟ بتائیں نا!''

سلیم نے تھوک نگل کر اپنا گلا صاف کیا۔

''دیکھو۔ سب سے ضروری بات یہ ہے کہ تم زندہ رہو اور مکمل طور سے صحت یاب ہو جاؤ۔ مجھے اور ہمارے دونوں بچوں کو تمہاری ضرورت ہے اسی طرح جیسے ہماری شادی کے بعد سے اب تک رہی ہے۔''

نرگس خاموشی سے سلیم کا چہرہ دیکھتی رہی۔ وہ سمجھ نہیں پا رہی تھی کہ اُس کا شوہر اتنی لمبی تمہید کیوں باندھ رہا ہے۔

''ڈاکٹر عمران نے مجھے بتایا ہے کہ سرجری کے ذریعہ وہ تمہارا دایاں بریسٹ پورے کا پورا کاٹ کر نکال دیں گے۔ اس کے علاوہ دائیں بغل کے

سارے غدود بھی نکالنے ہوں گے۔ یہ ایک لمبا کٹ ہوگا جو سینے کی ہڈی سے لے کر پورے دائیں بغل تک جائے گا۔"

نرگس نے خاموشی سے اپنا ہاتھ سلیم کے ہاتھوں سے چھڑا لیا۔ وہ چھت کی طرف نظریں جمائے خاموش لیٹی تھی۔ سلیم آہستہ سے اُٹھا اس وقت نرگس کو اکیلا چھوڑنا چاہتا تھا تا کہ وہ مزید سوالات نہ کرے۔ اُس نے دروازے کے ہینڈل پر ہاتھ رکھا تو نرگس کی آواز آئی۔

"تو کیا میں بقیہ زندگی اسی طرح گزاروں گی؟ ایک بریسٹ کے ساتھ؟ میں لوگوں کے سامنے کیسے جاؤں گی؟ اپنی سہیلیوں کے سامنے، تمہارے دوستوں کے سامنے، اُن کی بیویوں کے سامنے، تمہارے اور میرے رشتہ داروں کے سامنے، اپنے بچوں کے سامنے، بچوں کے دوستوں کے سامنے، نوکروں کے سامنے؟"

نرگس بولتی جا رہی تھی اُس کی آواز آہستہ آہستہ آنسوؤں اور سسکیوں میں ڈوبتی جا رہی تھی۔ سلیم کو ہمت نہیں ہوئی ایک گولا سا اُس کے گلے میں اٹک گیا۔

"یہ سب باتیں ہم ڈاکٹر صفدر شاہ سے اگلی ملاقات میں کر لیں گے"

سلیم نے بغیر مڑے ہوئے نرگس کو جواب دیا اور آہستہ سے دروازہ بند کر کے کمرے سے باہر نکل گیا۔ نرگس کی ہچکیاں چیخوں میں بدل گئیں آنسو بہتے رہے اور اُس نے انہیں پونچھنے کی بھی کوشش نہیں کی۔ آنسو بہتے بہتے خود ہی خشک ہو گئے۔ نرگس نے شعوری طور پر اپنے ذہن کو سنبھالنے کی کوشش کی۔ نرگس اور سلیم کی محبت کی شادی کی تھی دونوں ہی امیر گھرانوں سے تعلق رکھتے تھے۔ اٹھارہ سال یوں گزر گئے جیسے کل کی بات ہو۔ برجیس اور کلیم دونوں ہی بچے بہت سلجھے ہوئے اور پڑھائی کے شوقین تھے۔ خدا کا شکر کہ ہر سال کی طرح گرمیوں کی چھٹیاں گزارنے چچا کے پاس لندن گئے ہوئے تھے۔ اُن کی واپسی تک شاید وہ اس سرجری وغیرہ سے فارغ ہو چکی ہوگی۔ سرجری کا سوچتے ہی نرگس کو پھر وہی خوف لاحق ہو گیا۔ ایک بریسٹ؟ یہ کیسی زندگی ہوگی؟ دراصل دونوں میاں بیوی اپنے بدن کو خوبصورت رکھنے کے دیوانگی کی حد تک شوقین تھے۔ جم، جوگنگ، ٹینس یہ سب اُن کی زندگی کا لازمی حصہ تھا اور کیوں نہ ہوتا۔ اُن کی اٹھارہ سالہ خوشگوار ازدواجی زندگی کا سبب ذہنی ہم آہنگی سے زیادہ جسمانی ہم آہنگی پر تھا۔ یہاں تک کہ سلیم کو جب بھی بزنس کے لیے چند دنوں کے لیے بھی باہر جانا ہوتا تو نرگس ضد کر کے اُس کے ساتھ چلی جاتی تھی بلکہ اکثر اُسے ضد کرنے کی ضرورت ہی نہیں پڑتی تھی۔ اب کیا ہوگا؟ وہ سلیم کے سامنے کیسے جائے گی؟ اُس کے اس ادھڑے ہوئے جسم کو سلیم کیسے قبول کرے گا؟ ہو سکتا ہے وہ اپنے آپ کو بدل لے مگر خود وہ اپنے آپ کو کیسے بدل پائے گا اُسے خود بھی اپنی جنسی جبلتوں کا احساس تھا۔ نرگس گھبرا کر ایک جھٹکے سے بستر سے اُٹھی اور دروازہ کھول کر لابی میں آ گئی۔ گھر میں بالکل سناٹا تھا بلکہ کسی نے لائٹس بھی نہیں جلائی تھیں وہ آہستہ آہستہ باہر پورچ میں آئی صرف اس کی اپنی کار کھڑی تھی سلیم کی کار غائب تھی۔ یقیناً اپنی عادت کے مطابق لمبی ڈرائیو پر نکل گیا ہوگا اپنے ذہن کا بوجھ ہلکا کرنے۔ "کیا سلیم بھی وہی کچھ سوچ رہا ہوگا جو میں سوچ رہی ہوں" نرگس نے اپنے آپ سے سوال کیا۔ "شاید ہاں۔ نہیں۔ بلکہ یقیناً ہاں۔ اُس کی اور سلیم کی سوچ، اُن کی چاہتیں اور اُن کی ضرورتیں ایک جیسی ہی تو ہیں"

جلد ہی صورت حال ڈاکٹروں نے واضح کر دی۔ نرگس کو فوراً ہی ہسپتال میں داخل ہونا ہوگا۔ سرجری اُس طرح ہوگی جیسے ڈاکٹر عمران نے بتائی تھی۔ سرجری سے جیسے ہی صحت یابی کا عمل مکمل ہوگا کیموتھراپی کی سترہ خوراکیں دی جائیں گی ہر ہفتے ایک ڈرپ کے ذریعے۔ اس کے بعد ریڈیوتھراپی کی سترہ خوراکیں روزانہ ایک خوراک۔ اس کے تین مہینے بعد مکمل چیک ہوگا۔

"ڈاکٹر صاحب۔ کینسر کس اسٹیج میں ہے۔"

سلیم نے ہچکچاتے ہوئے پوچھا۔

"اسٹیج کا صحیح پتہ جب چلے گا جب ہم سرجری کے ذریعے مکمل بریسٹ اور بغل کے غدود نکال کر لیبارٹری میں بھیجیں گے۔ رزلٹ آنے میں کم از کم تین سے چار ہفتے لگتے ہیں۔ ویسے میں آپ کو بتا چکا ہوں کہ مسز سلیم ہمارے پاس دیر سے آئی ہیں۔"

اب ڈاکٹر صفدر شاہ نرگس کی طرف متوجہ ہوئے۔

"مسز سلیم۔ آپ کچھ پوچھنا چاہیں گی؟"

"ڈاکٹر صاحب۔ میں ایک بریسٹ کے ساتھ کیسے۔۔۔"

نرگس آگے نہ بول سکی اور اپنی آنکھیں جھکا لیں۔

"دیکھئے اس کی دو صورتیں ہیں اگر سرجیکل فیلڈ بہت پھیلا نہیں تو ہم نقلی بریسٹ امپلانٹ کر دیں گے اگر یہ ممکن نہ ہوا تو صحت یابی کے بعد آپ ایک امپلانٹ جسم کے باہر بریزیئر کے اندر پہن سکتی ہیں یہ دونوں چیزیں ہم باہر سے امپورٹ کرتے ہیں اور ہسپتال میں قیمتاً مل جائیں گی"

"اس عمل میں کتنا عرصہ درکار ہوگا؟"

"سلیم صاحب۔ یہ مرض کے اسٹیج اور مریض کی قوتِ ارادی پر انحصار کرتا ہے۔ اوسطاً آٹھ سے دس مہینے۔ اور ہاں اس عرصے میں یہ وقتاً فوقتاً گھر جا سکیں گی۔ ہسپتال سے فارغ ہونے کے بعد انہیں گولی کھانا ہوگی دو سال سے پانچ سال کی مدت تک۔"

"ڈاکٹر صاحب! ایک آخری بات۔ ڈاکٹر عمران نے مجھے بتایا تھا کہ ہمیں لمبے عرصے کے لیے ایک پرائیویٹ نرس درکار ہوگی اس سلسلے میں آپ ہماری مدد کر سکتے ہیں۔"

"ظاہر ہے ہسپتال کی نرسیں تو صرف اس وقت ہی ہوں گی جب آپ کی مسز ہسپتال میں ہوں گی مگر آپ کو گھر میں بھی نرس کی ضرورت ہوگی۔ ہمارے پاس پرائیویٹ نرسوں کے کوائف موجود ہیں اور ہم اس سلسلے میں آپ

کی مدد ضرور کریں گے۔''

ہسپتال کے دن اور راتیں اور وقفے وقفے سے وہ وقت جب نرگس کو قلیل عرصے کے لیے گھر آنے کی اجازت مل جاتی تھی اس قدر مشکل، تکلیف دہ اور کربناک ثابت ہوئے کہ سلیم اور نرگس کی زندگی زلزلے میں کچی عمارت کی طرح ریزہ ریزہ ہوگئی۔ درد سے نرگس کو نہ دن میں چین تھا نہ راتوں کو قرار۔ اکثر اُس کی چیخیں سلیم اور دونوں بچوں کو ہلا کے رکھ دیتے۔ دل پہ پتھر رکھ کر سلیم اور نرگس نے فیصلہ کیا کہ دونوں بچوں کو ان کی خالہ کے گھر بھیج دیں جو اسی شہر میں رہتی تھیں۔ بچوں کے امتحان کی تیاری صرف اسی طرح ممکن تھی۔

پرائیویٹ نرس فوزیہ کو ہسپتال میں داخل ہونے کے دوسرے دن ہی سلیم اور نرگس نے منتخب کر لیا تھا۔ وہ ایک قبول صورت عورت تھی جو نرگس ہی کی ہم عمر تھی۔ اس کے سر ٹیفکیٹ اور ڈگری اس کی قابلیت کا ثبوت تھے۔ فرفر انگریزی بولتی تھی اور سلیم و نرگس کی طرح ورزش اور کھیل کی شوقین تھی۔ ہسپتال میں اور گھر پر وہ نرگس کی ہر ضرورت کا بے حد خیال رکھتی تھی۔

سرجری کے بعد جب کیموتھراپی شروع ہوئی تو نرگس کی حالت غیر ہوگئی۔ بے انتہا کمزوری اور بدن کی بوٹی بوٹی کے ہر ریشے سے درد کی ٹیسیں اُسے پاگل کر دیتی تھیں مگر جسمانی تکالیف سے زیادہ ذہنی اذیت تھی۔ سر کے تمام بال جھڑ گئے آنکھیں اندر دھنس گئیں۔ آنکھوں کے گرد پہلے تو سیاہ حلقے پڑے پھر پھیلتے پھیلتے انہوں نے تقریباً پورے چہرے کو اپنی لپیٹ میں لے لیا۔ ہاتھ اور پیر سیاہ ہوگئے اور اُن کی جلد اس طرح جھڑنے لگی کہ فوزیہ انہیں قینچی سے کاٹ دیتی تو نرگس کو درد بھی محسوس نہ ہوتا۔ ناخن پہلے نیلے ہوئے پھر سیاہ اور پھر جھڑ گئے۔ بھوک ختم ہوگئی اور وزن تیزی سے گرنے لگا۔

سات ماہ کے بعد نرگس کو ہسپتال سے فراغت ملی تو اس نے سلیم سے کہا کہ جب تک وہ مکمل طور سے صحت یاب نہ ہو جائے سلیم علیحدہ کمرے میں سوئے۔ فوزیہ کے لیے گیسٹ روم تیار تھا گو کہ دن کا سارا دن وہ نرگس کے ہی ساتھ ہوتی تھی رات کو بھی وہ گھنٹی بجا کر اُسے بلا لیتی تھی۔ روزانہ فوزیہ اسے غسل کراتی تو کپڑے اترتے ہی نرگس واش روم میں لگے قدِ آدم آئینے میں اپنا جسم سر سے پیر تک غور سے دیکھتی تو اسے اپنی آنکھوں پر یقین نہ آتا۔ فوزیہ اُسے ہمیشہ تسلی دیتی کہ ایک سال بعد وہ بالکل ٹھیک ہو جائے گی۔

وقت کی گھڑی ٹِک ٹِک کرتی دنوں کو ہفتوں اور ہفتوں کو مہینوں میں بدلتی گئی۔ سر کے گرے بال آہستہ آہستہ آنے شروع ہو گئے۔ جلد بہتر ہونے لگی اور بدن میں کچھ طاقت محسوس ہونے لگی۔ سرجیکل امپلانٹ تو نہ ہو سکا مگر فوزیہ نے اُسے بریزئیر کے اندر نقلی امپلانٹ رکھنا سکھا دیا سلیم نے لیپ ٹاپ پر نرگس سے کئی وگ پسند کروا کر منگوا لیں۔

نرگس اب اس قابل ہوگئی کہ گھر میں چل پھر سکے مگر ابھی بھی اسے کبھی چکّر آ جاتے کبھی کمزوری سے ہاتھ پیر کانپنے لگتے اور اسے آواز دے کر یا گھنٹی بجا کر فوزیہ کو بُلانا پڑتا۔ فوزیہ ایک اچھی نرس اور اچھی ساتھی ہی نہیں بلکہ ایک سُگھڑ خاتون بھی ثابت ہوئی اُس نے نرگس سے اجازت لے کر کچن اور گھر کے چھوٹے موٹے کام بھی سنبھال لئے۔ وہ نرگس کو تیار کرا کر لابی میں ٹیلی وژن کے سامنے بٹھا کر پلک جھپکتے مختلف کام نمٹا دیتی۔ سلیم نے اس کی تنخواہ بھی بڑھا دی اور یہ بھی کہ اگر نرگس کو ضرورت ہو تو اس کا کنٹریکٹ بھی بڑھا دیں گے۔

''صاحب کا فون آیا ہے''

فوزیہ نے اپنا موبائل نرگس کی طرف بڑھایا۔

''تمہارے موبائل پر؟''

''کہہ رہے تھے کہ آپ کا نمبر نہیں مل رہا۔''

نرگس نے گردن گھما کر دیکھا۔ موبائل تو ساتھ ہی پڑا تھا۔

''نرگس اب تو تمہاری طبیعت بہتر ہے۔ عرصے سے باہر بھی نہیں نکلیں چلو سنے پیکس میں فلم دیکھتے ہیں۔''

''چلیں ٹھیک ہے۔ کتنے بجے؟''

''میں چھ بجے آ جاؤں گا۔ ساڑھے چھ کا شو ہے''

جب فوزیہ نرگس کو تیار ہونے میں مدد دے رہی تھی تو عرصے بعد نرگس کے چہرے پر ہلکی سی مسکراہٹ نظر آ رہی تھی۔ جب بھی ان دونوں کا فلم کا پروگرام بنتا تھا تو فلم بیشک ٹریجڈی پر ہی ختم ہو اس شام کا اختتام ان کے کمرے میں کامیڈی پر ہی ہوتا تھا۔

کار کا ہارن بجا تو نرگس اور فوزیہ باہر آئے نرگس کو کار کی اگلی سیٹ پر بٹھا کر فوزیہ واپس مڑی تو سلیم نے آواز لگائی۔

''فوزیہ! تم پیچھے بیٹھ جاؤ''

''اس کی کیا ضرورت ہے؟!''

نرگس نے سرگوشی میں پوچھا

''بھئی دو ڈھائی گھنٹے کا پروگرام ہے۔ تمہاری طبیعت خراب ہوئی تو اس کی ضرورت پڑ سکتی ہے۔''

سلیم نے بھی سرگوشی میں جواب دیا۔

سینما میں سیٹوں پر بیٹھنے لگے تو سلیم نے پہلے نرگس کو بٹھایا پھر خود بیٹھا پھر فوزیہ کو کہا ''تم اِدھر میرے دوسری طرف بیٹھ جاؤ''

نرگس نے سوچا ''لائے تو میرے لیے تھے اپنے پاس بٹھا لیا'' اِک عجیب سی بے چینی نے اُسے گھیر لیا۔

سلیم نے پاپ کارن کا جار نرگس کی طرف بڑھایا تو اُس نے بائیں طرف دیکھتے ہوئے پاپ کارن کے لیے ہاتھ بڑھایا۔ اچانک فلم میں بارش کے سین کے دوران زور کی بجلی چمکی اور پورا ہال روشن ہوگیا۔ نرگس کا بڑھا ہوا ہاتھ رک گیا۔ سلیم کا دوسرا ہاتھ فوزیہ کے ہاتھ میں تھا اور فوزیہ کا سر سلیم کے کاندھے پر۔

گھر پہنچ کر نرگس سو نہ سکی۔ وہ سوچ رہی تھی کہ طبیعت بہتر ہونے

کے بعد اُس نے سلیم سے کئی بار کہا کہ اب وہ اپنے بیڈ روم میں آ سکتا ہے مگر اُس نے ہمیشہ یہ کہہ کر بات ٹال دی کہ تمہیں تکلیف ہو گی اور پھر فوزیہ کی ضرورت کسی بھی وقت پڑ سکتی ہے۔

اگلے دن سلیم کا فون آیا کہ آج معظم صاحب کی بیٹی کی شادی ہے میں دفتر سے سیدھا وہیں چلا جاؤں گا۔

''تم تو شادی کا کھانا کھاتے نہیں۔ کھانا گھر ہی کھاؤ گے نا؟''

''ہاں مگر شادی کے کارڈ پر برات کی آمد رات نو بجے لکھی ہے۔ گیارہ بجے بھی آ جائے تو غنیمت ہے۔ میں لڑکی والوں کی طرف سے شامل ہو رہا ہوں۔ برات آنے سے پہلے تو لوٹ کر آ نہیں سکتا۔ بارہ تو بج ہی جائیں گے۔ تم سو جانا۔ مجھے کھانا فوزیہ دے دے گی۔''

موبائل کے کِلک کے ساتھ ہی نرگس کو محسوس ہوا کہ اُس کے جسم کا کینسر اُس کی روح میں سرایت کر رہا ہے۔

رات گئے سلیم نے آہستہ سے دروازے میں چابی لگائی اور دروازہ اندر سے بند کر کے دبے پاؤں آگے بڑھا۔ لابی سے گزر کر اُس نے بہت آہستگی سے نرگس کے کمرے کا دروازہ کھولا۔ کمرے میں گھُپ اندھیرا تھا۔ نرگس کو مِگرین کا اٹیک ہو تو وہ کمرے میں اندھیرا کر کے سوتی ہے۔ سلیم نے آہستہ سے دروازہ بند کیا اور اپنے کمرے میں جا کر کپڑے تبدیل کیئے۔ وہ آہستہ آہستہ چل کر گیسٹ روم پہنچا اور آہستہ سے دروازہ کھولا۔ نائٹ بلب واش روم میں جل رہا تھا اور واش روم کا دروازہ بہت تھوڑا سا کھلا تھا۔ مشکل سے نظر آ رہا تھا کہ کوئی بستر پر سو رہا ہے۔ سلیم نے آہستگی سے دروازہ بند کیا اور چپل اتار کر چادر کے اندر داخل ہو کر بستر پر دراز جسم کے ساتھ اپنے جسم کو چمٹا لیا۔

''سلیم! میں نے فوزیہ کو آج شام پوری تنخواہ دے کر فارغ کر دیا''

نرگس کی رندھی ہوئی آواز سلیم کے کانوں سے ٹکرائی ہی تھی کہ بستر پر دراز برہنہ جسم نے کروٹ لی اور سلیم کے سُتے ہوئے چہرے کو دونوں ہاتھوں میں لے لیا۔

''تم پریشان نہ ہو۔ مجھے بھی تمہاری اتنی ضرورت ہے جتنی تمہیں فوزیہ کی۔''

''انسانیت کا جنازہ''

رونق جمال

بُوا مر چکی تھی۔ لیکن کتنی حیرت کی بات ہے کہ بُوا جو ساری زندگی ہماری بُوا تھی آج مرتے ہی پھوپھی ہو گئی ہے۔۔۔!! پھوپھی کا جنازہ تیار ہو چکا ہے کیونکہ پھوپھی زندگی کے اُٹھتر سال کا مختصر سفر ختم کر کے طویل سفر پر جو جا رہی ہے۔ ہم سب رو رہے ہیں۔ پھوپھی ہم سب کی سب کچھ تھی۔ پھوپھی کی شخصیت پر اسرار نہیں تھی لیکن ہمارے لیے حیرت انگیز ضرور تھی۔۔!! پھوپھی کی باتیں حیرت انگیز، پھوپھی کی حرکتیں حیرت انگیز، پھوپھی کی ہم سب سے بے لوث محبت وچاہت حیرت انگیز۔! یہ کیا کم حیرت انگیز بات ہے کہ آج ایک ہندو کے گھر سے مسلمان کا جنازہ اُٹھ رہا ہے! پھوپھی کا جنازہ اُٹھا تو پھوپھی کی پوشیدہ زندگی پر سے ایک ایک کر کے سارے پردے اُٹھتے چلے گئے اور پھوپھی کی جو کہانی سامنے آئی وہ بھی لوگوں کے لیے کم حیرت انگیز نہیں ہے۔ پھوپھی کی زندگی میری نظروں کے سامنے فلم کی طرح گھومنے لگی ہے۔

میں بیاہ کر سسرال گئی تھی اور چند سالوں میں بال بچوں اور گھر گرہستی میں اُلجھ کر رہ گئی۔ شادی کے بعد پہلے پہل سال چھ مہینے میں مائکے آجایا کرتی تھی لیکن بچوں کی پڑھائی کا سلسلہ شروع ہوا تو دو دو تین تین سال بعد خاندان میں شادی بیاہ یا موت مٹی کے موقع پر آنا ہوتا ہے آج بھی بُوا کی موت کی خبر سن کر سالوں بعد مائکے آئی ہوں۔

پندرہ اگست یوم آزادی انگریزوں کی غلامی سے نجات کا دن۔ ۱۹۴۷ء سے ہم ہندوستانیوں کے لیے مخصوص تاریخ بن گئی ہے۔ پچھلے اڑسٹھ سالوں سے ہم اس تاریخ کو آزادی کا جشن جوش وخروش کے ساتھ مناتے چلے آرہے ہیں۔۔!! لال قلعے پر ملک کے وزیر اعظم ترنگا لہراتے ہیں۔ ملک کے گلی کوچوں میں عوام ترنگا لہراتے ہیں۔ قومی ترانوں کو گنگناتے ہیں۔ یوم آزادی سارے ملک ہی میں نہیں بلکہ ساری دنیا میں جہاں جہاں بھی ہندوستانی بستے ہیں نہایت اہتمام کے ساتھ منایا جاتا ہے۔ میں بھی اسکول کے ابتدائی دور سے لے کر اب تک ہر سال پندرہ اگست کو یوم آزادی باقاعدہ مناتی آرہی ہوں۔ مجھے ہاتھوں میں جھنڈا اُٹھانا انقلاب کا نعرہ لگانا ڈاکٹر علامہ اقبال کا ترانہ ''سارے جہاں سے اچھا ہندوستاں ہمارا'' گانا، گاندھی جی بھگت سنگھ اشفاق اللہ اور بسمل کی تصویروں پر پھول چڑھانا اپنے ملک اور اپنی آزادی پر اِترانا اچھا لگتا ہے!! آزادی ہمارا پیدائشی حق ہے اور ہماری آزادی ہمارے بزرگوں کی قربانیوں کا نتیجہ ہے ہمیں یہ آزادی تحفے میں نہیں ملی ہے بلکہ ہماری یہ آزادی ہمارے بزرگوں کی تگ ودو جفاکش، محنت، خون پسینے، جانی و مالی قربانیوں کا صلہ ہے۔ ہماری اس خوبصورت پرسکون آزادی کے پیچھے ڈھیروں کہانیاں ہیں جو آج بھی رونگٹے کھڑے کر دیتی ہیں!! اُن ہی رونگٹے کھڑے کر دینے والی کہانیوں میں سے ایک کہانی پچھلے سالوں سے ہمارے گھر کی چار دیواری میں پل رہی تھی۔ لیکن ہم میں سے کسی کو بھی اس بات کی اجازت نہیں تھی کہ ہم اس کہانی کو کریدیں اُس کی تہہ تک جائیں۔ دادا کے بنائے ہوئے قانون اور اصولوں کو توڑنا خود اپنی کھال کھنچوانے سے کم نہیں تھا۔ اس لیے ایسی ویسی حرکت یا ہمت ہمارے گھر میں کوئی بھی نہیں کرتا تھا۔

ہمارے کوٹھی نما گھر میں سب کا اپنا اپنا کمرہ ہے۔ اس لیے بے مقصد کوئی بھی ایک دوسرے کے کمرے میں آتا جاتا نہیں ہے۔ بڑا سا باورچی خانہ ہے۔ باورچی خانے سے لگا ہوا ایک بڑا سا ہال ہے جس میں ایک بڑی سی میز ہے جس کے اردگرد سولہ کرسیاں ہیں جس پر بیٹھ کر سارا گھر ایک ساتھ کھانا کھاتا تھا۔ اب زندگی کی آپا دھاپی میں نہ جانے کب سے یہ کرسیاں سب کے ایک ساتھ کھانے کا انتظار کر رہی ہیں۔ گھر کی چار دیواری میں ایک بڑا سا باغیچہ ہے۔ باغیچے سے پہلے بڑا سا آنگن ہے۔ آنگن میں مخملی گھاس لگی ہے جس پر کھیل کود کر ہم جوان ہوئے ہیں آج بھی وہ گھاس ویسی ہی مخملی اور ہری ہری ہے۔ بُوا کی زندگی کی کہانی میں نے زندگی میں پہلی بار اکیس سال کی عمر میں خود اُن کی زبانی چودہ اگست کو سنی تھی۔

میں بی۔اے کے آخری سال میں تھی۔ کالج میں آزادی سے متعلق تقریری مقابلہ رکھا گیا تھا جس میں میں نے بھی حصہ لیا تھا اور اول انعام حاصل کیا تھا۔ میں اُس انعام کو پا کر بے انتہا خوش تھی۔ گھر میں بُوا ہی اک ایسی فرد تھیں جو میری اس طرح کی کامیابیوں پر دل کی گہرائیوں سے خوش ہو کر مبارک باد دیا کرتی تھیں اور میری کامیابی کو سراہا کرتی تھیں۔ اس لیے میں کالج سے لوٹ کر سیدھا بُوا کے کمرے کے دروازے پر جا دھمکی۔ ہمیشہ کی طرح بُوا کے کمرے کا دروازہ بند تھا۔ بُوا دروازے پر دستک دینے پر دروازہ کھول دیا کرتی تھیں۔ میں نے حسب معمول دستک دی لیکن جب بُوا نے کوئی جواب نہیں دیا تو میں نے ہلکی سی قوت لگا کر دروازے کو دھکا دیا۔ دروازہ کھل گیا تو کھلتا ہی چلا گیا۔ بُوا آنکھیں بند کیے ہاتھوں میں پاکستان کا جھنڈا اٹھائے پاکستان کا قومی ترانہ گنگنا رہی تھیں۔ ترانے کے اختتام پر بُوا نے پاکستان زندہ باد، قائد اعظم زندہ باد کا نعرہ لگایا اور آنکھیں کھول دیں۔ مجھے سامنے کھڑا دیکھ کر بُوا گھبرا گئیں تھی جیسے میں نے بُوا کی چوری پکڑ لی ہو۔!! میں حیران و ششدر تھی کہ آج چودہ اگست ہے پاکستان کا یوم آزادی اور بُوا ہاتھ میں پاکستان کا جھنڈا اٹھائے پاکستان کا قومی ترانہ گا رہی ہے اور پاکستان زندہ باد، قائد اعظم زندہ باد کا نعرہ لگا رہی ہے!! میں کوتوال کی طرح کمر پر ہاتھ رکھے بُوا کو سوالیہ نظروں سے گھور رہی تھی۔ بُوا کے چہرے اور نظروں سے صاف ظاہر تھا کہ وہ کچھ خوف زدہ سی ہو گئیں ہیں اور بات چیت کا کوئی خوبصورت بہانہ تلاش رہی ہیں۔۔۔!! میں نے ایک قدم بُوا کی جانب بڑھا کر خاموشی کو توڑ دیا۔

''بُوا۔۔۔ یہ اپنے ملک سے غداری ہے۔!!؟ آپ اور یہ پاکستان کا جھنڈا۔۔۔؟ پاکستان کا قومی ترانہ۔۔۔!!؟ پاکستان زندہ باد!! قائداعظم زندہ باد!! یہ سب کیا ہے بُوا۔۔!!؟؟ آج چودہ اگست ہے پاکستان کی آزادی کا دن!!!! اور ہم ہندوستانی ہیں۔۔۔!! ہم پندرہ اگست کو یوم آزادی مناتے ہیں۔ ترنگا لہراتے ہیں قومی ترانہ ''جن گن من'' گاتے ہیں ہندوستان زندہ باد۔۔۔ مہاتما گاندھی زندہ باد، پنڈت جواہر لال نہرو زندہ باد کا نعرہ لگاتے ہیں اور فخر کرتے ہیں۔۔۔!! لیکن آپ یہ کیا کر رہی ہیں بُوا۔۔۔!!؟ اور کیوں۔۔۔!؟''

میں نے حیرت کے دریا میں غرق ہو کر ایک ہی سانس میں بُوا سے کئی سوال کر ڈالے۔ بُوا نے آگے بڑھ کر مجھے پکڑ کر پلنگ پر بیٹھا دیا۔ کمرے کے دروازے کو اندر سے بند کیا اور میرے پہلو میں بیٹھ کر پھوٹ پھوٹ کر رونے لگیں جیسے جب کوئی بچہ کھلونا چھن جانے پر روتا ہے۔ بُوا کو زار و قطار روتا دیکھ کر میں سہم گئی تھی اس لیے میں نے بُوا کو پکڑ کر جھنجھوڑ دیا۔

''بُوا کیا ہوا ہے آپ کو۔۔۔!؟ کیوں رو رہی ہیں آپ۔۔!؟ بتایئے نا پلیز۔۔۔ بُوا۔۔۔ رونا بند کیجیے۔۔۔!! میں ممی پاپا کو بلا کر لاتی ہوں۔۔۔!! کہہ کر میں جانے کے لیے اُٹھی تو بُوا نے لپک کر میرا ہاتھ پکڑ کر روک لیا اور مجھے کھینچ کر بٹھالیا۔ میں نے بُوا کے آنسو پونچھے اور اُن کے چہرے کو ہاتھوں میں لے کر نہایت اپنائیت سے پوچھا۔

''کیا ہوا بُوا۔۔۔!؟ آپ اس طرح رو کیوں رہی ہیں۔۔۔!؟ مجھے بتایئے شاید میں آپ کے کچھ کام آسکوں۔۔۔ پلیز۔۔۔!! بُوا نے میری جانب غور سے دیکھا۔ میری محبت میرے خلوص کو محسوس کیا اور میرے ہاتھوں کو اپنے ہاتھوں میں لے کر کہا۔۔۔ ''آؤ آج میں تمہیں اپنی زندگی کے ایک اہم راز سے روشناس کراتی ہوں۔۔۔!! کہہ کر بُوا کمرے کی چھت کو گھورنے لگیں جیسے وہ ماضی کے اوراق پلٹ رہی ہوں۔ چند لمحوں بعد بُوا نے درد بھرے انداز میں کہنا شروع کیا۔

''میں تمہاری بُوا نہیں ہوں۔۔۔! میں تمہاری کچھ بھی نہیں ہوں۔۔!! میں رادھا بھی نہیں۔۔۔!! بلکہ رضیہ ہوں۔۔۔!!

''یہ کیا کہہ رہی ہیں بُوا۔۔۔!!؟؟''

''ہاں میرا تمہارا خون کا نہیں صرف انسانیت کا رشتہ ہے۔۔!! تمہارے دادا نے یہ رشتہ بنایا تھا اور میں نے اُسے ہر ممکن نبھایا ہے۔۔۔!! ہمیں فرنگیوں کی غلامی سے آزادی مل چکی تھی۔ ہندوستان کا بٹوارا ہو چکا تھا۔ پاکستان وجود میں آچکا تھا نفرت کی آگ بھڑک چکی تھی۔ ہندو مسلمان ایک دوسرے کے خون کے پیاسے ہو گئے تھے۔ قتل و غارت گری کا بازار گرم ہو گیا تھا۔ ہندو پاکستان اور مسلمان ہندوستان چھوڑ کر بھاگ رہے تھے۔ سرحد پر حیوانیت شباب پر تھی۔۔۔! ہندو مسلمان ایک دوسرے کو مار کاٹ رہے تھے جوان بہو بیٹیوں کی عصمت کو تار تار کر رہے تھے۔ مال و اسباب کو لوٹ رہے تھے۔ ملک کے بٹوارے سے پہلے میرا خاندان پنجاب صوبے کے سحرالہ قصبے سے دس کلومیٹر دور سرور پور میں آباد تھا جہاں مسلمانوں کی قابل لحاظ آبادی تھی۔ ہندو اور سکھوں کے ظلم و بربریت نے مسلمانوں کا جینا محال کر دیا تھا۔ مسلمان جان بچانے کے لیے سرور پور چھوڑ کر بھاگ رہے تھے۔ جو مسلمان مال و اسباب کی فکر میں وہیں ڈٹے ہوئے تھے ایک ایک کر کے مارے جا رہے تھے۔ اُس وقت میری عمر بارہ سال کی تھی۔ میرے ابو صغیر احمد خان ماسٹر تھے۔ ایک رات ابو نے تمام روپے اور زیورات کو کپڑے میں لپیٹ کر کمر میں باندھا امی نے ڈھیر سا کھانا بنا کر کئی دنوں کا توشہ تیار کیا اور رات کے اندھیرے میں گھر کو مقفل کے حوالے کر کے پاکستان میں کسی رشتہ دار کے یہاں جا کر پناہ لینے کی غرض سے نکل پڑے کہ حالات کے سازگار ہونے کے بعد لوٹ آئیں گے۔ سرحد پر پہنچے تو وہاں افراتفری کا عالم تھا دونوں طرف مار کاٹ اور لوٹ مار کا سلسلہ جاری تھا۔ کسی کا شوہر کسی کا بھائی کسی کا باپ بچھڑ گیا تھا یا مارا گیا تھا۔ چاروں طرف خون ہی خون بے بس اور ڈرے سہمے لٹے پٹے لوگ اپنی منزل کی جانب روانہ ہونے کے لیے اسٹیشن پر ریل میں سوار ہونے کے لیے جدوجہد کر رہے تھے۔ جو ریل میں سوار ہونے میں کامیاب ہو جاتے وہ ریل میں غیر محفوظ۔۔۔! جو اسٹیشن پر رہ جاتے وہ موت سے نبرد آزما ہو جاتے! ابو اسٹیشن پر ہم سب کو ایک جگہ بیٹھا کر ریل میں سوار ہونے کے لیے بھاگ دوڑ کر رہے تھے کہ ریل کے آتے ہی ہمیں محفوظ جگہ مل جائے۔ تمہارے دادا دادی اپنے بیٹے بیٹیوں کو لے کر ہمارے قریب ہی بیٹھے تھے۔ لاہور سے ریل آئی لوگ جانوروں کی طرح دوڑ پڑے اور ریل میں سوار ہونے کی جدوجہد کرنے لگے اُسی اثنا میں ہندوؤں کی ایک بڑی ٹولی نے پلیٹ فارم پر بیٹھے مسلمانوں پر حملہ کر دیا اور مسلمانوں کو مارنا کاٹنا اور لوٹنا شروع کر دیا اسٹیشن جنگ کا میدان بن گیا تھا۔ تمہارے دادا کا ایک بیٹا یعنی تمہارا بڑا باپ جو کڑیل جوان تھا عمر یہی کوئی اٹھارہ بیس سال کے قریب ہو گی مجھ پر نظریں گاڑے ہوئے تھا اور گندے گندے اشارے بھی کر رہا تھا۔ ایک بار میرے قریب آ کر بدتمیزی کرنے کی کوشش بھی کر چکا تھا لیکن تمہارے دادا نے اُس کے گال پر طمانچہ رسید کر کے اُسے اُس کی غلط حرکتوں سے باز رہنے کا کہا تھا۔ وہ افراتفری کا فائدہ اٹھا کر میرا ہاتھ پکڑ کر مجھے کھینچتا ہوا مال خانے میں لے گیا جہاں کوئی بندہ نہیں تھا۔ وہاں اُس نے میری آبرو لوٹ لی اسی وقت تیرے دادا جی بھی ہمیں ڈھونڈتے ہوئے مال خانے میں آگئے اُن کے ہاتھ میں پستول تھی اُنہوں نے بیٹے کو گناہ کرتے دیکھا تو آپے سے باہر ہو گئے اور بیٹے کے سینے میں گولی اُتار دی اُس نے وہیں دم توڑ دیا۔ تیرے دادا نے سر سے پگڑی اُتاری اور کھول کر میرے جسم کو ڈھانک دیا۔ بیٹے کی لاش پر حقارت سے تھوک دیا اور میرا ہاتھ پکڑ کر وہیں لائے جہاں میرا اور اُنکا کنبہ بیٹھا تھا۔ ہمارا سارا سامان غائب تھا اور ابو امی بھائی بہنوں کی لاشیں بکھری پڑی تھیں۔ لاشوں کو دیکھ کر میں چکرا کر گر پڑی اور بیہوش ہو گئی۔ ہوش آیا تو میں ریل میں تھی تیرے دادا میرا سر گود میں لئے ہوئے بیٹھے تھے۔ تیری دادی بیٹے کی موت پر آنسو بہا رہی تھیں۔ تیرے ابو چچا اور پھوپھیاں ڈرے سہمے ہوئے تھے۔ آس پاس بیٹھے ہوئے مسافروں کے چہروں پر ہوائیاں اُڑ رہی تھیں۔ ڈبے میں سناٹے کا راج تھا۔ کھڑکی کے ذریعہ ہوا کے ساتھ ریل کی پٹڑی اور لوہے کے چاک کے سنگم کا نغمہ

سنائی دے رہا تھا۔ ٹرین پوری قوت کے ساتھ دوڑ رہی تھی کبھی کبھی انجن کی چیخ سنائی دیتی یا دھویں کے بادل دکھائی دیتے اور کچے کوئلے کے جلنے سے پیدا ہونے والی بو ناک میں گھس کر بے چین کر دیتی تھی۔ تیرے دادا لاہور کے مشہور وکیلوں میں سے تھے۔ تقسیم ہند کے بعد کسی دور کے رشتہ دار کے بلاوے پر لاہور کا گھر بار جائیداد فروخت کر کے الہ آباد جا رہے تھے۔

الہ آباد پہنچ کر بابا نے مجھے رضیہ سے رادھا بنا دیا تھا۔ بابا یعنی تیرے دادا نے مجھے بیٹی بنا لیا تھا۔ بالکل بیٹی کی طرح ہی مجھے پالا پوسا تیرے پتا جی کی شادی کے بعد میرے لیے بھی کئی رشتے آئے لیکن بابا نے لوٹا دیے کیونکہ وہ تمام رشتے ہندو برہمن لڑکوں کے تھے بابا چاہتے ہوئے بھی کسی مسلمان سے میری شادی نہیں کرا سکتے تھے۔ وہ میرے ساتھ ہو رہی ناانصافی اور ظلم کی وجہ سے بے حد شرمندہ اور پریشان رہتے تھے۔ ہندو لڑکے سے وہ مجھے بیاہنا نہیں چاہتے اور چاہ کر بھی میرے لیے مسلمان لڑکے کا رشتہ تلاش نہیں کر سکتے تھے کیونکہ بٹوارے کے بعد ملک میں دھرم و مذہب کا بازار بہت گرم چل رہا تھا۔ بات بات پر شہر کا ماحول بگڑ جاتا تھا۔ بابا نہیں چاہتے تھے کہ ان کی کسی حرکت کی وجہ سے ہم مصیبت میں گھِر جائیں۔۔!! آخر ایک ایک کر کے تیرے چاچا اور بواؤں کی شادیاں ہو گئیں۔ چھوٹے کی شادی کے کچھ دنوں بعد بابا بھی اس دنیا کو چھوڑ کر چلے گئے۔ سچ اُس روز میں بے انتہا روئی تھی۔ اپنے ابو امی کی جدائی سے بھی زیادہ! کیونکہ ایک بار پھر میں باپ کی شفقت سے محروم ہو گئی تھی۔ بابا نے مرنے سے پہلے یہ حویلی میرے نام کر دی تھی اور بیٹوں سے کہہ دیا تھا کہ جب تک رادھا زندہ ہے یہ گھر اس کا ہے۔ اس کے مرنے کے بعد ہی تم سب اس کے مالک ہو گے۔ میں چاہتا ہوں میرے مرنے کے بعد تم سب رادھا کو ایسی ہی عزت دو کیونکہ میں دنیا میں تا عمر شرمندہ رہا ہوں لیکن بھگوان کے سامنے مجھے شرمندہ نہ ہونا پڑے۔۔۔!! بابا سے کیے گئے وعدے کو سب نے نبھایا ہے اور نبھا رہے ہیں۔

میں بھلے ہی دنیا والوں کے لیے رادھا ہوں لیکن آج بھی میں دل سے مسلمان ہوں۔ میرا نام رضیہ ہے۔ مجھے اپنے مذہب سے پیار ہے۔ پاکستان سے پیار ہے کیونکہ میرے ابو امی نے پاکستان کے سفر کے دوران اپنی جانیں گنوا دی تھیں۔ یہ بھی صحیح ہے کہ اب تم لوگوں کے سوا میرا اس دنیا میں کوئی نہیں ہے میری بچی!! میں آج بھی امی ابو، بہن بھائیوں کی لاوارث بکھری پڑی لاشوں کو بھولی نہیں ہوں۔ ہندوؤں کے ظلم و ستم میرے دل میں پوشیدہ ہیں۔۔۔! تیرے بڑے باپ نے جوانی سے پہلے ہی میرے جسم کو داغدار کر دیا تھا۔ بیٹی بنا کر بابا نے جسم کے درد کو دُور کر دیا تھا لیکن روح کا درد۔۔۔!!؟ وہ آج بھی ویسا کا ویسا ہی ہے میری بچی۔۔۔!! روح کے درد سے نجات پانے کے لیے ہی میں یہ سب کرتی ہوں۔۔۔ یہی میری روح کے درد کا واحد علاج ہے۔۔۔!! کہہ کر بُوا پھوٹ پھوٹ کر رونے لگیں اب بُوا کے ساتھ میں بھی رو رہی تھی۔ بُوا کی کہانی سن کر بُوا کی روح کا درد میری روح میں شامل ہو گیا تھا۔۔۔ آہ۔۔۔ اندر سے کتنی کھوکھلی کتنی ٹوٹی اور بکھری ہوئی تھی بُوا۔۔!!!؟ لیکن ہم سب کے لیے بُوا کتنی ایماندار اور دلدار تھی۔۔۔ پتا جی اور چاچا۔۔۔ بُوا کی کوئی بات ٹالتے نہیں تھے۔ بُوا کا مان سمان گھر کے ہر فرد کے لیے لازمی تھا۔ جو بھی کرے گی رادھا بُوا کرے گی۔ ہمارے لیے رادھا بُوا کا فیصلہ آخری فیصلہ ہوتا تھا۔۔۔! بُوا کی کہانی سن کر میں بُوا کی غلام ہو گئی تھی۔ اب ہر سال میں بھی بُوا کے ساتھ سب سے چھپ کر اُن کے کمرے میں چودہ اگست کو پاکستان کی آزادی کا جشن منانے لگی تھی۔ کیونکہ بُوا کی روح کا درد میری روح میں جو اُتر گیا تھا۔ پھر میری بھی شادی ہو گئی۔ میں اپنی سسرال کی ہو گئی میرے بچے ہو گئے میں گھر گرہستی میں ڈوب گئی۔ میں جب بھی مائکے آتی ہوں بُوا ماں سے زیادہ لاڈ مجھے میرے بچوں اور میرے پتی کو دیتی ہیں۔ بُوا نے مرنے سے پہلے یہ گھر میرے پتا جی اور چاچاؤں کے نام کر دیا تھا اور ایک خواہش ظاہر کر دی تھی کہ کچھ بھی ہو اُن کی میت مسلم ریتی رواج کے مطابق کی جائے۔ وہ مسلمان پیدا ہوئی تھیں ہندو بن کر جئیں لیکن مسلمان کی موت مرنا چاہتی تھیں۔

اب ہمیں آزادی ملے اڑسٹھ سال گذر چکے ہیں ہندوستان کے حالات بدل چکے ہیں۔ سماج کی سوچ بدل چکی ہے۔ وقت نے ہمیں جینا سکھا دیا ہے۔ بُوا کی روح قبض ہوتے ہی پتا جی اور چاچاؤں نے محلے کی مسجد کے امام صاحب سے مل کر ساری حقیقت بیان کر دی۔ امام صاحب نے بُوا کی میت کا ذمہ لے لیا ہے اور آج ایک ہندو کے گھر سے مسلمان کا جنازہ اُٹھایا جا رہا ہے تو مجھے ایسا محسوس ہو رہا ہے یہ رادھا بُوا کی ارتھی نہیں ہے۔۔۔! رضیہ پھوپھی کی میت بھی نہیں ہے بلکہ انسانیت کا جنازہ ہے!! پھوپھی کا جنازہ اُٹھتے ہی میرے دل سے پھوپھی کی دردناک کہانی کی چیخ بھی نکل پڑی ہے۔۔۔!!!

سونامی

شکیل خان

''آپ کہاں رہ گئے تھے؟'' نسرین نے اپنے شوہر امجد کو گھر میں داخل ہوتے دیکھ کر غصے سے کہا۔''آپ کو بتایا تھا ناں، مجھے اپنے ہیڈ ماسٹر کے پاس جانا ہے۔''

''ہاں ہاں...... مجھے یاد ہے، بچوں کو ٹیوشن پر چھوڑ کر جب میں واپس آ رہا تھا تو راستے میں تمہاری خالہ زاد بہن شازیہ اور اس کا شوہر خالد مل گیا تھا۔''

''وہ دونوں یہاں......!'' نسرین نے تعجب سے پوچھا۔

''یہی پتا کرنے تو میں رُک گیا تھا، مارکیٹ کے سامنے جو بدنامِ زمانہ فلیٹس ہیں، خالد اپنی موٹر سائیکل کے ساتھ وہیں کھڑا تھا۔'' امجد دیوار کے ساتھ لگے بڑے کشن پر اپنی بیوی کے سامنے بیٹھتے ہوئے بولا۔ وہ وہیں بیٹھی سبزی کاٹ رہی تھی۔

''مگر آپ تو کہہ رہے تھے، شازیہ بھی ملی تھی؟''

اس نے گھور کر اپنی بیوی کی طرف دیکھا۔''تم عورتوں کو بھی ناں...... بیچ میں بولنے کی بیماری۔۔۔''

''اچھا اچھا...... آگے بولیں'' وہ امجد کی بات کاٹ کر فوراً بولی۔

''کیا بولوں، تم نے سارا ٹیمپو توڑ دیا''

''اچھا بابا معاف کر دیں'' اس نے چھری سمیت دونوں ہاتھ جوڑ کر اس کے سامنے کر دیئے۔

''یہ ہوئی ناں بات.....'' اس کے چہرے پر بھی مسکراہٹ آ گئی ''ہاں تو میں... خالد کو دیکھ کر اس کے قریب چلا گیا۔ سلام دعا کے بعد میں نے اس سے وہاں کھڑے ہونے کی وجہ پوچھی تو اس نے بتایا، شازیہ بھی اس کے ساتھ ہے اور وہ اپنی کسی پرانی محلے دار بیوہ خاتون کی مدد کرنے اس کے فلیٹ میں گئی ہے۔ یہ سن کر تو مجھے غصہ آ گیا، میں نے کہا تمہیں پتا ہے یہ فلیٹس اچھی شہرت نہیں رکھتے اور اگر نہیں معلوم تو پھر بھی تمہیں اسے وہاں اکیلے نہیں بھیجنا چاہیے تھا.....''

''آپ کا غصہ دیکھ کر تو وہ گھبرا گیا ہوگا...... وہ تو ہے بھی بے چارا معصوم سا۔'' وہ پھر درمیان میں بولی۔

''بات معصومیت کی نہیں بھروسے کی ہے یار..... اور وہ بھی شازیہ پر...... ویسے مرد کو اتنا بھی زن مرید نہیں ہونا چاہیے۔ آج کل کے مردوں کو نہ جانے کیا ہو گیا ہے، گھر کے کام کاج سے لے کر بچوں کی پوٹی دھلانے تک میں وہ بیویوں کے ساتھ ساتھ ہوتے ہیں۔''

''اس میں قصور کسی ایک کا نہیں بلکہ دونوں کا ہے۔ کیا میں نے آپ سے یہ کام کبھی کروائے؟'' نسرین نے اپنے شوہر کی طرف رُخ کر کے سوالیہ انداز میں پوچھا۔

''اب یہ تو ہم مرد ہیں... مرد، تم مجھ سے یہ کام کرواتیں تو کیا میں کر لیتا؟... عورت پاؤں کی جوتی ہوتی ہے... اور وہ وہیں اچھی لگتی ہے'' اس نے گردن مٹکاتے ہوئے بیوی کو جواب دیا۔

''اچھا اور وہ جو سرِ عام بازاروں میں مردوں کے سروں پر اکثر جوتیاں برستی رہتی ہیں، اس کے بارے میں جناب کا کیا خیال ہے؟'' نسرین نے بھی بھنویں نچاتے ہوئے جملہ کسا۔

''اس میں بھی عورتوں کا ہاتھ ہوتا ہے، وہ کیوں اتنی بن ٹھن کے شاپنگ کرنے جاتی ہیں؟'' وہ پھر مردوں کی حمایت میں بولا۔

''بنے ٹھنے تو مرد ناراض، برقعہ یا عبایا پہنے تو مرد خفا، آخر مردوں کی کوئی کل سیدھی بھی ہوتی ہے...... ویسے عورتیں کچھ بھی پہن لیں، مردوں کی نظریں ہوتی خراب ہیں۔ ایکسرے کی طرح اس کی ہر چیز دیکھنے کی کوشش کرتی ہیں۔''

اس جواب پر امجد لاجواب ہو گیا اور وہ فوراً موضوع بدلتے ہوئے بولا۔

''ارے یار، ہم بھی کس فضول بحث میں پڑ گئے...... تمہیں ہیڈ کے ہاں نہیں جانا''

''صرف چابی کی وجہ سے جانا پڑے گا، اے سی آر فائل تو میں بعد میں بھی دے دوں گی، کل اسد کے اسکول جانے کی وجہ سے یہ اچانک رخصت لینی پڑی ہے، ایسا کریں یہ دونوں چیزیں آپ دے آئیں... پلیز'' وہ التجا کرتے ہوئے بولی ''مجھے ابھی کھانا بھی بنانا ہے''

''ان کے پاس گئے، مجھے خاصا عرصہ ہو گیا ہے، فلیٹ کی لکیشن (location) بھی اب تو صحیح طرح سے یاد نہیں۔'' وہ ٹال مٹول کرنے لگا۔

''ارے بہت آسان ہے...... مین گیٹ کے دائیں طرف بلاک B ہے، بس اسی کے چوتھے فلور پر فلیٹ نمبر 402''

''یار سچی بات بتاؤں...... مجھے اس کھڑوس کے پاس جانا بالکل اچھا نہیں لگتا'' اس نے برا سا منہ بنایا۔''تم ہی یہ تھوڑی سی تکلیف کر لو اور ساتھ چلو۔''

''اچھا'' اس نے مایوسی سے اٹھتے ہوئے کہا''عصر پڑھ لوں، پھر چلتے ہیں۔''

ابھی وہ دو قدم ہی چلی تھی کہ پھر پلٹی ''ارے ہاں یاد آیا...... وہ خالد اور شازیہ کی بات تو ادھوری ہی رہ گئی۔''

''بڑی جلدی خیال آ گیا'' وہ طنزیہ لہجے میں بولا۔

''نہیں...... وہ یہاں تو نہیں آئیں گے۔ میں اس لیے پوچھ رہی تھی۔''

''وہ دونوں تو چلے بھی گئے، آپ کی چھمک چھلو بہن، کچھ دیر بعد ہی بھرپور میک اپ میں، شوخ رنگ کا چست لباس پہنے اور دوپٹہ کاندھے پر لٹکائے اتراتی ہوئی آگئیں تھیں، اب تم ہی بتاؤ کوئی اس حلیے میں اور وہ بھی ان فلیٹس میں کسی بیوہ کی مدد کرنے جاتا ہے یا.....'' اس نے کسی قدر تلخی کے ساتھ جملہ ادھورا چھوڑتے ہوئے کہا۔

''آپ خواہ مخواہ اس پر شک کرتے ہیں، وہ بچپن ہی سے فیشن کی شوقین رہی ہے مگر کردار کی خراب نہیں ہے۔ اچھا ایک بات بتائیں....'' نسرین کا لہجہ اچانک تبدیل ہوگیا اور اس نے ترش انداز میں پوچھا ''اگر وہ خراب ہے تو آپ اس سے فری ہونے کی کوشش کیوں کرتے ہیں؟۔''

''میں...... میں تو منہ نہیں لگاتا ایسی عورتوں کو'' یہ کہتے ہوئے اس کے منہ کا زاویہ بگڑ گیا۔

''ہاں......اگر موقع نہ ملے''

''کیا مطلب؟'' امجد کا پارہ چڑھ گیا۔

''ظفر چچا کے بیٹے کی شادی یاد ہے، جس میں، میں آپریشن کی وجہ سے شریک نہیں ہوسکی تھی اور آپ اس کے ہر فنکشن میں بڑھ چڑھ کر حصہ لے رہے تھے۔''

''ہاں تو پھر؟''

''پھر یہ کہ آپ میری غیر موجودگی کا فائدہ اٹھاتے ہوئے، شازیہ سے خوب فری ہو رہے تھے، مذاق ہو رہا تھا، اس کی تعریفیں ہو رہی تھیں، یہاں تک کہ آپ نے اس کے ساتھ مہندی میں ڈانس بھی کیا تھا، میری بہن ایک ایک بات مجھے فون پر بتاتی تھی مگر میں بیماری کی وجہ سے خاموش رہی'' غصے کی وجہ سے نسرین کی سانسیں پھولنے لگیں۔

امجد نے چوری پکڑے جانے کے بعد وہاں سے کھسکنے میں ہی عافیت جانی اور وہ اٹھ کر واش روم کی طرف چل دیا، اس دوران نسرین اپنی سانسیں درست کرنے لگی، اور جیسے ہی دروازہ بند ہونے کی آواز آئی، اس کے منہ سے طنزیہ ''ہنہ'' کی آواز گردن کی حرکت کے ساتھ نکلی۔

امجد نہا دھو کر جب واش روم سے نکلا تو اس نے دیکھا نسرین ڈریسنگ ٹیبل کے سامنے عبایا پہنے کھڑی سر پر اسکارف باندھ رہی ہے، اس کے چہرے کا تناؤ کچھ کم دیکھ کر اور ماحول کو بہتر کرنے کے لیے اس نے مذاقیہ انداز میں پوچھا ''ملانی صاحبہ......عبایا کے ساتھ اتنی سی دور کے لیے تم اسکارف بھی لوگی۔''

''مجھے ان کے بغیر گھر سے نکلنا عجیب لگتا ہے۔ مردوں کی نظریں جسم میں چبھتی ہوئی محسوس ہوتی ہیں اور پھر میں ہیڈ کے پاس جا رہی ہوں، وہ پردے کے معاملے میں بہت سخت ہیں۔'' اس نے سپاٹ لہجے میں جواب دیا۔

''اچھا بابا......جیسی تمہاری مرضی، اب دیر مت کرو اور چلو، مغرب کے بعد بچوں کو بھی ٹیوشن پر سے لینا ہے۔'' یہ کہہ کر اس نے ٹیبل پر رکھی ہوئی اسکول کی چابی اور نسرین کی فائل اٹھائی اور باہر نکل گیا۔ اس کے پیچھے پیچھے نسرین بھی چل دی۔

پلازہ کے گیٹ کے سامنے پہنچ کر دونوں موٹر سائیکل سے اترے، امجد نے پیٹرول کی ٹنکی پر بندھے بیلٹ سے فائل نکالی اور نسرین کو دیتے ہوئے اسے جلد آنے کی ہدایت کی، فائل لے کر اس نے ایک نظر اپنے عبایا پر ڈالی اور اسے درست کرتے ہوئے پلازہ کے اندر چلی گئی، اس کے جانے کے بعد امجد دائیں بائیں کے فلیٹوں میں نظریں دوڑانے لگا، مگر بالکونیوں کو خالی دیکھ کر اسے مایوسی ہوئی اور وہ موٹر سائیکل کے ساتھ ٹیک لگا کر کھڑا ہوگیا۔ اسی اثناء میں وہاں ایک رکشا آکر رکا اور اس میں سے ایک خوش شکل اور خوش لباس عورت ہاتھوں میں شاپنگ بیگز اٹھائے اتری، وہ کچھ لمحوں کے لیے مبہوت ہوگیا، اس کی نادیدہ اور گڑھتی ہوئی نظریں اس کا سر سے پیر تک گہرائی کے ساتھ جائزہ لینے لگیں، وہ جب اس کے قریب سے گزری تو تیز خوشبو کے جھونکے نے اس کے اندر اٹھتے ہوئے طوفان میں مزید تلاطم پیدا کر دیا۔ مگر یہ تلاطم اس وقت جھاگ کی طرح بیٹھ گیا جب اس کی نظر عورت کے ساتھ ساتھ سفر کرتے ہوئے مخالف سمت سے آنے والے مرد پر پڑی، وہ فوراً سیدھا کھڑا ہوگیا اور ادھر اُدھر دیکھنے لگا، اس دوران اسے سگریٹ کی شدید طلب محسوس ہوئی، اس نے پیکٹ نکالنے کے لیے جیسے ہی پینٹ کی جیب میں ہاتھ ڈالا اسے پیکٹ کے ساتھ چابی کا بھی احساس ہوا ''او مائی گاڈ.....اسکول کی چابی تو میری جیب میں ہی رہ گئی'' تاسف سے بھرا جملہ اس کے منہ سے نکلا۔ اور وہ گاڑی کو لاک کر کے تیزی سے اس بلاک کی جانب بڑھا جہاں نسرین گئی تھی، وہ دو دو اسٹیپ پھلانگتا ہوا زینہ چڑھنے لگا، فرسٹ فلور پر اسے وہ عورت پھر ملی مگر اب کی بار نسرین کے مل جانے کے خوف سے وہ اس پر توجہ دیئے بغیر آگے بڑھ گیا، چوتھے فلور پر پہنچ کر اسے مطلوبہ فلیٹ سامنے ہی نظر آگیا۔ وہ کچھ دیر وہیں کھڑے رہ کر سانسیں درست کرنے لگا، اس کے بعد اس نے بیل بجانے کے لیے جیسے ہی ہاتھ آگے بڑھایا، اسے دروازے سے قریب ہوتی ہوئی نسرین کی مدھم آواز آئی:

''میں امجد کے ہاتھ چابیاں بھیجتی ہوں سر، مگر آپ کل گیارہ بجے یہاں پہنچ جائیے گا'' امجد نے فوراً اپنا ہاتھ یہ سوچ کر نیچے کرلیا کہ وہ باہر آرہی ہے، مگر دوسرے ہی لمحے ہیڈ کی آواز ابھری ''پہنچ جاؤں گا میری جان'' ہیڈ کا جملہ سن کر امجد کو ایسا لگا جیسے انہوں نے نسرین کو اپنی بانہوں میں بھر لیا ہو، یہ سوچ کر اس کا سر چکرانے لگا، اس کے جسمانی نظام میں کہیں کوئی گڑبڑ پیدا ہوگئی تھی، دل کی دھڑکنیں تیز اور اس میں عجیب بے چینی اور ہلچل سی پیدا ہونے لگی، اسی دوران اس کی بیوی کی خوابیدہ آواز پھر اس کے کانوں سے ٹکرائی

''سر چھوڑیں پلیز......کیوں میری حالت خراب کر رہے ہیں، میں کل آؤں گی ناں''

یہ سننا تھا کہ امجد کے دل میں لہو کا ایک سونامی اٹھا اور اس کے تلاطم نے پلک جھپکتے میں، جسم کی شریانوں کو تہس نہس کر دیا اور وہ پسینے میں شرابور، ایک ہاتھ سے سینے کو پکڑے، دروازے کی چوکھٹ کے کنارے سے ٹکراتا ہوا زمین پر آگرا۔

کامریڈ

نیّر اقبال علوی

وہ بہت برے طریقے سے کھانس رہا تھا اور کھانسنے میں اسے سخت تکلیف کا سامنا تھا لیکن۔۔۔کوئی اس کی جانب توجہ مبذول نہ کر رہا تھا۔

کیونکہ۔۔۔کھانسی بھی اب آہوں، سسکیوں اور چیخوں کی مانند سماج میں قابل توجہ شے نہیں رہ گئی تھی، قریب آ کر اس نے ہانپتی سانس اور کانپتی ہوئی آواز سے اللہ نواز کو پکارا۔

سردی، تاریکی اور لوگوں میں قوتِ خرید نہ ہونے کی وجہ سے بازار سُونا سُونا لگتا تھا، اور دکانیں معمول سے قبل بند ہونا شروع ہو گئی تھیں۔ سکوٹر اور موٹر سائیکل مرمت کرنے والی دکان کے برآمدے میں روزانہ محفل جمتی۔۔۔یار دوست دائرے کی شکل بناتے، تسلے میں دہکتے کوئلے رکھے مایوس کن ملکی حالات اور متعفن سیاست پر بات چیت کر رہے تھے۔

غیر منصفانہ، غیر مساواتی اور ظالم سماج کی کوکھ سے سدا یاسیّت، غیر مہذب اور متشدّد دانہ رجحانات ہی جنم لیا کرتے ہیں۔ ایسے میں ظاہر ہے کہ ان معاشروں کے باسیوں کو گفتگو کے لیے بھی یہی عنوانات میسر ہوتے ہیں۔

سروں پر لٹکے مغموم و بے نور قمقمے کی مدھم روشنی میں لٹھے کا کُرتا، میلی سی تہبند، تلے کی کڑھائی والا پرانا کھُسا، جو گرد و غبار میں اَٹ کر اس کے پیروں جیسا ہو گیا تھا۔ رَلی کی واسکٹ جو شدید پالے کو اس کے کمزور و ناتواں جسم پر روکنے کے لیے سراسر ناکافی تھی۔ سر پر کروشیے سے بُنی ہوئی سفید ٹوپی، بیمار اور مضمحل سیاہ چہرے پر سرخ آنکھیں جن میں غالباً شکستہ ارمانوں اور بے خوابی کی لالی تھی، اور چھوٹی چھوٹی سفید داڑھی جو اس کے بے رونق پژمردہ چہرے کو بشاش و شاداب بنانے کی مقدور بھر سعی کر رہی تھی۔

گذرے ہوئے شب و روز کی بدحالیاں اور بے خوابیاں اس کے لباس پر عیاں سلوٹوں سے باہر جھانک رہی تھیں۔ ٹوپی سے باہر بکھرنے والے بالوں پر بازاروں کی اُڑتی ہوئی خاک کے ساتھ ساتھ بے چارگی اور ناداری کی دُھول بھی ڈیرے جمائے ہوئے تھی۔

اس کا بدن ایسے مسافر کا جثہ تھا جس نے زادِ راہ کی بغیر طویل اور صبر آزما سفر طے کیا ہو، فقط اُمید کے زور پر۔۔۔خوبصورت آرزو کے پیش نظر۔۔۔مگر۔۔۔بے سُود۔۔۔بے کار۔۔۔سب رائیگاں۔۔۔منزل جس کو پھر بھی نہ مل سکی ہو۔

وہ انتہائی تھکا تھکا، پشیمان اور کربِ دروں سے دوچار دکھائی دے رہا تھا۔ جیسے۔۔۔لامتناہی صحراؤں میں۔۔۔بھٹکا ہوا مسافر۔۔۔اور چاروں اطراف میں منڈلاتے ہوئے مُردار خور۔۔۔گِدھ۔ وہ ابھی تک کھانس رہا تھا۔

اللہ نواز۔۔۔ابھی آیا کہہ کر اُٹھ گیا۔

کھانسنے والا اس کو لے کر ایک نیم تاریک گوشے میں چلا گیا۔ چند منٹوں کی گفتگو کے بعد اُس نے اُبھری ہوئی نسوں والا بے جان سا ٹھنڈا ہاتھ مصافحے کے لیے اللہ نواز کے صحت مند، توانا اور گرم ہاتھ میں دیا اور۔۔۔کھانستا ہوا آہستہ آہستہ سڑک کے ساتھ چلتے چلتے اندھیرے میں غائب ہو گیا۔ جس طرح ہلکی ہلکی، دبی دبی سسکیاں بے ہنگم شور کے چڑوں میں سرایت کر جائیں۔

محفل میں واپس آ کر اللہ نواز کوئلوں کے سینک پر دوبارہ اپنے ہاتھ تاپنے لگا۔ اس کے ہونٹوں پر تنی چُپ کی چادر نے اس کی قوتِ گویائی کو ڈھانپ رکھا تھا۔

یہ بزرگ کون تھے؟

میں نے اس کی افسردہ آنکھوں کو کھوجتے ہوئے دریافت کیا۔ اللہ نواز میرے سوال پر متعجب ہو کر بولا تم نے نہیں پہچانا۔۔۔اسے؟

نفی میں سر ہلتے دیکھ کر جھٹ سے بولا۔

کامریڈ طفیل۔۔۔یار وہی۔۔۔طفیل بند مکھن!

اسحاق نے پوچھا وہ یہاں کس لیے آیا تھا؟

اللہ نواز نے بتایا چند ماہ قبل اس کی بیوی چل بسی۔ اُس وقت سے شدید علیل ہے۔ اس کی تپ دِق آخری اسٹیج پر ہے۔ مفلسی و عُسرت کی وجہ سے سودمند اور بہتر علاج نہ ہو سکا۔ بے چارہ بڑی انا اور غیرت والا ہے۔ دو روز سے فاقہ زدہ تھا، اس کو ادویہ کی اشد ضرورت ہے۔ آپ میں سے یا اگر آپ کا کوئی ملنے والا اس کی مالی اعانت کرنا چاہے تو۔۔۔

پر اس کا بیٹا تو خود اچھے عہدے پر فائز ہے۔ اس کو اپنے ضعیف و علیل باپ کا خیال رکھنا چاہیے۔ مولوی سلامت نے اللہ نواز کی بات کاٹتے ہوئے کہا۔

یار دوست اس کے بارے میں نہ جانے کیا کیا باتیں کرنے لگے مگر میں ان سے بے نیاز ہو کر عالمِ تصورات میں کئی برس پیچھے کی طرف لوٹ گیا۔

تب۔۔۔میں پانچویں یا چھٹی جماعت کا طالب علم تھا۔ بستی میں ابھی بجلی نہیں آئی تھی۔ گھپ اندھیروں کے باوجود کبھی چوری یا ڈاکے کی وارداتیں نہ ہوتیں۔ غالباً لوگوں کو ابھی اچھی طرح دیکھنا نہ آیا تھا، یا شائد اُجلی اور چمکدار چیزوں کی ملمع کاری دیکھ کر ان کی رالیں ٹپکنا شروع نہ ہوئی تھیں۔ لہٰذا اہل بستی بڑے امن، شانتی اور بھائی چارے کی فضا میں رہتے تھے۔

علی الصبح چمکتی، لشکتی ہرکولیس سائیکل کے کیریئر پر جست کا مستطیل صندوق نما ڈبہ، جس کے دونوں اطراف میں شیشہ لگا ہوا تھا۔ اس شوکیس میں تازہ بند، ڈبل روٹیاں، لائل پور ڈیری فارم کے مکھن کی چھوٹی، بڑی ٹکیاں، دیسی

مرغیوں کے انڈے رکھے، سانولی رنگت، مضبوط پنڈے، کشادہ پیشانی، اونچے لمبا قد کاٹھ، بائیں گال پر موکا، موٹی موٹی سیاہ آنکھوں میں سرخ ڈورے، تازہ بندنما چہرے لیے۔۔۔محمد طفیل۔۔۔

''تازہ بند مکھن اے۔۔۔ڈبل روٹی۔۔۔دیسی مرغی کے انڈے''

کا زور دار اور با آوازِ بلند الاپ کرتا تازہ ہوا کے جھونکے کے مانند بستی کا چکر لگاتا۔ عورتیں، مرد، بچے، بوڑھے حسبِ ضرورت ناشتے کی اشیا خریدتے۔ صبح صبح ہر ایک سے پیار و اخلاق کا مظاہرہ کرتے کرتے چیتے کی سی پھرتی کے ساتھ ارد گرد کی بستیوں اور محلوں میں چلا جاتا اور یوں آہستہ آہستہ وہ۔۔۔محمد طفیل سے۔۔۔طفیل بند مکھن بن گیا۔

اللہ نواز نے میرا کاندھا دبایا تو میں ماضی سے حالی میں وارد ہوا۔

پہچان لیا۔۔۔یا نہیں؟ اُس نے مسکراتے ہوئے پوچھا۔

چونکہ وطن چھوڑ کر میں یورپ میں جا بسا تھا اس لیے سالوں بعد جب چھٹی پر آنا ہوتا تو ارد گرد کے حالات و واقعات کو جاننا اور سمجھنا بالکل اُسی طرح ہوتا جیسے بچپن میں ماسٹر صاحب کہا کرتے، چلو بچو! خالی جگہ۔۔۔پُر کرو۔

حالات سے ناواقف جان کر میری معلومات میں اضافہ کرنے کی خاطر اللہ نواز کہنے لگا۔ وارث صاحب! روٹی، کپڑا اور مکان کی خاطر جب لوگ ہاتھوں میں سُرخ جھنڈے اٹھائے سمت کے تعین کے بغیر دوڑے تو محمد طفیل بھی ساتھ ہولیا۔ وہ اتنی مستعدی اور تیزی کے ساتھ دوڑا کہ پھر اس کو گھر بار کی فکر رہی، نہ کاروبار کا خیال۔۔۔نہ بال بچوں کی پرواہ۔ بس ایک اعلیٰ مقصد کے حصول کی خاطر آنکھیں بند کیے دوڑتا چلا گیا۔ اتنی دور۔۔۔اتنی دور۔۔۔کہ جہاں پہنچ کر وہ طفیل بند مکھن نہ رہا بلکہ طفیل کامریڈ بن گیا۔

روٹی، کپڑا اور مکان حاصل کرنے کے بجائے پولیس کی لاٹھیاں، ان کے ٹھڈے کھائے۔ آنسو گیس کے مرغولے نگلے، کئی کئی روز بھوک ہڑتالیں کیں اور سال ہا سال مکان کے بجائے جیل کی تنگ و تاریک بدبودار کوٹھریوں میں اپنے مقصد سے وابستگی کی خاطر بند رہا۔ ان صعوبتوں اور تکلیفوں نے اس کی ثابت قدمی اور پائے استقامت میں لغزش نہ آنے دی۔ بلکہ وہ ہمیشہ ایک سچا، پکا، مخلص اور ایماندار۔۔۔طفیل کامریڈ۔۔۔رہا۔

تسلے میں دہکتے ہوئے کوئلے کتنی دیر سے حرارت لٹا کر ٹھنڈی و بے جان سفید راکھ میں تبدیل ہو چکے تھے اور۔۔۔سردی نے اپنے زور پر محفل کو تتر بتر ہونے پر مجبور کر دیا۔

آئندہ شام کا موسم، شام گذشتہ کی مانند ہی تھا۔ سوگوار اور زندگی کی رمق سے خالی اور۔۔۔وہ بھی کل کی نسبت آج زیادہ ٹوٹا ہوا، مزید دل گرفتہ، کھانسی کے طویل دوروں میں گھرا ہوا دکھائی دیا۔ اُس وقت اللہ نواز، مولوی سلامت اور میرے سوا وہاں اور کوئی موجود نہ تھا۔

اپنے لہو کی تپش سے محروم، بدن کو گرمانے کے لیے وہ ہمارے قریب آن بیٹھا اور آگ تاپنے لگا۔ سانس لینے میں اُس کو اسی جدوجہد کا سامنا تھا جو کسی بھوکے کو پیٹ بھرنے کے لیے کرنی پڑے۔

مجھے اندازہ ہوا کہ زندگی کے نشیب و فراز پر وہ اتنا بھاگا ہے کہ اب تک اُس کا سانس نارمل نہیں ہو پا رہا۔۔۔پھر۔۔۔یک لخت مجھے خیال آیا کہ اسے سردی کی شدت سے نمونیا تو نہیں ہو گیا؟ لیکن میں خاموش رہا۔

حال احوال پوچھنے کے بعد اللہ نواز مجھ سے مخاطب ہوتے ہوئے کہنے لگا۔ یہ بڑے مخلص اور اچھے دوست ہیں، آج کل دگرگوں حالات سے دوچار ہیں۔ انہیں ادویہ کے لیے کچھ رقم کی ضرورت ہے۔

یہ بات سن کر کامریڈ بگڑ گیا۔ اپنی عزت و انا کو خاک میں ملتے ہوئے دیکھ کر اس نے اللہ نواز کو بے تحاشہ مغلظات سے نوازا۔ اکھڑے ہوئے سانس کے ساتھ اُس کی خوب سرزنش کی۔ اس سے پہلے کہ وہ وہاں سے اُٹھ کر چلا جاتا۔ اللہ نواز نے اس کی کمزور کلائی پکڑتے ہوئے لجاجت کے ساتھ شانت کیا اور پھر بتایا کہ کامریڈ، یہ کوئی غیر نہیں اپنا وارث ہے۔ وارث۔۔۔باؤ جی کا بڑا بیٹا۔۔۔یہ یورپ میں ہوتا ہے، تُو اس کو بھی اپنے بیٹے کی طرح سمجھ۔

اس اثنا میں میں نے اسے پانچ سو روپے جیب سے نکال کر دیے۔ جنہیں بڑی منت و سماجت کے بعد وہ قبول کرنے پر رضا مند ہوا۔ بادلِ نخواستہ بہ حالت مجبوری نوٹ اسے نے بنڈی کی جیب میں رکھ لیے۔ آنسو بھری آنکھوں سے اس نے میرے سر پر شفقت بھرا ہاتھ پھیرا، شائد اسے اپنا بیٹا یاد آ گیا۔

وہ میرا شانہ دباتے ہوئے بولا۔

بیٹا وارث! تیرا باپ بہت نیک اور خدا ترس انسان تھا۔ وہ بھی اپنے نظریے کا حامی تھا۔ بڑے پکے، سچے اور مضبوط کریکٹر کا مالک۔۔۔ نِرآدمی تھا۔ میں نے اس کے ساتھ کئی مرتبہ جیل کاٹی۔

کھانسی کی شدت بار بار اس کی بات کاٹ دیتی۔

ذرا بے حجاب ہو کر کہنے لگا۔ تمہارے باپ نے اچھا کیا جو تمہیں باہر بھیج دیا ورنہ میں نے، اُس نے اور ہمارے جیسے لاکھوں، کروڑوں ہم وطنوں نے سرابوں کے پیچھے بھاگ بھاگ کر خود کو بے دم کر لیا۔ اپنے پھیپھڑے بے کار کروا لیے۔ تپ دق و کینسر اور دیگر موذی بیماریوں کا شکار ہو کر بے علاج ایڑیاں رگڑ رگڑ مر گئے اور۔۔۔نتیجہ؟ صفر۔۔۔سب بے کار۔۔۔وقت کا زیاں۔۔۔

مولوی سلامت جو پیشے کے اعتبار سے کلرک، جبکہ دائیں بازو کے نظریات سے وابستہ تھا، کامریڈ کی بات کاٹتے ہوئے بولا۔

تم اپنی بات کرو۔ روٹی، کپڑا اور مکان کے لیے تم سرابوں کے پیچھے بھاگے ہو۔ سب کو اس فریب میں مت شامل کرو۔

کامریڈ زہریلی ہنسی ہنس کر گلے میں آئے بلغمی لوتھڑے کو نگلتے ہوئے کہنے لگا۔

مولوی! جس طرح سُرخوں نے اینگلز، مارکس اور لینن کے دلفریب

اور مساوات پر مبنی فلسفے کو فقط اپنی تحریروں اور تقریروں کو سجانے اور غریب ولاچار عوام کو پُر امید اور سنہرے خواب دکھانے کے لیے استعمال کیا، اُسی طریقے سے تیرے ناخداؤں نے بھی دین اور قرآن کے مسلمہ اصولوں کو صرف نعرہ بازیوں، معصوم وسادہ لوح لوگوں کے جذبات ابھارنے، ان کو اشتعال دلانے، انہیں اپنے مفادات کے حصول کے لیے بری طرح سے برتا بلکہ وہ تو ایک قدم اور آگے بڑھے اور بارہا اپنے دشمنوں کے آلہ کار بننے سے بھی باز نہ آئے۔

جس ہجوم میں میں بھاگ رہا تھا اس میں تم بھی میرے ساتھ ساتھ دوڑ رہے تھے۔ میں نے متعدد بار تمہیں اپنے ساتھ دیکھا۔ مفلوک الحالی میں، مالی پریشانی میں، روزگار کے مسئلے میں، بچوں کے مستقبل کی فکر میں، انصاف کے حصول میں، بیٹی کے ہاتھ پیلے کرنے کی بپتا میں، جلتی دھوپ میں ادائیگی بل کی غیر انسانی لمبی لمبی قطاروں میں، لوٹنے والے ڈاکٹروں کے منہ چڑاتے کلینکوں میں، ہر جگہ۔۔۔ تم میرے شانہ بشانہ دوڑ رہے تھے۔ فرق بس اس قدر تھا کہ تم سدا دائیں جانب رہ کر دوڑے، جبکہ میں بائیں حصے میں شامل ہو کر بھاگا۔

مولوی سلامت! مجھے کامل یقین ہے کہ تم نے اگر دوڑتے وقت آنکھیں کھول رکھی تھیں تو تم نے ضرور دیکھا ہوگا کہ بائیں حصے میں سُرخ جھنڈے والے شہسوار تھے جب کہ دائیں حصے کو کنٹرول کرنے کے لیے لمبے لمبے بوٹ اور سروں پر فلیٹ ہیٹ پہنے کاؤبوائے گھوڑوں پر بیٹھے تھے۔ اور درمیان میں۔۔۔ درمیان میں تیسری دنیا کے تیرے میرے جیسے کروڑوں، اربوں بھوکے، پیاسے، کمزور، لاغر، بیمار، بے حال، لٹے پٹے، تعلیم سے بے بہرہ انسان نما جانوروں کا سہما ہوا ہجوم روٹی، کپڑے اور مکان کی تلاش میں ننگے بدن اور برہنہ پا دوڑ رہا تھا۔ دائیں اور بائیں جانب کے شہسواران کو بھیڑ بکریوں کے مانند ہانکتے جارہے تھے۔ دوڑتے دوڑتے اگر کوئی گروہ اس ہجوم سے الگ ہونے کی جسارت کرتا تو ایک طرف سے جبر واستبداد کا زوردار کوڑا تڑاخ سے اس کی پیٹھ پر پڑتا، جبکہ ظلم اور استحصال کے تیل میں بھیگے ہوئے دُرّے سے کاؤبوائے اس کے سوکھے جسم کی کھال ادھیڑنے لگتے۔ اور اس کو پھر سے ہانک کر ریوڑ میں دوبارہ واپس لے آتے۔

بول بول کر وہ ہانپنے لگا تھا۔ سانس اکھڑ رہا تھا، جیسے ہوا پر بھی آہستہ آہستہ اس کا حق ختم ہوا جارہا ہو۔ میں اس بوڑھے کی تجربہ کاری اور ژرف نگاہی پر دل ہی دل میں اسے داد دے رہا تھا۔ دھیمے لہجے میں وہ مولوی سلامت سے پوچھنے لگا۔

سچ بتا مولوی ڈنڈی مت مارنا تو نے پچپن برسوں میں دائیں طرف سے کیا حاصل کیا؟ وہی نا؟۔۔۔ جو میں بائیں بازو سے پا سکا۔

تیرے چھ بچے زندہ ہیں اور ساتواں ہونے والا ہے۔ میرا ایک زندہ ہے جبکہ۔۔۔ چھ مر گئے۔ تیری گھر والی زندہ ہے اور میری۔۔۔ مجھے چھوڑ گئی اور جاتے ہوئے مرنے سے چند گھڑیاں قبل مجھے مخاطب کر کے کہنے لگی۔۔۔

"کامریڈ! میرا وقت آ گیا ہے۔۔۔ پر۔۔۔ اڑیا۔۔۔ مجھے اپنے جانے کا غم نہیں۔۔۔ غم اور دُکھ تو صرف اس بات کا ہے کہ تیرے باجوں تیرے دانے رُل جان گے۔"

کامریڈ کی آواز رُندھ گئی۔ فضا پر سکوت طاری تھا اور میں نے دیکھا کہ آنسوؤں کے قطرے اس کی سفید دودھیا داڑھی میں موتیوں کی طرح جھلملا رہے تھے۔ ہم بھی اپنی آنکھیں خشک کرنے لگے۔ اس کے منہ سے بڑی حسرت ناک۔۔۔ ہائے بلند ہوئی اور۔۔۔ پھر وہ کھانسنے لگا۔

سچ مانو تو ہم دونوں ایک ہی کشتی کے سوار ہیں اس کشتی کے جس کے پتوار ہوں نہ بادبان۔ ذرا ستانے کے بعد دوبارہ گویا ہوا۔

یار مولوی! تم نے دیکھا۔ بھاگتے بھاگتے تھکن، پیاس، بھوک، کمزوری یا زخموں سے چُور چُور کوئی گر جاتا تو بھاگنے والی ساری خلقت کس بے دردی اور لاپروائی سے اس کو اپنے پاؤں تلے کچلتی چلی جاتی تاوقت کہ گرنے والا اپنے خون میں نچڑے تڑپ تڑپ کر جان دے دیتا۔ عجیب بات ہے کہ سال ہا سال سے یہ خونی اور جابرانہ تماشا دیکھنے کے باوجود ہم جوق در جوق پھر بھی اس خونی دوڑ میں شامل ہوتے چلے جارہے ہیں لیکن۔۔۔ یار سلامت! افسوس کی بات ہے کہ جب ریوڑ بڑھتا چلا گیا تو سارے مال کا اکیلا مالک رہنے کی خاطر کاؤبوائے نے عیارانہ چال چلی۔ اس کے من میں کھوٹ آ گیا۔ اس کی رگِ حرص پھڑکی ہمیشہ کی طرح کیے ہوئے عہد وپیمان کو بالائے طاق رکھا اور بزدلی کے ساتھ سرخ جھنڈے والے گھڑ سوار کو پشت سے گولی مار کر ہلاک کر دیا اور اب پورے ریوڑ کا واحد تن تنہا مالک بن بیٹھا ہے۔ دائیں اور بائیں کا تصور اس نے عملاً ختم کر کے رکھ دیا ہے اور یوں میرے دوست ہم دونوں بے منزل۔۔۔ ایک سے سراب میں گھرے کھڑے ہیں۔

بتا؟ کیا میں غلط کہہ رہا ہوں۔

اپنے سر کو نا اُمیدی سے ہلاتے ہوئے ہم سب کو مخاطب کر کے کہنے لگا۔

یہ دایاں اور بایاں۔۔۔ مجھے تو بس فریب لگا۔ نری مکاری اور۔۔۔ ریاکاری نظر آئی۔ رب سچے نے اپنی مخلوق کے واسطے ہر شے دل کھول کر وافر مقدار میں مہیا کر دی ہے۔ بات صرف دل کی ہے۔۔۔ سوچنے اور سمجھنے کی ہے۔

مولوی تو ابھی وہیں کھڑا ہے جہاں میں پچپن سال پہلے کھڑا تھا۔

مجھے بتا! کیا ہم نے کوئی سفر طے بھی کیا ہے؟

اوئے ہم بھاگے بھی تھے۔۔۔ کہ نہیں؟ ہم نے قدم بھی اٹھائے یا یوں ہی کھڑے کھڑے اپنی سانسیں پھلا بیٹھے ہیں۔۔۔ بتا مجھے۔۔۔ مجھے پتا نہیں چل رہا۔۔۔ اللہ نواز! تو ہی کچھ بول۔۔۔ بیٹا وارث! تم میرے سوال کا جواب دو۔ کیا ہم نے کچھ فاصلہ طے کیا؟ جواب دو۔۔۔ کچھ تو۔۔۔

کامریڈ بول بول کر بے دم ہوگیا۔اللہ نواز کہنے لگا چل میں تجھے گھر چھوڑ آؤں۔

کامریڈ پھیکی سی مسکراہٹ کے ساتھ نحیف آواز میں کہنے لگا۔

میری بہو میری کھانسی کی آواز سے بے سکون ہو جاتی ہے۔اس لیے گھر جا کر اس کے چین واستراحت میں خلل ڈالنا نہیں چاہتا ویسے بھی گھر اس وقت تک گھر تھا جب وہاں گھر والی تھی۔اب تو۔۔۔اپنا چہرہ اس نے ہاتھوں میں چھپا لیا، اور اس کی سوکھی شاخوں جیسی بے جان انگلیاں آنسوؤں سے نمناک ہونے لگیں۔

مولوی سلامت خاموشی سے اٹھ کر بوجھل دل کے ساتھ گھر کو چل دیا۔ٹھکانا نہ ہونے کی وجہ سے کامریڈ ہمارے پاس بیٹھا رہا۔ہم اِدھر اُدھر کی باتیں کرتے رہے۔قریباً ایک گھنٹے کے بعد وہ نقاہت کے ساتھ اٹھا اور میڈیکل سٹور کے بند ہونے سے قبل دوائی خریدنے کا کہہ کر آہستہ آہستہ چلتا ہوا گہری تاریکی میں غائب ہوگیا۔

کافی انتظار کے بعد جب وہ واپس نہ لوٹا تو جسموں کو کاٹنے والی یخ بستہ ہوا کے جھونکوں میں ہم دونوں بھی اگلے روز ملنے کا وعدہ کر کے اپنے اپنے گھروں کی جانب سدھارے۔

اگلے روز نیند کھلی تو دن کافی چڑھ آیا تھا۔گرم گرم چائے پینے کے دوران میں نے فیصلہ کیا کہ حمام پر چل کر شیو کروائی جائے اور گرم گرم غسل بھی لیا جائے۔

نگینہ ہیئر کٹنگ سیلون میں اللہ نواز مجھ سے پہلے بیٹھا ہوا دوسروں سے بات چیت کر رہا تھا۔اس کی زبانی یہ افسوسناک خبر سنی کہ نیازی میڈیکل سٹور کے تھڑے پر رات طفیل کامریڈ کا انتقال ہوگیا۔اس کے ہاتھ میں ادویہ کا نسخہ تھا اور ۔۔۔اللہ نواز کو مکمل یقین تھا کہ پانچ سو روپے کسی نے اس سے ہتھیا لیے۔

ہم دونوں افسردہ و غمگین ہو کر پانچ سو روپے کا معما حل کرتے ایماندار، محنتی، مخلص انسان، باحوصلہ اور پُرعزم سیاسی کارکن کے ایسے غیر انسانی اور غیر آبرومندانہ انتقال پر معاشرے اور حکومت کو کوستے ہوئے باہر نکل آئے۔

چند دنوں کی غیر حاضری کے بعد منہ لٹکائے، آنکھیں جھکائے مولوی سلامت علی محفل میں آیا اور خاموش ہو کر بیٹھ گیا۔

اسحاق نے خاموشی کی وجہ دریافت کی؟ مولوی کیا بات ہے آج بڑے چُپ چُپ ہو۔اپنے نظریاتی دشمن کامریڈ کے مرنے پہ سوگوار ہو؟

یکا یک اس کی آنکھوں میں آنسو آ گئے۔ڈبڈبائی آنکھوں سے کہنے لگا۔کامریڈ بہت بڑا انسان تھا۔وہ رُک رُک کر بتانے لگا۔جس رات کامریڈ فوت ہوا، میں یہاں سے اُٹھ کر پہلے گھر چلا گیا۔گھر میں بیوی دردِ زہ میں مبتلا تھی۔میں جلدی سے دائی خورشید بیگم کو بلانے اس کے گھر گیا۔لیکن اس نے ساتھ چلنے سے یہ کہہ کر صاف انکار کر دیا کہ کیس کی فیس پہلے میرے ہاتھ پہ رکھو کیونکہ تم نے ابھی تک گذشتہ سال پیدا ہونے والی بچی کے بقایاجات ادا نہیں کیے۔

مایوس ہو کر میں وہاں سے پلٹ رہا تھا کہ گلی کی نکڑ پر نیازی میڈیکل سٹور کے بالمقابل ہاتھ میں نسخہ تھامے ہانپتے ہانپتے اور کھانستے ہوئے وہ۔۔۔مجھے ملا۔

مولوی کی آواز بتدریج ڈوبتی جا رہی تھی، جیسے زیرلب اعترافِ شکست کر رہا ہو۔اُس نے بتایا کہ کامریڈ نے میری پریشانی بھانپ کر مجھ سے پوچھا کیا بات ہے؟

حالانکہ اس وقت وہ خود شکستہ حال تھا۔میرا ماجرا سننے کے بعد اس کی بجھتی ہوئی آنکھوں میں یکا یک عزم اور امید کے چمکدار دیپ روشن ہونے لگے۔بنڈی کی اندرونی جیب سے سو سو کے پانچ نوٹ نکال کر میری طرف بڑھاتے ہوئے بولا۔

یار مولوی! میری بیوی نے سات بچے جنے اور مجھے بھی بارہا اس صورتِ حال سے دوچار ہونا پڑا، جس کا تم اس وقت سامنا کر رہے ہو۔اس لیے تو میں نے کہا تھا ہم دونوں ایک ہی کشتی کے سوار ہیں۔

میں نے روپے لینے سے گریز کیا اور کہا یہ تمہیں اپنی دوائی کے لیے چاہئیں۔وہ ہنس کر بولا۔

بے وقوف نہ بنو۔میں نے جتنا جینا تھا۔۔۔جی چکا۔میری فکر مت کرو، بلکہ جسے زندگی کی ضرورت ہے اس کی جان بچانے کی دوڑ دھوپ کرو۔ روپے میری جیب میں ٹھونستے ہوئے وہ مجھ سے بغلگیر ہوگیا۔مجھے زور سے اپنے نحیف بازوؤں میں دباتے ہوئے کہنے لگا۔

مولوی! میں سُرخا تُو ہرا۔۔۔دایاں بازو۔۔۔بایاں بازو؟ تو پھر جسم تو ایک ہی ہوا اور اگر ہم دونوں ایک جسم کے مالک ہیں تو ظاہر ہے ہمارا دل بھی ایک۔۔۔ تو پھر جھلیا۔۔۔کس بات کی ناراضی؟ کیسا اختلاف؟ کس وجہ سے نفرت و کدورت؟

اوئے سن! چونکہ دل میں رب سچا رہتا ہے اس لیے تیری میری کا جھگڑا ختم۔۔۔اور میں اپنے رب کی پیروی کر رہا ہوں۔

جا۔۔۔اب دیر نہ کر۔۔۔تیری خیر ہو۔۔۔جا۔۔۔جا جا۔۔۔میں اس سے جدا ہونے لگا تو آخر میں قریباً نہ سنائی دینے والی مریل سی آواز میں بولا۔

یار مولوی! اپنے بچوں کو۔۔۔دائیں بائیں کے چکروں سے بچا کر رکھنا۔

سلامت کی آنکھوں سے گرنے والے آنسو اپنے نظریاتی دشمن کو خراجِ عقیدت پیش کر رہے تھے اور۔۔۔میں بھیگی ہوئی آنکھوں سے دیکھ رہا تھا کہ کامریڈ طفیل زمین پہ اوندھے منہ گرا پڑا ہے۔اس کا بدن خون میں لت پت ہو کر سرخ رنگت اختیار کر گیا ہے جیسے اشتراکیت کے سرخ جھنڈے میں ملفوف لاش۔۔۔اور لوگوں کا۔۔۔ایک نہ ختم ہونے والا انبوہِ کثیر روٹی، کپڑا اور مکان کے فلک شگاف نعرے بلند کرتا، اس کو پیروں تلے روندتا، کچلتا، ٹھوکریں مارتا، بڑھتا چلا جا رہا ہے۔۔۔بڑھتا چلا جا رہا ہے۔

قبرستان کا بھوت

نصرت بخاری

انسان لاکھ انکار کرتا رہے لیکن دولت و دینار میں ایسی چمک ہے جو انسان کے قلب وذہن سے مروت ومحبت کا پانی نچوڑ لیتی ہے اور وہ اپنے عزیز ترین رشتوں سے منہ موڑ کے ہجر کی گٹھری اٹھائے آنکھوں سے اوجھل ہو جاتا ہے۔ اس کا ذہن یہ سوچتا ہی نہیں کہ وہ جب واپس آئے گا تو کیا اس کے والدین زندہ ہوں گے۔ اگر نہیں ہوں گے تو کیا وہ اپنی ساری زندگی کی کمائی سے انھیں واپس لے آئے گا؟ اسے اپنی ماں کی آنکھوں میں نمی اور باپ کے اترے ہوئے چہرے کا مفہوم سمجھ ہی نہیں آتا۔ میں ایسی باتیں کیوں سوچنے لگا؟ اس لیے کہ میرے سامنے ایک ماں کی میت پڑی ہے لیکن اس کا بیٹا اس سے ہزاروں میل دور بیٹھا ہے۔ وہ آنا چاہتا ہوگا لیکن کئی ایسی مجبوریاں ہوں گی جو موئی ماں سے زیادہ عزیز ہوں گی۔ وہ بھی ماں کے لیے تڑپا ہوگا لیکن میں نے اس ماں کو اس کے لیے تڑپتے بلکتے دیکھا ہے۔ نزع کے عالم میں بھی جب اس کے بیٹے کا فون آیا اور اس کے کان سے لگایا گیا تو میں نے اس کے پورے وجود کو بیدار ہوتے ہوئے دیکھا تھا۔ میں اس کے جنازے میں شریک تھا اور ایسی کمائی پر ہزار بار لعنت بھیج رہا تھا جو ماؤں سے بیٹے چھین لیتی ہے۔ خود مجھے معاشی پریشانیوں نے دیارِ غیر میں پھینک دیا تھا اور میں ایک عرصے کے بعد پچھلے جمعے کو وطن واپس آیا تھا؛ لیکن اب میں نے پختہ ارادہ کر لیا تھا کہ میں ملک بدری کی سزا کا طوق ہرگز نہیں پہنوں گا۔ یہ وہ سزا تھی جو پرانے بادشاہ اپنے بدترین مخالف کو دیا کرتے تھے اور ہم بخوشی یہ سزا قبول کر لیتے ہیں۔ میت کو دفنا دیا گیا تھا اور تمام لوگ واپس جا رہے تھے۔ میں نے بھی واپسی کا ارادہ کیا لیکن ابھی دو چار قدم ہی چل پایا تھا کہ کسی نے پیچھے سے مجھے آواز دی:

''ندیم''۔

میں نے پیچھے مڑ کر دیکھا۔ بہت سے لوگ آ رہے تھے لیکن مجھے کوئی شناسا چہرہ نظر نہیں آیا؛ آتا بھی کیسے درمیان میں دس بارہ سال کا فاصلہ تھا۔ میں تو اپنے چچا زاد بھائیوں کو نہیں پہچان سکا تھا جو مجھے ائر پورٹ پر لینے آئے تھے، اس شخص کو کیسے پہچان لیتا؛ پھر میں یہ سوچ کر چل پڑا کہ ممکن ہے کسی اور ندیم کو آواز دی گئی ہو۔

''رک جا میرے بھائی''۔ میں نے پھر مڑ کر دیکھا تو ایک آدمی جس کی چھوٹی چھوٹی ڈاڑھی تھی اور آدمی فیصلہ نہیں کر سکتا تھا کہ اس کی ڈاڑھی میں زیادہ بال کالے ہیں کہ سفید، مجھے ہاتھ کے اشارے سے رکنے کا اشارہ کر رہا تھا۔ میں نے غور سے اسے دیکھا تو وہ میرا دیرینہ دوست رضی تھا۔ سکول میں سب اسے رضی اللہ تعالیٰ کہتے تھے۔ ہم پہلی جماعت سے میٹرک تک کلاس فیلو تھے۔ جب میں سعودیہ گیا تھا تو اس وقت اس کی ڈاڑھی نہیں تھی۔ ایک دو بار میں پاکستان واپس بھی آیا تھا لیکن اس سے ملاقات نہیں ہو سکی تھی۔ وہ میرے قریب آ چکا تھا، ہم دونوں آپس میں لپٹ گئے، ایک دوسرے کو خوب دبایا۔

''سناؤ بھئی رضی اللہ تعالیٰ کیسے ہو'' میں نے اس سے جدا ہوتے ہوئے کہا

''بڑے عرصے بعد کسی نے اس نام سے پکارا ہے۔ کہاں ہوتے ہو یار'' اس نے اپنائیت سے کہا

''تو تو جانتا ہے نا، میں سعودیہ میں ہوتا ہوں'' میرے لہجے میں تکبر کی کوئی لہر بھی شامل ہو گئی تھی

''اتنے عرصے کے بعد ملے ہو آؤ اسی پرانے ہوٹل میں چائے پیتے ہیں''

''وہ ہوٹل ابھی تک چل رہا ہے''؟ میں نے حیرت سے پوچھا

''بالکل چل رہا ہے اور اسی طرح چل رہا ہے۔ زمانے نے اس کا کچھ نہیں بگاڑا لیکن میں بھی وہاں کم ہی جاتا ہوں۔ ہمارے گھر سے دور ہے اس لیے ادھر آنے کا کم ہی موقع ملتا ہے۔ ادھر کسی کا جنازہ پڑھنا ہو تو تب ہی آتا ہوں لیکن ہوٹل میں کبھی نہیں گیا۔ برسوں بعد تمھارے ساتھ وہاں جا رہا ہوں۔

واقعی زمانے نے اس ہوٹل کا کچھ نہیں بگاڑا تھا۔ اسی انداز میں چار پائیاں بچھی ہوئی تھیں۔ تنور اپنی جگہ پر قائم تھا۔ البتہ ہوٹل کا چاچا اپنے خدو خال کو زمانے کی بے رحمی سے نہیں بچا سکا تھا۔ میں نے تو اسے فوراً پہچان لیا لیکن مجھے پہچاننے کے لیے اسے کچھ لمحوں کا سہارا لینا پڑا۔ وہ بڑی محبت سے پیش آیا۔

''کیا تم دونوں ایک ہی ملک میں ہوتے ہو'' ہوٹل کے مالک نے پوچھا

''میں تو یہیں ہوتا ہوں'' احمد نے جواب دیا

''نظر تو کبھی نہیں آئے''

ادھر آنا جانا کم ہی ہوتا ہے چاچا''

''بیٹا ایک ہی شہر ہے، پھر کبھی کبھی جنازہ پڑھنے تو آتے ہو گے''؟

''ہاں بس جنازہ پڑھنے تو کئی بار آیا ہوں''

''میں یہاں سب کے جنازے پڑھتا ہوں، اپنا پرایا، امیر غریب، چھوٹا بڑا سب کے؛ لیکن میں نے تمھیں کبھی نہیں دیکھا۔ یہ تو باہر ہوتا ہے تو تو کبھی کبھی آ جایا کر''۔ یہ کہ کر اس نے اپنی چادر سے چار پائی صاف کی اور ہمارے لیے اپنے ہاتھ سے چائے بنانے چلا گیا۔

''پیسے کما رہے ہو''؟ بیٹھتے ہی احمد نے پوچھا تو مجھے یوں محسوس ہوا جیسے طنز کر رہا ہو۔

''کیا کریں یار، اس کے بغیر بھی تو گزارا نہیں ہوتا''۔ میں نے کم زور لہجے میں جواب دیا

''جانتا ہوں یار سب جانتا ہوں۔ یہ جس مائی کا ہم جنازہ پڑھ کے آ

رہے ہیں نا؛اس کا بیٹا انگلینڈ میں ہوتا ہے، تجھے تو بتانے کی ضرورت ہی نہیں ہے، تیرے تو گھر کی کہانی ہے؛نوٹوں کی گڈیوں سے الماری بھری ہے مگر بیٹے کے لیے تڑپ تڑپ کر مرگئی ہے۔وہ پیسے بھیج کر سمجھتا تھا کہ شاید ماں ان سے بہل جائے گی مگر ایسا نہیں تھا وہ آسمان پر آتے جاتے جہاز دیکھ کر کہا کرتی تھی کہ جانے میرا بیٹا کس جہاز میں آئے گا۔وہ راہ تکتے تکتے مرگئی مگر بیٹا نہ آیا۔اب وہ اربوں روپے بھی لگالے تب بھی اپنی ماں کی صورت نہیں دیکھ سکے گا، قیامت تک نہیں دیکھ سکے گا۔''اس کی آواز دُکھنے لگی تھی۔میں بھی سر جھکائے دکھی دل کے ساتھ اس کی باتیں سن رہا تھا۔اپنوں سے دور نہ جانے کا ارادہ تو پہلے ہی کر چکا تھا، اس کی باتوں نے اس پر پکی مہر لگادی۔ہم بہت دیر تک باتیں کرتے رہے موبائل نمبر کا تبادلہ ہوا اور میں نے اس کا اور جب اٹھنے لگے تو میرا چچازاد بھائی جواد جو موٹر سائیکل پر قبرستان کی طرف جارہا تھا، مجھے دیکھ کر رک گیا۔

''کہاں جارہے ہو''میں نے اس سے پوچھا''

''آج جمعرات ہے نا،امی کی قبر پر حاضری دینے قبرستان جارہا ہوں''۔

''چلو میں بھی تمھارے ساتھ چلتا ہوں''۔رضی سے اجازت لے کر میں بھی اس کے ساتھ ہولیا۔جب ہم قبرستان میں داخل ہوئے تو شام ہونے کو تھی۔تاریکی آہستہ آہستہ اجالے کو پیچھے دھکیل رہی تھی۔جواد اپنی امی کی قبر پر کھڑا دعا کرنے لگا، میں نے اس کا ساتھ دیا۔اچانک ساتھ والی قبر کی تختی نے میری آنکھیں جکڑلیں یہ رضی اللہ کی قبر تھی۔وہی رضی اللہ جس نے ابھی کچھ دیر پہلے میرے ساتھ چائے پی تھی شبے کی کوئی گنجائش نہیں تھی کیونکہ ساتھ ہی اس کے والد کا نام بھی درج تھا۔

''جواد!یہ قبر دیکھ رہے ہو۔یہ اس شخص کی ہے جو ابھی میرے ساتھ تھا''۔میری آواز کپکپا رہی تھی

''کس وقت بھائی جان!''جواد نے حیرت سے کہا

''ابھی یار ابھی۔جب تم مجھے موٹر سائیکل پر بٹھا رہے تھے تو وہ میرے ساتھ تھا''

''لیکن اس وقت تو آپ کے ساتھ کوئی نہیں تھا''

میں اور بھی خوف زدہ ہو گیا۔میری ٹانگیں کانپ رہی تھیں۔جواد سے اپنی اس کپکپاہٹ کو چھپانے کے لیے میں جلدی جلدی چلنے لگا۔جواد میرے پیچھے پیچھے بھاگا آرہا تھا۔قبرستان سے واپس آتے ہوئے جواد نے بہت باتیں کیں لیکن میری سوچ تو رضی اللہ کی قبر سے چپک گئی تھی۔اگرچہ میں نے زندگی میں کبھی بھوت نہیں دیکھا تھا لیکن اس کے متعلق ہزاروں باتیں سنی تھیں، سیکڑوں کتابیں پڑھی تھی۔مجھے پورا یقین تھا کہ مجھ سے ملنے والا رضی اللہ کا بھوت تھا۔جب تک بھوت نہیں دیکھا تھا تو مجھے اس سے ملنے اور دیکھنے کا بہت شوق تھا اب دیکھا ہے تو ٹانگیں بدن کا بوجھ سنبھالنے سے قاصر تھیں۔گھر آ کر میں بستر پر دراز ہوا تو بھوت کا خوف بھی پہلو میں لیٹ گیا۔رات کے کسی پہر کمرے میں کسی کی موجودگی سے میری آنکھ کھل گئی۔

''کون ہے''۔میرے الفاظ کو خوف نے منہ سے باہر نہیں آنے دیا

''بچاؤ، بچاؤ، بچاؤ''۔میری چیخ پکار سن کر تمام گھر والے دوڑے آئے۔وہ مجھ سے کچھ پوچھ رہے تھے لیکن کوئی بات مجھے سمجھ نہیں آرہی تھی۔میرا سارا بدن بخار سے جلنے لگا۔اس کے بعد جو کچھ ہوا یا جو کچھ میں نے اس کیفیت میں کیا ،مجھے بالکل یاد نہیں۔صبح میری آنکھ کھلی تو میں ہسپتال میں تھا۔ڈاکٹر بھوت کی کہانی سے کسی طور پر متفق نہیں ہورہا تھا جب کہ میں نے اپنی آنکھوں سے اس کو دیکھ رکھا تھا۔

''اس نے مجھے اپنا فون نمبر بھی دیا تھا''۔میں نے ڈاکٹر صاحب کو بتایا اور جب اس نمبر پر کال کی گئی تو اسے بند پایا گیا۔ڈاکٹر صاحب نے مجھے کسی ذہنی دباؤ یا خوف کے زیر اثر قرار دے کر گھر بھیج دیا۔کئی روز میری طبیعت ایسی ہی رہی ۔اس کے بعد بھی مجھے مختلف ڈاکٹروں کو دکھایا گیا سب کے سب بھوت پریت کے وجود سے انکاری تھے لیکن میں آنکھوں دیکھے کو کیسے جھٹلا سکتا تھا۔ایک دن ایک ڈاکٹر کے کلینک سے باہر نکلے ہی تھے کہ رضی کا بھوت موٹر سائیکل پر بیٹھا سامنے سے گزر گیا۔اس کی اور میری آنکھیں چار ہوئیں۔وہ مجھے دیکھ کر ہاتھ ہلا رہا تھا۔

''بھوت، بھوت، وہ رہا بھوت''۔میں نے اشارے سے بھائی کو بتایا اور بے ہوش گیا۔ہوش آیا تو میں ایک بار پھر ہسپتال میں تھا۔میرا علاج مسلسل ہورہا تھا۔چھ مہینے اس اذیت میں مبتلا رہنے کے بعد میری ذہنی وجسمانی صحت آہستہ آہستہ بحال رہنے لگی۔میرے گھر والے اسے ڈاکٹروں کی محنت بتاتے تھے تاہم میں جانتا تھا کہ چونکہ گذشتہ چھ مہینے سے مجھے رضی کا بھوت نظر نہیں آیا تھا، اس لیے وہ میرے ذہن سے آہستہ آہستہ محو ہوتا جارہا تھا اور اسی وجہ سے میری ذہنی صحت بھی بہتر ہورہی تھی۔

ایک دن کسی عزیز کی موت کی وجہ سے پھر اسی قبرستان جانا پڑ گیا۔رضی کی قبر کے قریب سے گزرا تو ذہن میں پھر خوابیدہ خوف آہستہ آہستہ سر اٹھانے لگا۔زمین نے میرے پاؤں پکڑ لیے۔۔اپنی اس کیفیت کو چھپانے کے لیے میں نے دعا کے لیے ہاتھ اُٹھالیے۔

''کیا کر رہے ہیں صاحب''۔میں نے دیکھا مٹی میں لت پت ایک شخص میرے پاس کھڑا تھا

''یہ میرے دوست کی قبر ہے''۔میں نے اس کیفیت سے نکلنے کے لیے اس کا سہارا لیا

''لیکن یہاں تو کوئی دفن نہیں''

''پھر یہ کیا ہے؟''۔میں نے قبر کی طرف اشارہ کیا

''سر!میں گورکن ہوں۔بات یہ ہے کہ آبادی بڑھ جانے کی وجہ سے قبرستان میں قبروں کے لیے جگہ نہیں ملتی۔امیر لوگ دفتر والوں کو پیسے دے کر اپنی قبر کی بکنگ کروالیتے ہیں۔یہ قبر بھی بک ہے۔آپ بھی مجھے روپے پیسے والے لگتے ہیں۔میری مانیں تو دو چار قبروں کی آپ بھی بکنگ کروالیں۔پھر جگہ نہیں رہے گی''۔اس کا لہجہ خالص کاروباری تھا۔

’’اپنوں کے درمیاں‘‘

رومانہ رومی

وہ پلیٹ فارم پر بیٹھی اپنی ٹرین کا انتظار کر رہی تھی۔۔۔اُسے اپنے گھر سے نکلے کافی سمے ہو چکا تھا اور اب اُس کی طعبیت مسلسل سفر سے نڈھال ہو چکی تھی۔ پتا نہیں کیوں اپنا ابتدائی افسانہ لکھنے سے لے کر آج تک اُس کا دل بہت بے چین اور بے قرار تھا سو اُس نے اس بے چینی اور بے قراری کو ختم کرنے کے لیے سفر کا ارادہ کیا اور کچھ عرصہ کے لیے خود کو اِن سب معاملات سے دور رکھنے کا فیصلہ کرتے ہوئے گھر سے نکل کھڑی ہوئی۔۔۔مگر اُس کے اندر کی بے قراری نے اُسے کہیں قرار نہ لینے دیا۔۔۔اِک عجیب سے دکھ کا احساس تھا جس نے اُسے چاروں طرف سے اپنی لپیٹ میں لے رکھا تھا۔۔۔سو اُس نے واپس گھر جانے کا قصد کیا اور پہلی مطلوبہ ٹرین کا ٹکٹ حاصل کر کے اپنی ٹرین کا انتظار کرنے لگی۔۔۔پلیٹ فارم پر اس وقت ایک عجیب افراتفری تھی ہر مسافر اپنی مطلوبہ ٹرین میں جگہ حاصل کرنے کے لیے بھاگ دوڑ کر رہا تھا اور قلی حضرات سر پر سامان اُٹھائے اِدھر سے اُدھر دوڑ رہے تھے۔اُس کی آنکھیں بظاہر تو اُس منظر پر ٹکی ہوئی تھیں مگر ذہن کہیں اور ہی تھا۔۔۔وہ زندگی کے اُس سفرِ مسلسل پر غور کر رہی تھی جو کہیں نہیں رُکتا۔۔۔زندگی کے سفر میں اگر آپ صحیح وقت پر صحیح ٹرین کا انتخاب نہ کر پائے یا آپ سمے پر اُسے جانہ لیں تو بس پھر وقت ہاتھوں سے ریت کی مانند پھسلنے لگتا ہے اور آپ کی ساری زندگی پلیٹ فارم کی نذر ہو جاتی ہے۔۔۔اور اُس کے اندر کے اسی خوف نے اُسے ہمیشہ وقت کی قدر کرنا اور صحیح سمے پر کام کرنا سکھایا تھا۔۔۔اسی لیے وہ آج بھی ہمیشہ کی طرح وقت سے پہلے ہی اسٹیشن پر موجود اپنی گاڑی کے انتظار میں تھی جب کہ ابھی اُس کے آنے میں آدھے گھنٹے کا وقت باقی تھا۔۔۔اچانک وہ چونکی۔۔۔اُس کے مطلوبہ پلیٹ فارم کا سرخ سگنل سبز ہو گیا تھا۔۔۔اُس نے سوچا شاید ٹرین آج جلدی آگئی ہے یا پھر اُس کی گھڑی بند ہے۔۔۔مگر پھر وہاں لگے ہوئے اسپیکر پر اعلان ہونا شروع ہو گیا۔۔۔وہ دھیان سے اعلان سننے لگی تا کہ جان سکے کہ آیا آنے والی ٹرین اُس کی مطلوبہ ٹرین ہے یا نہیں۔۔۔مگر نہیں یہ تو کوئی اور گاڑی تھی جو اس پلیٹ فارم سے گزر کر اپنی منزل کو جانا چاہتی تھی۔۔۔اُس نے ایک ٹھنڈی سانس بھری اور اپنی سیٹ کی پشت سے ٹیک لگا کر بیٹھی گئی۔۔۔ٹرین کی تیز سیٹی پر اُس نے آنکھیں کھولیں تو دیکھا کہ دور سے ایک ٹرین تیزی سے پلیٹ فارم کی طرف بڑھ رہی تھی جیسے جیسے وہ قریب آتی جا رہی تھی ویسے ویسے پلیٹ فارم پر اُس کی دھمک محسوس ہونے لگی اور پھر وہ بڑی تیز رفتاری سے اُس کے سامنے سے گزرنے لگی۔۔۔اچانک اسٹیشن کی فضا گزرنے والی ٹرین کے خوفناک بریکوں سے چیخ اُٹھی اور اُس کے ساتھ ہی یک دم سناٹا چھا گیا۔۔۔ہر کوئی پریشان نظروں سے ٹرین کی جانب دیکھ رہا تھا۔۔۔کسی انہونی کے خوف کا سایہ ہر چہرے کو اپنی لپیٹ میں لیے ہوئے محسوس ہو رہا تھا۔۔۔چند گھڑی کے سناٹے کے بعد اب دبی دبی آواز میں لوگوں کی چہ مگوئیاں شروع ہو چکی تھیں۔۔۔ہر کوئی ٹرین کے اچانک رکنے پر اپنی اپنی رائے دے رہا تھا پھر اسٹیشن ماسٹر کی قیادت میں عملے کے لوگ تیزی سے ٹرین کی جانب بڑھنے لگے۔۔۔رُکنے والی ٹرین کا عملہ کپڑے کے بنے ہوئے ڈاک کے بڑے بڑے تھیلے ٹرین سے اُتار کر پلیٹ فارم پر رکھ رہے تھے اسٹیشن پر موجود افراد اسٹیشن ماسٹر کے اردگرد جمع ہو گئے اور اُن سے ٹرین کے اچانک رکنے کا سبب دریافت کرنے لگے وہ بھی تجسس سے اُن سب کی طرف دیکھنے لگی کہ شاید کسی کی کوئی بات سن کر اس ناگہانی کا اندازہ لگا سکے۔۔۔مگر وہ سب اُن تھیلوں کو اُٹھائے تیزی اور خاموشی سے اُس کے قریب سے گزرتے چلے گئے۔۔۔اسٹیشن کی فضا شور سے بھر گئی۔۔۔ایسے میں اچانک پلیٹ فارم کا اسپیکر گونج اُٹھا۔۔۔’خواتین و حضرات توجہ فرمائیں۔۔۔ابھی ابھی پلیٹ فارم پر جو ٹرین بغیر کسی اطلاع کے رُکی ہے وہ دراصل ایک شخصیت کی تلاش میں ہے اور اُس کا دعویٰ ہے کہ وہ مطلوبہ شخصیت اس وقت اس اسٹیشن پر موجود ہے لہذا اُن سے گزارش ہے کہ وہ فوراً اسٹیشن ماسٹر صاحب کے کمرے میں تشریف لے آئیں‘‘۔۔۔اور اس کے بعد اسپیکر سے اُس شخصیت کا نام پکارا جانے لگا۔وہ حیرانگی سے اپنے چاروں طرف دیکھنے لگی مگر اُسے وہاں پہنچاننے والا کوئی نہیں تھا تو پھر آخر یہ اُس کے نام کی پکار کیوں تھی؟۔۔۔نام کے اعلان کے بعد پلیٹ فارم پر موجود خواتین مسافروں میں افراتفری کا عالم تھا۔۔۔ہر کوئی دوسرے کو شک کی نگاہ سے دیکھ رہا تھا۔۔۔اتنے میں کسی کی نگاہ اُس پر جا ٹھہری اور پھر سب نے آنکھوں ہی آنکھوں میں اسے مشکوک ٹھہراتے ہوئے اُس کی جانب بڑھنا شروع کر دیا۔۔۔یہ صورتِ حال اُس کے حق میں کچھ اچھی نہ تھی۔۔۔اُس نے اپنے حواس یکجا کیے اور خود ہی اپنے آپ کو اسٹیشن ماسٹر کے کمرے میں جانے کے لیے تیار کرتے ہوئے اپنی سیٹ سے کھڑی ہو گئی۔۔۔اُس کی جانب بڑھنے والے لوگ اپنی اپنی جگہ رُک گئے اور اُسے دیکھنے لگے۔۔۔اُس نے اطمینان سے اپنا بیگ اُٹھایا اور کمرے کی جانب بڑھی۔۔۔جیسے ہی اُس نے کمرے میں قدم رکھا سب کی کھوجتی ہوئی نگاہیں اُس کا جائزہ لینے لگیں وہ دھیرے دھیرے قدم اُٹھاتی ہوئی اسٹیشن ماسٹر کی میز کے پاس پہنچی اور ہلکی سی آواز میں بولی۔’’جی میں ہی آپ سب کی مطلوبہ شخصیت ہوں۔‘‘ اُس کے اِس اعتراف کے بعد نہ صرف کمرے میں بلکہ کمرے سے باہر کھڑے ہوئے ہجوم میں بھی ایک ہلچل سی مچ گی۔۔۔اسٹیشن ماسٹر نے اُسے اپنے سامنے والی سیٹ پر بیٹھنے کے لیے کہا۔۔۔وہ اپنے آپ کو آنے والے حالات کے لیے تیار کرتے ہوئے بیٹھ گئی۔۔۔سب لوگوں کی توجہ اب صرف اور صرف اُس کی اور

اسٹیشن ماسٹر کی طرف لگی تھی۔۔۔وہ بھی غور سے ان کی جانب ہی دیکھ رہی تھی تا کہ صورتِ حال کا کچھ اندازہ لگا سکے۔۔۔آخر اُس نے ہی اس خاموشی کو توڑا اور ہمت کرتے ہوئے اُن سے ٹرین کے رُکنے اور اپنے طلب کیے جانے کی وجہ دریافت کی۔۔۔اسٹیشن ماسٹر نے حیرت بھرے لہجہ میں کہنا شروع کیا۔۔۔"بات کہاں سے شروع کروں کہ بات ہی کچھ عجیب ہے۔۔۔دراصل ٹرین میں سوار مسافروں اور عملے کے مطابق جیسے ہی یہ ٹرین پلیٹ فارم میں داخل ہوئی اور آپ کے سامنے سے گزری تو اچانک ٹرین میں ایک ناقابلِ یقین سا شور مچا اور ڈاک کے اِن تھیلوں نے اُچھل اُچھل کر شور مچانا شروع کیا کہ اس ٹرین کو فوراً یہاں روکا جائے۔۔۔جب اُن سے سوال کیا کہ یہاں کیوں؟۔۔۔تو سب نے ہم آواز ہو کر کہا کہ ہم جس کی تلاش میں ہیں وہ اس پلیٹ فارم پر موجود ہے اور ہم نے بڑی مشکلوں نے اُسے پایا ہے اور اس بار ہم اُنہیں کھونا نہیں چاہتے۔۔۔خدا کے لیے ہم سب پر رحم کرو اور ہمیں اُن تک پہنچا دو۔۔۔اس کے بعد اُنہوں نے ٹرین میں تہلکہ مچا دیا۔۔۔اور مجبوراً ٹرین کو یہاں روکنا پڑا۔۔۔یہ سامنے جو تھیلوں کا انبار لگا ہے دراصل یہ سب کے سب آپ سے ملنا چاہتے ہیں۔" اُن کی بات ختم ہوتے ہی نہ صرف اُس کی بلکہ ہر شخص کی توجہ کا مرکز اب وہ لاتعداد تھیلے تھے۔۔۔وہ کرسی سے اُٹھی اور ہمت کر کے تھیلوں کے سامنے جا کھڑی ہوئی۔۔۔اُسے اپنے روبرو دیکھ کر سب ہی اُچھلنا شروع ہو گئے وہ ڈر کر پیچھے ہٹ گئی مگر پھر دل کو مضبوط کرتے ہوئے ایک کی جانب ہاتھ بڑھایا اور اُس کا منہ کھول دیا۔۔۔اچانک اُس میں سے ایک دیوانہ باہر آیا اور اُس کے ہاتھوں کو چومنے لگا وہ خوف زدہ سی نظروں سے اُسے دیکھنے لگی کہ اچانک وہ بول اُٹھا مجھے سے ڈرومت میں تمھارے افسانے کا وہ دیوانہ ہوں جس کے کردار کو لکھ کر تم نے مجھے امر کر دیا۔۔۔ابھی اُس کی بات پوری ہی ہوئی تھی کہ ایک اور شخص تھیلے سے برآمد ہوا اور اُس کے قدموں میں بیٹھتا چلا گیا۔۔۔اور گویا ہوا میں بھی ایک ایسا ہی کردار ہوں جس کا ضمیر اُس کے اپنے لیے وبالِ جان بن چکا تھا تم نے ہی مجھ سے اعتراف نامہ لکھوا کر مجھے اپنے ضمیر کی ملامت سے نجات دلائی تھی۔۔۔اتنے میں ایک نہایت مسکین قسم کا شخص آگے بڑھا اور شکر گزار نظروں سے اُس کی طرف دیکھنے لگا۔۔۔میں آپ کا تہہ دل سے ممنون ہوں اگر آپ اپنے افسانے میں میرا کردار نہ لکھتیں تو شاید میں آج تک شرافت اور بزدلی کے بیچ ہی کہیں ٹھہرا ہوا ہوتا۔۔۔پھر تو جیسے ایک کے بعد دوسرا کردار اُن تھیلوں سے نکلتا جا رہا تھا جن میں کوئی کوڑا چننے والا بچہ تھا تو کوئی مسافر۔۔۔کوئی دھوبی تھا تو کوئی پروفیسر۔۔۔کوئی ادیبہ تھی تو کوئی خوبصورت بنی سنوری سی عورت ۔۔۔کوئی پینٹر تھا تو کوئی رپورٹر۔۔۔کوئی مولوی تھا تو کوئی درویش۔۔۔کسی بچہ کے ہاتھ میں لکڑی کا ٹکڑا تھا تو کوئی خاتون اپنے تھپڑ لگے نشان زدہ گال کے ساتھ کھڑی تھی۔۔۔کوئی لیڈی ڈاکٹر تھی تو کوئی بھکارن۔۔۔ کوئی طبلہ کی تھاپ پر ناچنے والی رقاصہ تھی تو کوئی کاری کی جانے والی معصوم لڑکی۔۔۔وہ سب کے سب اُس کے چاروں طرف خوشی سے ناچتے ہوئے اپنی آزادی کا جشن منا رہے تھے۔۔۔وہ سب اُس کا شکریہ ادا کرنے آئے تھے کہ جن کو اُس نے صدیوں کی قید کے بعد اب آزاد کر دیا تھا۔۔۔اپنے اردگرد اپنے ہی تحریر کیے ہوئے کرداروں کو زندہ دیکھ کر اُس کے اندر اطمینان بھرنے لگا تھا۔۔۔کہ اچانک کمرے میں بھاری بوٹوں کی آواز گونج اُٹھی اُس نے اپنے پیچھے جو مڑ کر دیکھا تو حیران رہ گئی۔۔۔قیمتی سوٹ زیب تن کیے اُونچے قد کا ایک بھاری بھرکم آدمی، اُس کے پیچھے لمبی ڈاڑھی والا ہاتھوں میں تسبیح لیے موٹا سا ایک شخص، ساتھ ہی شلوار قمیض میں ملبوس ایک نہایت بارعب سا انسان۔۔۔وہ حیرت سے تینوں کو دیکھنے لگی۔۔۔ان میں سے ایک گویا ہوا 'پہچانا؟'۔۔۔اُس نے اپنی یادداشت پر زور دیتے ہوئے اُن پر نظریں ٹکا دیں۔۔۔اُسے اپنے وہ تینوں کردار یاد آ گئے۔۔۔اُس کی آنکھوں میں اپنے پہچانے جانے کی چمک دیکھ کر وہ تینوں خونخوار نظروں سے اُسے دیکھتے ہوئے اُس کی طرف بڑھنے لگے اور بولے 'تم نے ہمیں پہچان لیا۔۔۔ہم تمہارے لکھے ہوئے وہ کردار ہیں جن کو لکھ کر تم نے پوری دنیا کے سامنے ہمارا کردار بے نقاب کر دیا تھا۔۔۔ہم بھی تمہاری تلاش میں تھے۔۔۔آج ہم تمہیں نہیں چھوڑیں گے'۔۔۔اور پھر اُن تینوں نے اُس کی نازک سی گردن اپنی مضبوط گرفت میں لے لی۔

"عقبی آئینہ"

شہناز خانم عابدی

لونگ روم میں بیٹھ کر وہ سب کافی پی رہے تھے اور ساتھ ساتھ جھیل کے نظارے کا لطف اٹھا رہے تھے۔جھیل لونگ روم کی کھڑکی سے صاف دکھائی دیتی تھی۔میری بار بار خواب گاہ میں جا کر اپنے پانچ سالہ بیٹے کو دیکھتی جو تھوڑی دیر پہلے اس کی گود میں سو گیا تھا اور اس نے اسے خواب گاہ میں لٹا دیا تھا۔ایرک (Erick) سکون سے سو رہا تھا،لیکن میری ہر تھوڑی دیر بعد اسے دیکھتی، اس کی سانس کی آواز سنتی،اگر سانس کی آواز صاف سنائی نہ دیتی تو اپنے کان اس کی ناک کے نزدیک رکھتی،کبھی کان اس کے دل کے نزدیک رکھ کر دل کی دھڑکن سنتی اور جب وہ محسوس کرتی کہ وہ صحیح طریقے سے سانس لے رہا ہے تو وہ مطمئن ہو جاتی۔

ان لوگوں نے پچھلے سال یہ چھوٹا سا کاٹیج پہاڑی پر زمین خرید کر بنایا تھا۔زمین کا یہ ٹکڑا انہیں چھٹیاں گزارنے کے لئے بہت پسند آیا تھا۔یہاں سے جھیل صاف دکھائی دیتی تھی،لمبے لمبے درختوں سے گھرا ہوا یہ قطعہ زمین ان کے لئے قدرت کا حسین تحفہ ثابت ہوا تھا۔درختوں کے ساتھ ڈھلان تھی وہاں پر ایک چشمہ تھا جس کا پانی صاف اور ٹھنڈا تھا۔کاٹیج رچرڈ نے خود اپنے ہاتھوں سے بنایا تھا۔بجلی کی وائرنگ،چشمے سے کاٹیج تک پانی کی پائپ لائن خود ہی ڈالی تھی۔پچھلے سال ایک مہینے کی چھٹیاں ان لوگوں نے اس کاٹیج کو بنانے میں گزار دی تھیں۔دن بھر وہ کام کرتے شام کو جھیل کی طرف ٹہلنے نکل جاتے،وہاں گھنٹوں بیٹھے رہتے،کبھی تاش کھیلتے،کبھی شطرنج،کبھی اپنے بیٹے ایرک کے ساتھ فٹ بال کھیلتے۔وقت ان کے چاروں طرف خوشیاں بکھیرتا رہتا۔ہوا مہربان ہوتی۔کبھی کبھی کسی مست لہر کے اچھالے ہوئے پانی کے ٹھنڈے ٹھنڈے چھینٹے بڑا مزہ دیتے ہواؤں کو بھی اور ان کو بھی۔۔۔۔۔۔۔جب شام کا دھندلکا رات کی سیاہی میں بدلنے لگتا تو تینوں اپنے کاٹیج کا رخ کرتے۔ایک مہینہ کیسے گزرا پتہ ہی نہیں چلا لیکن کاٹیج پورا تیار ہو چکا تھا۔کچھ چھوٹے موٹے کام رہ گئے تھے اس کے علاوہ فرنیچر ڈالنا اور آرائشگی (Decoration) کا کام۔کاٹیج تمام تر میری کی پسند کے مطابق بنایا گیا تھا،جگہ کا انتخاب بھی میری ہی کی پسند سے کیا گیا تھا۔رچرڈ چاہتا تھا کہ اس کاٹیج کی ہر چیز میری کی ہم مزاج ہو۔

پچھلے سال اس پہاڑی پر صرف دو کاٹیج تھے۔ایک کاٹیج ڈھلان کے دوسری طرف بنا ہوا تھا،چشمہ اور کچھ لمبے درختوں نے (جن میں بیشتر فر اور برچ کے تھے) اُس کاٹیج اور ان کے کاٹیج کے درمیان ایک آڑ سی بنا دی تھی۔یہ تیسرا کاٹیج ان کے کاٹیج کے ساتھ ہی تھا چند قدم کے فاصلے پر۔پال ہاروی (Paul Harvey) اور کِم (Kim) نے اس کاٹیج کے بنانے میں بہت پھرتی سے کام لیا تھا۔

رچرڈ اس مرتبہ ایک خاص مقصد سے یہاں آیا تھا۔وہ ان چھٹیوں میں اپنی ناول مکمل کرنا چاہتا تھا۔گھر میں چھٹیوں کے باوجود کام ہو ہی نہیں پاتا،کبھی کسی کا فون آجاتا،کبھی کوئی ملنے آجاتا،کبھی کوئی دوست تفریحی پروگرام بنا کر ساتھ چلنے کی ضد کرتا۔اس لئے بہتر یہی تھا کہ اپنے کاٹیج میں بیٹھ کر یہ ناول مکمل کی جائے۔جب رچرڈ نے یہ بات میری سے کہی تو وہ بھی بہت خوش ہوئی اس نے کہا "میں بھی اپنی وہ سب ادھوری پینٹنگز مکمل کرلونگی جن پر مصروفیت اور سستی کی وجہ سے کام نہیں ہو سکا ہے۔" پہلا ہفتہ تو کاٹیج میں فرنیچر ڈالنا اور اس کو آراستہ کرنے میں لگ گیا۔

اس دن وہ بہت خوش تھے کاٹیج انکی مرضی کے مطابق تیار کھڑا تھا اور رچرڈ اپنی ناول میں جُٹ گیا تھا۔میری جھیل سے تھوڑے فاصلے پر اپنی پینٹنگ میں مصروف تھی۔ایرک اس کے پاس ہی کھیل رہا تھا۔کھیلتے کھیلتے وہ جھیل کی طرف نکل گیا۔میری برش سے تیز تیز اسٹروکس لگانے میں ایرک کے اچانک کھسک جانے کو محسوس نہ کر سکی۔لیکن جلد ہی اس کی ممتا نے ایرک کی غیر موجودگی کو سونگھ لیا ایرک کو قریب نہ پاکر وہ "ایرک۔۔۔ایرک" چلاتی ہوئی جھیل کی طرف دوڑی۔جھیل کے کنارے کرس اپنے بازوؤں میں ایرک کو لئے کھڑا تھا۔

"میں کشتی میں بیٹھنے کی تیاری کر رہا تھا کہ اچانک بچہ جھیل میں گرا۔میں نے فوراً ہی بچے کے پیچھے چھلانگ لگائی اور اس کو باہر نکالنے میں کامیاب ہو گیا۔" کرس نے میری کی طرف دیکھتے ہوئے کہا۔

میری نے نیم بے ہوش ایرک کو کرس کے ہاتھوں سے گھسیٹ لیا اور کاٹیج کی طرف بھاگی کرس بھی اس کے ساتھ ساتھ تھا۔کاٹیج میں پہنچتے ہی میری نے ایرک کو پیٹ کے بل لٹا کر اس کے پیٹ سے پانی نکالا،تولئے سے سارا جسم خشک کیا،کپڑے تبدیل کئے،چت لٹا کر اسکی سانس بحال کی۔آہستہ آہستہ وہ ہوش میں آ گیا اگرچہ خوف اور ٹھنڈک کی وجہ سے اس کا بدن کانپ رہا تھا۔میری اس کو گود میں لے کر بیٹھ گئی،رچرڈ نے جلدی سے تھوڑی سی برانڈی اس کے حلق میں ٹپکائی۔حالات کو قابو میں آتا دیکھ کر کرس نے محسوس کیا کہ اسے اپنا تعارف کرانا چاہئے۔

"مجھے کرس ہوپ کہتے ہیں اس نے رچرڈ کی طرف ہاتھ بڑھاتے ہوئے کہا اور یہ میرا دوست ڈیوڈ ملز ہے" اس دوران ڈیوڈ بھی کشتی سے اتر کر وہاں پہنچ چکا تھا۔

"میں رچرڈ برگر اور یہ میری بیوی میری، آپ دونوں کا بہت بہت شکریہ آپ نے ہمارے بیٹے کی جان بچا کر ہم پر بہت بڑا احسان کیا ہے" رچرڈ نے گرمجوشی سے کرس اور ڈیوڈ سے ہاتھ ملاتے ہوئے ان کا شکریہ ادا کیا اور ان کو لے کر لونگ روم میں چلا گیا،کافی سے ان کی تواضع کی۔ایرک اپنی ماں کی گود میں سو گیا۔۔۔رچرڈ کے کہنے سے میری نے اسے خواب گاہ میں لٹا تو دیا لیکن اس پر ایک انجانا سا خوف مسلط تھا، وہ بار بار اس کو جا کر دیکھتی۔۔۔۔۔۔۔رچرڈ،

کرس اور ڈیوڈ تینوں کافی پی رہے تھے اور باتیں کر رہے تھے۔ ڈیوڈ خاموش طبیعت تھا، کم ہی بول رہا تھا، کرس بولنے والا، خوش مزاج آدمی تھا وہی زیادہ بات کر رہا تھا۔ ''کرس نے رچرڈ کو بتایا کہ ڈھلان کے دوسری جانب ان کا کاٹیج ہے، وہ دونوں دوست بھی گرمی کی چھٹیاں گزارنے آئے ہوئے ہیں۔ ''

رچرڈ بہت کم باہر نکلتا، کاٹیج میں بیٹھا ناول لکھتا رہتا یا پھر اپنے بیٹے ایرک کے ساتھ لگا رہتا۔ میری اکیلی جھیل کی طرف نکل جاتی وہاں اکثر اس کی ملاقات کرس سے ہوتی۔ کرس اس کو ایزل پر جھکا کسی لینڈ اسکیپ کو کینوس پر منتقل کرتا دیکھتا، وہ ایک اچھی لینڈ اسکیپ آرٹسٹ تھی۔ ڈیوڈ کو جھیل سے عشق تھا وہ بہت کم کشتی سے باہر آتا کشتی رانی میں مگن رہتا۔ اکثر ڈیوڈ اور کرس دونوں کشتی میں بیٹھ کر جھیل کی سیر کرتے۔ ایک دن ڈیوڈ نہیں آیا۔ کرس، میری کے پاس آکر اس سے باتیں کرنے لگا۔

''تم اتنے اچھے اور خوبصورت لینڈ اسکیپ کیسے بنالیتی ہو'' کرس بولا'' اور میری اس کی بات پر صرف مسکرا کر رہ گئی'' کرس تھوڑی دیر تک اس سے باتیں کرتا رہا پھر اچانک اس کا ہاتھ پکڑ کر بولا۔

''چلو کشتی میں بیٹھ کر جھیل کی سیر کرتے ہیں''

''کیوں آج تمہارا دوست ڈیوڈ کہاں ہے'' میری نے پوچھا

''وہ اپنا کوئی پروجیکٹ کر رہا ہے''۔ کرس نے جواب دیا

پہلے تو میری نے منع کیا، پینٹنگ کا بہانہ کیا مگر کرس کے اصرار پر وہ پینٹنگ کو ایزل پر لگا چھوڑ کر کرس کے ساتھ چلی گئی۔ اس دن کے بعد سے کرس اور میری اکثر جھیل کی سیر کو نکل جاتے۔ ڈیوڈ کو کسی ضروری پروجیکٹ کے سلسلے میں جوب پر واپس جانا پڑا تھا۔ کبھی کبھی میری، رچرڈ اور ایرک کو بھی کشتی میں لے جانے میں کامیاب ہو جاتی لیکن ایسا کم ہی ہوتا۔

ایک رات چاند پورا تھا، جھیل کا حسن دوبالا ہو چکا تھا، میری اور کرس جھیل کی لمبی سیر کو چلے گئے ---------- جیسے ہی میری کاٹیج کے اندر داخل ہوئی رچرڈ نے گھڑی دیکھ کر کہا۔

''بہت دیر ہوگئی''

''آج میں اور کرس جھیل کی سیر کو ذرا دور تک نکل گئے تھے۔ چاند کی آب و تاب اور جھیل کا حسن دیکھنے کے لائق تھا ---------''

میری نے جوتے اتارتے ہوئے کہا۔

''اور وہ تمہارا لینڈ اسکیپ مکمل ہو گیا -- -؟'' رچرڈ نے سرگوشی کی۔ میری نے ایک بڑی سی جمائی لی اور بولی۔

'' نہیں ''

دوسرے دن صبح ناشتہ کرتے ہوئے رچرڈ نے میری سے کہا۔'' مجھے دو دن کے بعد آفس جانا ہے --- شاید تمہیں یاد نہیں رہا --''

وہ سوچ رہا تھا کہ میری تو پہلے سے شور مچانا شروع کر دیتی تھی کہ ہمیں جلدی نکلنا چاہئے تا کہ گھر جا کر آرام کر سکیں اور آفس جائیں تو کوئی تھکن نہ ہو وغیرہ وغیرہ ------ مگر اس مرتبہ ---

''تمہاری ناول مکمل ہوگئی'' میری نے کافی کا گھونٹ لیتے ہوئے پوچھا۔

''ابھی تھوڑی سی باقی ہے۔'' رچرڈ نے کہا۔

''میں ابھی یہاں کچھ دن اور رکنا چاہتی ہوں'' میری نے رچرڈ کی طرف دیکھتے ہوئے کہا۔

'' تنہا -------؟'' رچرڈ نے سوال کیا۔

''یہ جگہ بالکل محفوظ ہے۔ اور ہمارے پڑوس میں پال اور ٹم بھی ہیں --- اور کرس بھی ہے۔ میں اپنی پینٹنگز کو تھوڑا وقت دینا چاہتی ہوں۔'' میری نے کہا۔

رچرڈ اسی دن اپنا سامان پیک کر کے چلا گیا۔ تا کہ رات سے پہلے گھر پہنچ جائے۔ رچرڈ کے جانے کے بعد کرس زیادہ وقت میری کے ساتھ گزارنے لگا۔ ایرک بھی کرس سے بہت ہل گیا تھا۔ میری اپنی پینٹنگز کے لئے بہت کم وقت نکال پاتی۔ کرس یا تو اسے کشتی میں بٹھا کر جھیل کی سیر کرانے لے جاتا یا پھر شطرنج کی بساط بچھا کر بیٹھ جاتا۔ میری خوش بھی تھی یہ اس کی زندگی میں ایک نئی تبدیلی تھی کہ ایک کھلنڈرا مرد ہمہ وقت اسکے ساتھ لگا رہتا ہے۔ اس کے اشارے کا منتظر رہتا ہے۔

ویک اینڈ پر رچرڈ نے سوچا گھر میں بیٹھ کر ناول مکمل کی جائے مگر پھر اسے میری اور ایرک کی یاد ستانے لگی تو اسنے کاٹیج جانے کا فیصلہ کر لیا۔ میری کو فون بھی نہیں کیا کیونکہ وہ سرپرائز دینا چاہتا تھا۔ جمعہ کی شام جوب سے فارغ ہوتے ہی اس نے کاٹیج کا رخ کیا۔

ابھی وہ بیل بجانے ہی والا تھا کہ اسے اندر سے قہقہوں کی آوازیں آئیں۔ غور کرنے پر اس نے محسوس کیا کہ یہ آوازیں تو میری اور کرس کی ہیں۔ وہ کھڑکی کی طرف بڑھا، کھڑکی کھلی ہوئی تھی۔ اس نے جھانک کر دیکھا میری اور کرس ایک ہی صوفے پر بیٹھے ہوئے تھے ایک دوسرے کے ہاتھ پہ ہاتھ مار کر قہقہے لگا رہے تھے۔ ٹی وی پر کوئی مزاحیہ پروگرام چل رہا تھا جس کو دیکھ کر وہ دونوں ہنس رہے تھے رچرڈ کو میری کا کرس کے ساتھ اس طرح بے تکلف ہونا بہت برا لگا۔

''کیا میری اور کرس ---؟'' وہ اس کے آگے نہیں سوچ سکا ---

''میری جو اس کے بغیر ایک دن بھی نہیں رہتی تھی ایک ہفتے سے یہاں ہے اور خوش ہے۔'' اس کے اندر کسی نے دکھے دل سے سوچا اور وہ بوجھل قدموں سے چلتا ہوا گاڑی کی طرف گیا اور میری اور ایرک سے ملے بغیر واپس چلا گیا۔

اس دن میری کی آنکھ بہت دیر سے کھلی۔ کرِس بھی نہیں آیا تھا ۔۔۔۔ ناشتہ وہ میری کے ساتھ ہی کرنے لگا تھا۔۔۔ میری کو اچانک رچرڈ کا خیال ستانے لگا وہ سوچنے لگی۔

''کہاں ہے وہ ایک ہفتے سے۔۔۔؟ اس نے کوئی فون کال بھی نہیں کی۔۔۔۔؟ میں نے دومرتبہ فون کیا تو اس نے اٹھایا نہیں''

ایرک کے ساتھ ناشتہ کرنے کے بعد ایرک کے لئے بچّوں کا چینل لگا کر وہ باہر نکلی۔۔۔ اس نے دیکھا پال اور رَکم کی گاڑی نہیں تھی۔ ''تو کیا یہ لوگ چلے گئے۔؟'' یہ سوچتے ہوئے وہ دروازے کی طرف بڑھی۔ دروازہ بند تھا، اس نے گھنٹی بجائی۔ اندر سے کوئی جواب نہیں آیا۔

''وہ لوگ چلے گئے۔۔۔۔! مگر کل ہی تو پال کہہ رہے تھے رَکم کی حالت پہلے سے بہت بہتر ہوئی ہے۔ ابھی وہ ایک ہفتہ اور رکیں گے'' ''میری کو پال کی زبانی معلوم ہوا تھا ان کی اکلوتی لاڈلی بیٹی کیتھرین جس سے وہ دونوں بیحد پیار کرتے تھے جس کی تعلیم وتربیت میں رَکم نے جان لگا دی تھی، ان کو چھوڑ کر ایک کالے لڑکے کیساتھ آسٹریلیا چلی گئی۔ ان کی ایک نہیں مانی۔ رَکم اس صدمے کو برداشت نہ کرسکی اور جان لیوا ڈپریشن میں مبتلا ہوگئی تھی۔''

رَکم کی خاطر ہی پال نے یہاں کاٹیج بنایا تھا۔ اور وہ کافی سنبھل بھی گئی تھی پھر اچانک۔۔۔۔ وہ چلے گئے۔۔۔۔ پتہ نہیں کیوں۔۔۔؟ آگے بڑھکر اس نے کرس کے کاٹیج کی طرف دیکھا، وہاں ڈرائیو وے پر اس کا ٹرک نہیں تھا۔۔۔ پھر وہ جھیل کی طرف گئی۔۔۔۔ وہاں کرِس کی کشتی بھی نہیں تھی۔۔۔۔

''کرس رات بارہ بجے تک میرے ساتھ تھا۔ اس نے مجھے کیوں نہیں بتایا کہ وہ صبح چلا جائیگا''۔ وہ سوچنے لگی۔

جھیل سے واپسی پر لہروں کا شور اور ہوا کی آوازیں کچھ زیادہ ہی سنائی دے رہی تھیں۔۔۔ شاید سناٹے کی وجہ سے۔۔۔ اور یہ سناٹا اس کے اندر کے وجود پر چھایا ہوا تھا۔۔۔ اسے خوف سے جھرجھری سی آئی۔۔۔ وہ تیز تیز قدم بڑھاتی ہوئی کاٹیج پہنچی۔۔۔ ایرک ابھی تک ٹی وی میں مصروف تھا۔ جلدی جلدی اس نے اپنا اور ایرک کا سوٹ کیس پیک کیا، کاٹیج کی تمام چیزوں کو سلیقے سے رکھا، پورے کاٹیج کی صفائی کی، کاٹیج اچھی طرح سے بند کیا۔ سارا سامان گاڑی میں رکھا، ایرک کو بٹھا کر سیٹ بیلٹ لگائی۔ گاڑی اسٹاٹ کرنے سے پہلے اسے میل کا خیال آیا وہ گاڑی سے اتری میل باکس کھولا، میل باکس میں ایک ہی لفافہ پڑا تھا، لفافہ نکال کر اس نے میل باکس بند کیا اور گاڑی میں بیٹھ کر لفافہ چاک کیا، لفافے سے برآمد ہونے والے کاغذات دیکھ کر وہ سکتے میں آگئی۔۔۔ طلاق کے کاغذ تھے جو رچرڈ کے وکیل نے بھیجے تھے۔ دیر تک وہ گاڑی میں ساکت وصامت بیٹھی رہی۔۔۔ پھر آہستہ آہستہ اسٹیرنگ حرکت میں آگیا۔ وہ گاڑی چلانے لگی تھی۔۔۔ بلا ارادہ جیسے وہ کار نہ تھی بلکہ زندگی کی گاڑی تھی جس کو بہرصورت چلنا ہی تھا۔

''اپنے ناول نگار شوہر کو پہچاننے میں اس سے غلطی ہوگئی تھی۔ ایک تخلیق کار اتنا زیادہ پوزیسیو (Possessive) ہوسکتا ہے۔۔۔۔ اس نے کبھی سوچا نہ تھا۔ ''اتنا تنگ دل''۔۔۔۔!'' وہ بڑبڑائی۔

اچانک اس کی نظر ڈرائیو وے پر پڑے گاڑی کے نشانات پر پڑی۔ اس نے گاڑی روک دی اور اتر کر ان نشانات کا جائزہ لینے لگی ''ہوں۔۔۔۔'' یہ نشان رچرڈ کی گاڑی کے ہیں۔۔۔ صاف اور واضح۔۔۔ اس کا مطلب یہ کہ رچرڈ آیا تھا اور باہر کے باہر لوٹ گیا۔۔۔ اوشٹ۔۔۔۔ اس نے کرِس کو اور مجھ کو دیکھا ہوگا۔۔۔ اور برداشت نہیں کرسکا۔''

دیر تک وہ رچرڈ کی گاڑی کے پہیوں کے نشانات کو دیکھتی رہی، ان کے ساتھ کچھ دور چلی بھی۔۔۔۔۔ اس دوران ایرک گاڑی سے اتر کر باہر آگیا۔ اس کے بچکانہ ذہن میں کچھ بھی نہیں سما رہا تھا۔ اسنے اپنی ماں کو اتنا پریشان کبھی نہیں دیکھا تھا۔ آہستہ آہستہ آگے بڑھ کر وہ اپنی ماں سے لگ کر کھڑا ہوگیا۔ میری کی 'ممتا' نے اپنے بیٹے کے ننّھے وجود کو اپنے قریب محسوس کر لیا۔۔۔ اس نے ایرک کو لپٹا لیا اس کے روبرو جھکی اپنی بھیگی آنکھوں سے اس کو دیکھا اس کا ماتھا چوما اور اسکو لپٹائے لپٹائے چلتی ہوئی اپنی گاڑی کی طرف بڑھی۔ ایرک کو کار بیلٹ میں محفوظ کیا خود اپنی سیٹ پر بیٹھ کر بیلٹ لگائی گاڑی کے دروازے لاک کیئے اور گاڑی کاٹیج کو پیچھے چھوڑ کر آگے بڑھ گئی۔ گاڑی آگے جا رہی تھی اور وہ۔۔۔ اس کا ذہن۔۔۔ اسکا دل۔۔۔ اس کی روح۔۔۔ اس کے اندر کا سارا وجود کسی گہری کھائی میں اترتا جا رہا تھا۔

''موم۔۔۔ ہم گھر جا رہے ہیں کیا۔'' ایرک کی آواز اس کے سماعت کے پردے سے ٹکرائی۔

''نہیں میرے بیٹے'' اس نے اپنی آواز کو یہ کہتے سنا۔

''تو پھر ہم کہاں جا رہے ہیں۔۔۔۔؟'' ایرک نے قدرے بلند آواز میں پوچھا۔

''ابھی میں سوچ رہی ہوں۔۔۔'' اس کو اپنی آواز گہری کھائی میں سے آتی ہوئی محسوس ہوئی۔

پھر ماحول پر خاموشی چھا گئی۔ ایرک بھی ایک خاموش حیرانی میں گم ہوگیا تھا۔ میری اپنے ریفلیکس پر گاڑی چلانے میں مصروف ہوگئی تھی۔ جب گاڑی کافی دور چلی گئی تو میری نے رفتار دھیمی کرکے عقبی آئینے میں پیچھے دیکھا۔ پیچھے منظر غیر حقیقی ہوگیا تھا۔ ''کیا جو کچھ عقب میں تھا اس کو رچرڈ سے جدا کرنے کے لئے وجود میں آیا تھا۔ دونوں کو جدا کرنے کے بعد غائب ہوگیا۔ جھیل۔ تینوں کاٹیج۔ پال اور رَکم۔ ڈیوڈ اور کرِس کھلنڈرا۔۔۔ جن یا کوئی بدروح۔۔۔ کام ختم ہوا تو سب ختم ہوگئے۔

رزق کی دھوپ

جاوید اختر چودھری

وہ بڑے جوش سے باتیں کر رہا تھا۔ کہہ رہا تھا، ''لوگوں نے برسوں اس ملک میں رہ کر بھی کچھ نہیں سیکھا جو میں نے ایک ماہ ہی میں معلوم کر لیا ہے کہ خرابی کہاں ہے۔ اپنے لوگ نہ تو مقامی لوگوں سے میل جول بڑھاتے ہیں، نہ ہی مقامی اور قومی سیاست میں حصہ لیتے ہیں۔ کلبوں میں نہیں جاتے۔ گالف نہیں کھیلتے۔ یہی وجہ ہے کہ مقامی سفید فام ہم سے نفرت کرتے ہیں۔''

میری اُس سے یہ پہلی ملاقات تھی۔ وہ منگیتروں کی کھیپ میں انگلستان آیا تھا۔ ایک قبول شکل وصورت کا لمبا تڑنگا وجیہہ جوان تھا۔ وہ سلیقے کا لباس بھی پہنے ہوئے تھا۔ تھوڑی دیر کی گفتگو میں مجھے اندازہ ہو گیا کہ اُسے باتیں کرنے کا ڈھنگ آتا ہے۔ باتیں کرتے وقت چہرے پر مسکراہٹ پھیلائے رکھتا۔ لیکن جلد ہی مجھے اس کی دو باتوں سے اُلجھن ہونے لگی۔ میری اُس سے ملاقات اپنے دوست راجہ علی شان کے ہاں ہوئی تھی جہاں میرے پہنچنے سے پہلے سے وہ موجود تھا۔ وہ شلوار قمیص پہنے ہوئے تھا۔ مجھ سے ملنے جب وہ اُٹھا تو واپس بیٹھتے وقت اُس نے اپنے دونوں ہاتھوں سے قمیص کے پچھلے حصے کو اس طرح سے کرسی پر پھیلایا کہ قمیص کی کریز ٹوٹنے نہ پائے۔ اُس کے کپڑوں میں لگا ہوا کلف اس کی شخصیت میں موجود تھا۔ دوسری بات جو مجھے ناگوار گزری وہ یہ کہ باتیں کرتے وقت وہ اپنے دونوں ہاتھوں کی انگلیوں میں پہنی ہوئی موٹی موٹی سونے کی انگوٹھیوں کی بار بار نمائش کرتا رہا اور بائیں کلائی پر بندھی راڈو (rado) گھڑی پر گاہے گاہے نظر ڈالتا۔

میں نے سوچا برصغیر سے انگلینڈ آنے والے نئے نئے منگیتر یا اسائیلم سیکر (asylum seeker پناہ گزین) ایسی حرکتیں کرتے ہیں۔ شاید اُسے بھی ابھی یہاں کی طرز زندگی اور اس سے متعلقہ دشواریوں کا بالکل احساس نہیں ہے۔ بہت جلد زندگی کی تلخ حقیقتیں اور مصائب اس کی بے باک اور اُتھری سوچوں کو لگام دے دیں گے۔

میں اس دن کام والے معمولی کپڑے پہنے ہوئے تھا۔ ویسے بھی میں محنتی مزدور ڈیل ڈول کا شخص ہوں۔ میں بے تکلفی سے نہ تو لطیفے سنا سکتا ہوں اور نہ محفل میں بیٹھے ہوئے کسی شخص سے بحث ومباحثہ کرنے کا عادی ہوں۔ جہاں دو سے تین یا چار آدمی جمع ہوئے میں اپنے آپ کو کچھوے کی طرح اپنے خول میں بند کر لیتا ہوں۔

میرے دوست، راجہ علی شان نے بتایا کہ وہ نو وارد اسائیلم سیکر تھا اور اُسے خوش قسمتی سے ایک معقول گھرانے کی لڑکی مل گئی تھی جس سے عنقریب شادی ہونے والی تھی۔ میں اُس کے بارے میں مزید جاننا چاہتا تھا۔ لیکن میرے موبائیل فون کی گھنٹی بجی اور مجھے وہاں سے اٹھنا پڑا۔

دوسرے ویک اینڈ (week-end) پر جب میں اپنے دوست راجہ علی شان کے ہاں گیا تو حسن اتفاق وہ بھی وہاں موجود تھا۔ مجھے دیکھا تو اُٹھ کھڑا ہوا اور گلہ کیا کہ میں پچھلی بار جلدی چلا گیا۔ مصافحہ کرنے کے بعد بیٹھتے وقت احتیاط سے بیٹھا کہ قمیص شکن آلود نہ ہو۔ علیک سلیک کے بعد اس نے اپنی گفتگو جاری رکھی۔ اُس نے بتایا کہ جب وہ اپنے علاقے 'کھلابٹ' کے ہسپتال سے ٹرانسفر ہو کر ''موہری تھتھال'' ہسپتال میں گیا تو اُسے اپنے قدم جمانے میں کچھ وقت لگا تھا۔ اُس نے چوکیدار نرس اور ڈسپنسر اور دیگر عملے کو تاکید کر دی تھی کہ کسی کھڑپینچ یا کسی سیاسی شخصیت کو محض ملاقات کی غرض سے اندر نہ آنے دیا جائے لیکن مریضوں کو فوری طور پر علاج مہیا کیا جائے۔

وہ کہہ رہا تھا ''اس علاقے کے ایم پی اور کونسلر میرے اس طریقہ کار سے خوش نہیں تھے کہ میں نے کسی کی سفارش ماننے سے انکار کر دیا تھا۔ وہ لوگ موقع کی تلاش میں تھے کہ کوئی شکایت ملے تو میرے خلاف محاذ کھولیں۔ ایک دن کسی مریض کے علاج کے لیے ''کھٹانہ'' گاؤں گیا تو ایم پی راجہ گل فراز خان بھی وہاں موجود تھے۔ جوں ہی میں مریض کے معائنہ سے فارغ ہوا تو ایم پی نے گلہ کیا کہ ہسپتال میں چارج لینے کے بعد نئے ڈاکٹر سب سے پہلے اُن سے ملنے آتے تھے۔ اُن کے زبانی پیغام یا رقعہ ملتے ہی کام کر دیا کرتے تھے۔ لیکن میں نے تو انہیں نظر انداز کر دیا۔ میں نے جواب دیا کہ میں کسی کو نظر انداز نہیں کرتا۔ میں ڈاکٹر ہوں۔ ڈاکٹری صرف میرا پیشہ ہی نہیں ہے بلکہ یہ کام عبادت سمجھ کر کرتا ہوں۔ میں نے ہمیشہ اپنے آپ کو سیاست سے علیحدہ رکھا ہے۔

ایم پی صاحب نے سب کچھ سنا اور مکاری سے کہا، 'ہاں سنا ہے کہ آپ مریضوں کا بہت اچھا علاج کرتے ہیں۔ اللہ نے آپ کے ہاتھ میں شفا دی ہے۔ لیکن کچھ دنوں سے آپ کے متعلق افواہیں گشت کر رہی ہیں، خصوصاً عورتوں کے علاج کے سلسلے میں'۔ میں نے انہیں مزید کچھ کہنے کی مہلت نہیں دی اور کہا جناب آپ نے یقیناً میرے متعلق بہت ساری افواہیں سنی ہوں گی کیونکہ نہ تو میں سرکاری دوائیں فروخت کرتا ہوں اور نہ ہی پہلے ڈاکٹروں کی طرح اسقاط حمل میں کسی کی مدد کرتا ہوں۔ مجھے میرے عملے نے بتایا ہے کہ کون لوگ ان مذموم دھندوں میں ملوث رہے ہیں۔ اور مجھے یہ بھی معلوم ہے کہ کون لوگ ان کی پشت پناہی کرتے تھے۔ مزید مجھے یہ بھی معلوم ہو چکا ہے کہ اس علاقے کی بدنام عورتوں کے کن لوگوں سے تعلقات ہیں۔

ایم پی نے میرا کھرا جواب سنا تو پریشان ہو گئے۔ اٹھتے ہوئے کہنے لگے ''افواہ تو افواہ ہوتی ہے۔ ایسی باتوں پر توجہ دینے کی ضرورت نہیں''۔

ہاں جناب، آپ ٹھیک کہتے ہیں۔ لیکن یہ بھی آپ نے سنا ہو گا، بد

سے بدنام برا۔ میں نے اُن ایم پی صاحب کے گوش گزار کیا۔

یہ کہہ کر ڈاکٹر صاحب نے تحسین طلب نظروں سے ہماری جانب دیکھا۔ انگوٹھیوں کی نمائش کی۔ کلائی کی راڈو واچ پر نظر ڈالی۔ میں اُس کی اس حرکت سے محظوظ ہونے لگا تھا۔ کچھ توقف کے بعد میں نے پوچھا ''تو پھر کبھی ایم پی صاحب سے ملاقات ہوئی۔''؟

''ہاں، ایک دن ہسپتال کے سارے عملے کو دعوتِ طعام پر بلایا تھا۔ پُر تکلف دعوت تھی۔ خوب خوب باتیں ہوئیں۔ اُس ملاقات میں ہم نے ایک دوسرے کو جانا۔ اور پھر وہ ملاقات دوستی میں بدل گئی۔ جب کبھی ان کا جی چاہتا مجھ سے ملنے ہسپتال میں آجاتے یا مجھے اپنی کوٹھی پر بلا لیتے۔ مجھے بھی جب کبھی ان کی ضرورت پڑی ایم پی صاحب نے مجھے کبھی مایوس نہ کیا۔ گاؤں کے لوگوں نے میرا تبادلہ کرانے کی بہت کوشش کی لیکن ایم پی صاحب کے سامنے کسی کی دال نہ گلی''۔

وہاں موجود چودھری زمان نے ڈاکٹر صاحب سے دریافت کیا کہ کب اور کہاں وہ اپنی پریکٹس شروع کریں گے؟ ڈاکٹر صاحب نے جواب دیا کہ ابھی تو انہیں آئے ہوئے صرف پانچ چھ ہفتے ہوئے ہیں اور وہ حالات کا جائزہ لے رہے ہیں۔ شاید انہیں ایف آر سی ایس یا ایم آر سی پی کا امتحان دینا پڑے جو ان کے لیے بائیں ہاتھ کا کھیل ہوگا۔

پھر اتفاقاً ایک دن راجہ علی شان کے ساتھ ڈاکٹر صاحب موصوف میرے گھر آگئے۔ کوئی وقت ضائع کئے بغیر کہنے لگے ''مجھے اپنے پروفیشن (profession پیشے) میں کام نہیں مل رہا ہے۔ زبان کی دقت پیش ہے۔ جس طرح یہاں کے انگریز انگریزی بولتے ہیں اُسے سمجھنے میں مشکل پیش آرہی ہے۔ مجھے توقع ہے کہ میں بہت جلد اپنے آپ کو ایڈجسٹ (adjust ہم آہنگ) کرلوں گا۔ اس دوران میں اگر آپ مجھے کوئی کام دلوا سکیں تو بہت مشکور ہوں گا''۔

وہ بڑی توقعات لے کر اس دیس میں آئے تھے اور وطن میں بیتے ہوئے ایام کو بہت یاد کرتے تھے۔ پھر مجھ سے ملتے رہنے کا وعدہ لے کر چلے گئے تھے۔

اتفاق سے چند دنوں بعد ایک اور صاحب ملے۔ باتوں باتوں میں ڈاکٹر صاحب کا ذکر بھی آگیا۔ انہوں نے بتایا کہ وہ جو اپنے آپ کو ڈاکٹر بتاتے ہیں وہ ڈاکٹر نہیں بلکہ ڈسپنسر (dispenser دواساز) تھے۔ یہ سن کر مجھے بہت زیادہ حیرت نہیں ہوئی کہ ہمارے بھائی بند اس قسم کے جعلی کاموں میں یدِ طولیٰ رکھتے ہیں۔

کئی دنوں بعد ایک بار وہ خود ساختہ ڈاکٹر ایک شاپنگ سنٹر میں نظر آئے۔ بہت خوش و خرم لگ رہے تھے۔ ان کی شادی ہوچکی تھی۔ اور کسی جگہ انہیں کام بھی مل گیا تھا۔ ایسا لگا کہ وہ یہاں کے سانچے میں ڈھل رہے تھے۔

ایک دن ان کا فون آیا۔ وفورِ جذبات میں خوشی ان کی آواز سے عیاں تھی۔ کہنے لگے انہیں اپنے آفس میں ایک ریپشنسٹ (receptionist) کی ضرورت ہے اگر میں کسی خوش شکل پڑھی لکھی جوان عورت کو جانتا ہوں تو بتاؤں۔ میں نے کہا کہ فی الحال تو ایسی کوئی خاتون میری نظر میں نہیں ہے۔ تاہم میں نے دریافت کیا کہ کس قسم کا آفس کھولا ہے تو کہنے لگے ''میری ملاقات ایک بہت اچھے انسان، خان سمیع اللہ خان سے ہوئی تھی جن کی ٹریول ایجنسی (travel agency) تھی وہ ایک گھریلو افتاد کی وجہ سے پاکستان گئے تھے۔ تین ماہ کی غیر موجودگی میں ان کے پارٹنر (partner شریک تجارت) نے اچھی خاصی رقم ہڑپ کرلی تھی۔ خان سمیع اللہ خان جب واپس لوٹے تو کاروبار ٹھپ ہوچکا تھا۔ اب نئے سرے سے کام کرنا چاہتے ہیں۔ ٹریول بزنس میں ان کے تعلقات ہیں۔ تھوڑے ہی عرصے میں وہ اپنے پاؤں پر کھڑے ہوجائیں گے۔ انہیں ایک پارٹنر کی ضرورت تھی۔ مجھے ان کی پیش کش اچھی لگی، میں نے پانچ ہزار پونڈ دے کر ساجھے کا کاروبار شروع کر دیا۔ عمرے کا سیزن شروع ہونے والا ہے۔ تین چار گروپ تیار ہوگئے تو اصل رقم واپس مل جائے گی۔ اس کے بعد منافع ہی منافع ہے''۔

مجھے ان کی قسمت پر رشک آیا۔ لیکن چاہتے ہوئے بھی ان سے یہ نہ پوچھ سکا کہ وہ پانچ ہزار پونڈ ان کے پاس آئے کہاں سے؟

پھر کسی نے بتایا کہ ان کا حال مندا ہے کیونکہ ان کے پارٹنر نے پارٹنر شپ (partnership) کے کاغذات تیار کرالیئے تھے اور وہ چاہتا تھا کہ پاٹنر شپ کی قانونی کارروائی جلد مکمل ہو۔ ڈاکٹر صاحب موصوف وکیل کے پاس جاتے ہوئے اپنے ایک دوست کو بھی ساتھ لے گئے تھے۔ وکیل نے کہا کہ دستخط کرنے سے پہلے شرائط نامہ پڑھ لیں۔ ڈاکٹر صاحب نے کہا کہ انہیں اپنے پارٹنر پر مکمل بھروسہ ہے لیکن جب وکیل نے دوبارہ زور دے کر کہا اور ڈاکٹر کے دوست نے بھی تائید کی کہ ایک نظر دیکھ لینے میں کوئی ہرج نہیں تو شرائط پڑھنے پر معلوم ہوا کہ خان سمیع اللہ خان کے ذمے پچاس ہزار پونڈ کا قرضہ تھا اور دستخط کرنے کی صورت میں ڈاکٹر صاحب قرضے کی ادائیگی میں برابر کے ذمے دار ہوں گے تو ڈاکٹر صاحب کے اوسان خطا ہوئے۔ یوں ڈاکٹر صاحب پچاس ہزار پونڈ کے قرضے میں حصہ دار بننے سے تو بچ گئے تھے لیکن اب پانچ ہزار پونڈ کی واپسی کے لیے انہیں کوئی تدبیر نہیں سوجھ رہی تھی۔ چار ہزار پونڈ سسرال والوں سے قرضہ لیا تھا جب انہیں اصل حالات کا علم ہوا تو ان کی ادائیگی کا مطالبہ بڑھ گیا تھا۔ یہیں سے ان کے اپنے سسرال والوں سے اختلاف پیدا ہوئے۔ نہلے پر دہلا یوں لگا کہ انہیں اس حقیقت کا علم بھی ہوگیا کہ ان کا داماد موصوف ڈاکٹر نہیں بلکہ ڈسپنسر ہے۔

دن گزرتے رہے کہ ایک دن ڈاکٹر صاحب کا فون آیا کہ وہ مجھ سے ملنا چاہتے ہیں۔ وہ آئے تو خاصے پریشان تھے۔ بزنس میں گھاٹا تو ہوا ہی تھا اُس کے بعد سسرال والوں کا رویہ بھی کافی تکلیف دہ اور دل شکن تھا۔ ڈاکٹر صاحب نے بھرآئی ہوئی آواز میں بتایا کہ چند دن ہوئے وہ اپنے گاؤں کے ایک شخص سے ملے تھے۔ وہ شخص اینٹوں کے بھٹے پر مزدور تھا۔ یہاں آنے کے بعد وہ بہت خوش تھا۔ اُس نے انہیں بتایا تھا کہ وہ اور اس کی بیوی، دونوں ہفتہ میں پانچ دن کام کرتے ہیں۔ اسے ہفتہ اور اتوار کو اوور ٹائم (over-time زائد اوقات کی اجرت) مل سکتا ہے لیکن اس کی بیوی اُسے زیادہ کام نہیں کرنے دیتی۔ وہ اس سے کہتی ہے کہ اُس نے پہلے ہی بڑا کڑا وقت گزارا ہے بس اب وہ اتنا کام کرے جس سے گزر اوقات ہو سکے۔ وہ اس کا بہت خیال رکھتی ہے۔ اُسے گھر میں پڑھاتی بھی ہے۔ وہ دونوں بہت خوش ہیں۔

ڈاکٹر صاحب نے تھوڑا توقف کیا۔ ان کی آنکھوں میں آنسو تیرنے لگے۔ انہوں نے رومال سے آنکھوں کو خشک کیا اور کہا ''میں سوموار سے ہفتہ تک ایک فیکٹری میں روزانہ بارہ گھنٹے کام کرتا ہوں۔ اتوار کو فیکٹری بند ہوتی ہے۔ اب بیوی کا اصرار ہے کہ میں اتوار کو بھی کام کروں۔ اب اتوار کو دوسرے اَن پڑھ (لوگوں) مزدوروں کے ساتھ فارم پر آلو اور پیاز زمین سے نکالنے کا کام کرتا ہوں سارے دن کام کرنے کا معاوضہ دس پونڈ ملتا ہے۔ اُدھر وطن میں گھر والے ایڑیاں اُٹھائے میرا انتظار کرتے ہیں کہ میں کچھ رقم بھیجوں تا کہ قرض کی ادائیگی ہو، بہن بھائیوں کی شادیاں ہوں۔ میری یہاں کی کمائی میری بیوی کے پاس ہے۔ میں بہت دکھی ہوں۔ اس ملک میں میرا کوئی پرسانِ حال نہیں ہے۔''

ڈاکٹر صاحب بہت دیر تک باتیں کرتے رہے۔ میں چپ چاپ سنتا رہا۔ جب دل کا غبار نکل گیا تو چلے گئے۔ ان کے جان کاروں سے اُن کی خیر و عافیت کا پتا چلتا رہا۔ ایک بار کسی نے بتایا کہ انہوں نے ایک مکان کرایے پر لے لیا ہے اور وہاں وہ شام کو زنانہ و مردانہ پوشیدہ امراض کا علاج کرنے لگے ہیں۔ مجھے حیرت تو نہیں ہوئی تاہم ان کے آنے والے برے دنوں کا سوچ کر فکر مند ضرور ہوا۔ کیوں کہ انگلستان میں منگیتر بن کر آنے والے ناتجربہ کاروں نے ایسے ویسے کئی گل کھلائے تھے اور اکثر کو ان کی بھاری قیمت بھی چکانی پڑی تھی۔

ایک دن ٹریفک لائٹوں پر سگنل گرین ہونے کا انتظار کر رہا تھا کہ قریب میں ایک گہرے نیلے رنگ کی مرسیڈیز کار آن کھڑی ہوئی۔ میں نے غور سے دیکھا تو ڈاکٹر صاحب دانت نکالے ہنس رہے تھے۔ ان ک پہلو میں ایک نوجوان خوب صورت سفید فام لڑکی بیٹھی ہوئی تھی۔ مجھ سے نظریں چار ہوئیں تو مجھے گاڑی روکنے کا ارشاہ کیا۔ سگنل ہرا ہوتے ہی میں نے گاڑی آگے بڑھائی اور تھوڑی دور جا کر گاڑی روک دی۔ ڈاکٹر صاحب اپنی گاڑی سے اُترے اور بڑے تپاک سے ملے۔

''اب تو ماشااللہ آپ کے بڑے ٹھاٹھ ہیں۔ لگتا ہے آپ کے سب دلدّ ردور ہو گئے''۔ میں نے انہیں سر سے پیر تک دیکھتے ہوئے کہا۔

کہنے لگے'' میرے دلدّ ر تو مدت ہوئی دور ہو گئے تھے۔ اب دوسروں کے دلدّ ر دور کرنے کی کوشش کرتا ہوں''۔ پھر کار میں ساتھ بیٹھی لڑکی کی طرف اشارہ کرتے ہوئے کہنے لگے''یہ میری سکریٹری ہے''۔ اس کی طرف پیار بھری نظروں سے دیکھا اور آنکھ مارتے ہوئے کہا'' یہ میرا بہت خیال رکھتی ہے''۔

سفید فام لڑکی کو اس کے ساتھ دیکھ کر مجھے اس سے پہلی ملاقات یاد آ گئی جب وہ منگیتر بن کر نیا نیا انگلستان آیا تھا۔ میں نے پوچھا'' سرجری کا کام کیسا جا رہا ہے''؟

''اللہ کا کرم ہے۔ بڑاا چھا بزنس ہے۔ کبھی دن میں ہزار پونڈ تک کما لیتا ہوں'' اس نے گردن اکڑاتے ہوئے جواب دیا۔

''وہ کیسے''؟ مجھے حیرت ہوئی۔

''کبھی وقت ملے تو سرجری آئیں اور خود دیکھ لیں''۔ ڈاکٹر صاحب نے جواب دیا اور اپنا وزیٹنگ کارڈ دے کر رخصت ہوئے۔

ایک شام مقامی اخبار کی جلی سرخی اور مقامی ٹیلی ویژن کی اولین خبر تھی:

ایک ایشیائی جعلی ڈاکٹر کے ہاتھوں غیر قانونی اسقاطِ حمل کی وجہ سے ایک نوجوان عورت اپنی جان سے ہاتھ دھو بیٹھی۔ وہ ایشیائی ڈاکٹر اپنے سابق وطن میں صرف ایک ڈسپنسر تھا۔ پولیس نے اس کو قتلِ عمد کے الزام میں گرفتار کر لیا ہے۔

☆

بقیہ: ''مکاں اور لامکاں کے درمیاں''

دیکھو آرتی ٹرینز ہے، نرسنگ کا بھی کورس کیا ہوا ہے اور پھر اسے کوئی اعتراض بھی نہیں ہے بے چارے ٹیڈ کا تو کوئی بھی نہیں ہے۔

''لیکن شادی کی کیا ضرورت ہے؟ میں نے ہلکی سی جرح کی''

ضرورت؟؟ شادی میں صرف ایک ہی چیز تو نہیں یہ تو دراصل ایک دوسرے کی زندگی اور وسائل بانٹنے کا نام ہے اور پھر یہ بھی تو سوچو کہ اگر کل کو ٹیڈ یا آرتی نہ رہے تو میرا کیا ہوگا؟ اس لیے بھی شادی ضروری ہے۔ اچھا تم سناؤ کیا کر رہی ہو؟ کہاں......مگر میرا دماغ جیسے سائیں سائیں کر رہا تھا مجھے اس کی کوئی بات سنائی نہیں دے رہی تھی بس دو ہلتے ہوئے لب نظر آ رہے تھے اور یوں لگ رہا تھا جیسے آزاد دنیا کی زنجیروں میں جکڑی عورت سکون کی خواہش میں جینے کی آرزو میں مرتی چلی جا رہی ہے۔ ہر دن، ہر لمحہ، ہر پل!

☆

دردکا قصہ

ڈاکٹر رینو بہل

جیتی کے صحن میں خوب رونق بچی ہے۔ جوان لڑکیاں سج دھج کر مورنی کی طرح اندر باہر اٹھلا رہی ہیں۔ بچوں نے اُچھل کُود کر گھر کو سر پر اٹھا رکھا ہے۔ جیتی مہمانوں کی دیکھ ریکھ میں مصروف ہے۔ آج اُس کی بیٹی لاڈو کی شادی ہے۔ اُسے آشیرباد دینے گرمیت چاچی بھی پہنچی ہیں جو اس وقت اس کی ساس کے ساتھ بیٹھی اُس کی باتیں سن رہی ہے۔ سردیوں کی نرم دھوپ اُس کے بوڑھے جسم میں اکڑی ہوئی رگوں کو گرماہٹ بخش رہی ہے۔ ویسے تو وہ کہیں آتی جاتی نہیں مگر جیتی سے اُن کا ایک ان کہا رشتہ ہے اور جب وہ اسے بیٹی کی شادی کا نیوتا دینے پہنچی تو وہ نہ آنے کا کوئی بہانہ نہ بنا سکی۔ وہ جیتی میں جوگی کو تلاش کرتی تھی۔ اگر آج جوگی اس کے پاس ہوتا تو یہ شادی اس کے گھر ہو رہی ہوتی۔ لاڈو اُس کی پوتی ہوتی۔ اتنی رونق میں بھی تنہائی کے احساس نے اُسے جکڑ لیا۔ اُس کی آنکھیں کھلی تھی، کان سب باتیں سن رہے تھے پھر بھی وہ اپنے ماحول سے بے خبر اپنی ہی دنیا میں گم تھی۔ اس بھیڑ سے نکل کر وہ ایک انجان شہر میں انجان جگہ پر اپنے جوگی کے پاس پہنچ چکی تھی۔ جوگی اس کا تیسرا اور سب سے چھوٹا بیٹا اس کے جگر کا ٹکڑا گھر سے جاتے جاتے سب خوشیاں سمیٹ کر لے گیا اور اُس کی زندگی کے ساتھ ساتھ اُس کے دل کا ایک گوشہ ہمیشہ کے لیے ویران ہو گیا۔

گرمیت نے ایک کے بعد ایک تین بیٹوں کو جنم دیا۔ سب سے بڑا رتن منجھلا ویرا اور سب سے چھوٹا جوگی۔ تیسرے بیٹے کی پیدائش پر وہ بڑی مایوس ہوئی تھی۔ ہربنس نے بیٹے کو گود میں اُٹھاتے ہوئے اس کی دُکھتی رگ کو چھیڑ دیا تھا:

سکھ نہیں ہے۔ اب اسے بیٹی سمجھ لینا۔''

''ہٹو جی کیسی باتیں کرتے ہو۔ لوگ بیٹوں کو بیٹوں کی طرح پالتے ہیں اور آپ اُلٹی گنگا بہا رہے ہو۔ رب سکھ رکھے اگلی بار بیٹی ہی دوں گی آپ کو۔''

''بس بس اب اور کی امید مت کرو۔ مہنگائی کدھر جا رہی ہے کچھ پتا ہے تجھے؟ شہر میں تو لوگ دوسرا بچہ بھی پیدا نہیں ہونے دیتے اور تُو۔۔۔۔''

شہر والوں کی بات مت کرو۔ آپ شہر میں صرف نوکری کرتے ہو وہ بھی آپ کی ضد ہے ورنہ ضرورت کوئی نہیں۔ ہو تو آپ گاؤں کے ہی۔ رب کی بہت کرپا ہے ہم پر۔ اتنی زمین دے رکھی ہے۔ گھر کا اناج گھر کی سبزی، تازہ پھل، تازہ دودھ پھر ہمیں سوچنے کی کیا ضرورت ہے۔۔۔؟''

''تو بس یہ دعا کر کہ ان کو اچھی تعلیم دے سکیں اور انہیں اچھے انسان بنا سکیں۔ بس یہ ہی تیری دنیا ہے۔ لے اب ایسے کیا ہوا جو اتنی زور زور سے رونے لگا'' اس نے بچے کو ماں کی گود میں ڈالتے ہوئے کہا۔

''اسے بھی ماں کی طرح آپ کا فیصلہ پسند نہیں آیا۔''

وہ مسکرا کر کمرے سے باہر نکل گیا۔

جوگی کی پیدائش پر اس کی ساس جتنی خوش تھی وہ اتنی ہی مایوس۔ شروع شروع میں تو وہ اسے گود میں بھی کم ہی اٹھاتی تھی۔ مگر جیسے جیسے وہ بڑا ہوتا گیا اس کا پیار بھی بڑھتا گیا اور پھر ایسا بھی ہوا کہ وہ اس کا سب سے لاڈلا بن گیا۔ اس کی چھوٹی چھوٹی پیاری باتیں، ننھی ننھی شرارتیں سب کے دل کو موہ لیتی تھی۔ اپنے دونوں بڑے بھائیوں سے وہ زیادہ چست، زیادہ باتونی، زیادہ مسخرہ اور زیادہ شرارتی تھا۔ عمر کے ساتھ ساتھ شرارتیں بھی بڑھنے لگیں تو گھر میں ماں کے پاس شکاتیں بھی آنے لگیں۔

جو کوئی شکایت لے کر آتا اُسے ہنس کر ٹال دیتی۔

''بھلا بچے شرارتیں نہیں کریں گے تو کیا بوڑھے کریں گے۔ بچے تو شرارتیں کرتے ہی اچھے لگتے ہیں۔''

لوگوں کو تو کسی نہ کسی طرح باتوں سے بہلا کر، لسی چھاچھ پلا کر بھیج دیتی مگر جوگی کے گھر میں گھستے ہی اس کی پٹائی ڈنڈے سے کرتی۔ ایک چھوٹا سا ڈنڈا اس نے صرف جوگی کی پٹائی کے لئے الگ رکھا ہوا تھا۔ رتن اور ویرا ایک دم سے اُس کے بچاؤ کے لیے آجاتے اور ماں سے چھڑا کر لے جاتے۔ پھر وہ رات کے کھانے سے پہلے ماں کے سامنے نہ آتا۔ جب ماں کا غصہ ٹھنڈا ہو جاتا تو وہ آواز دے کر اُسے کھانے کے لئے بلا لیتی۔ مار بھی وہ سب سے زیادہ ماں سے کھاتا تھا اور چپک کر سوتا بھی اُسی کے ساتھ تھا۔ گرمیوں کے دنوں میں چھت پر بستر لگ جاتے اور سونے سے پہلے تینوں بھائی خوب باتیں کرتے مستی کرتے اور جب وہ رسوئی کا سارا کام سمیٹ کر سونے کے لیے آتی تو وہ بھائیوں کو چھوڑ کر جھٹ سے ماں کے بستر پر آجاتا۔ وہ سارے دن کی تھکی ہاری سونے کو بے چین اور یہ کھلے آسمان پر چمکتے تاروں اور چاند کی گردش نہارتا اور سوالوں کی بوچھاڑ کر دیتا۔ ایک دو جواب دے دیتی پھر ڈانٹ کر اُسے باپو کے پاس چلے جانے کو کہہ دیتی تو اس کے بعد وہ اُس سے کوئی سوال نہ کرتا۔ بادلوں کے ٹکڑوں سے بنتی مختلف شکلوں کو دیکھ کر اُس سے رہا نہ جاتا۔ پھر وہ بھائیوں کے پیچھے پڑ جاتا۔

''ویرہ دیکھو وہ شیر لگ رہا ہے نہ؟''

''اوے وہ دیکھو شیر کے ساتھ وہ کیا ہے؟ وہ تو جیتی کی دادی اور وہاں کیسے پہنچ گئی''؟

پھر تینوں بھائی مل کر اُن شکلوں کو دیکھتے، بحث کرتے اور ہنستے ہنستے لوٹ پوٹ ہو جاتے۔ ہربنس جب ایک زوردار جھڑک دیتا تو سب چپ چاپ لیٹ جاتے اور ہلکی ہلکی کھُسر پھُسر کی آوازیں آتی رہتیں۔ ماں تینوں کو اس طرح ہنستا دیکھ کر بہت خوش ہوتی اور جب ہربنس اُنھیں چپ چاپ سونے کے لیے پھر ڈانٹنے لگتا تو وہ دھیرے سے کہتی۔

''کر لینے دو مستی بچوں کو یہ ہی عمر ہے۔''

اور وہ چپ چاپ تکیہ گردن کے نیچے سے نکالتا اور سر کے اوپر رکھ کر

سوجاتا۔

گُرمیت نے گھر کی، بچوں کی اور زمینوں کی ذمہ داری سب اپنے کندھوں پر لے رکھی تھی۔

بچوں کی پڑھائی کی ذمہ داری ہربنس پر ہی تھی۔ صبح سویرے وہ بھی تیار ہو کر دفتر کے لئے نکل جاتا۔ اس کا دفتر شہر میں گاؤں سے تقریباً چالیس کلومیٹر دور تھا۔ شام کو وہ تھکا ہارا جب گھر لوٹتا تو گرمیت اُسے چھوٹی چھوٹی باتوں سے کبھی پریشان نہیں کرتی تھی۔ ہربنس بھی کوئی کام بیوی کی صلاح کے بنا نہیں کرتا تھا۔ سچ تو یہ تھا کہ خود سے زیادہ اسے بیوی کے فیصلوں پر اعتماد تھا۔ اگر پتی بیوی کی عزت کرتا ہو تو بچے خود بخود ماں کی عزت کرنا سیکھ جاتے ہیں۔ یہ ہی وجہ تھی کہ وہ گھر کا مرکزی کردار تھی اور گھر کی کائنات اُس کے ارد گرد گھومتی تھی۔

باپ سے زیادہ بچے ماں سے ڈرتے تھے۔ مگر جوگی پر تو کسی کا رعب نہیں چلتا تھا۔ وہ ماں کے غصے سے نہیں بلکہ اس کی ناراضگی سے ڈرتا تھا۔

جب کبھی بھی کوئی گاؤں میں یا اُن کے محلے میں شرارت ہوتی تو سب کے ذہن میں جوگی کا نام اُبھرتا۔ بچپن میں شرارتیں چھوٹی چھوٹی تھیں۔ گرمیوں کی دوپہر جب تیز لُو سے بچنے کے لیے لوگ گھروں میں آرام فرما رہے ہوتے تو موقع دیکھ کر وہ لوگوں کے دلان میں پڑے آم کے آچار کے مرتبان اُٹھا کر کسی اور جگہ پر رکھ دیتے یا اُن کے پاس وہ فہرست تیار ہوتی کہ کس کے گھر آم، امرود، لوکاٹ، انگور لگے ہوئے ہیں اور جب پھلوں کا موسم پورے شباب پر ہوتا تو موقع ملتے ہی اُسے اڑا جاتے۔ صبح تک درخت بالکل بیوہ کی سونی مانگ کی طرح سسک رہا ہوتا۔ سردیوں کی رات جب لوگ اپنے اپنے گھروں میں دبک کر رضائیوں میں گھسے ہوتے تو یہ لڑکے چپ چاپ جا کر کھٹکھٹا آتے اور جب وہ رضائی سے نکل کر ٹھٹھرتا ہوا دروازہ کھولنے آتا تو وہاں کوئی بھی نہ ہوتا اور دوسری بار بھی جب یہ سب دوہرایا جاتا تو اندھیرے میں چھپے بچوں کو خوب گالیاں سننی پڑتیں۔ کئی بار تو ایسے بھی ہوتا کہ دکانداروں کے بورڈ راتوں رات بدل دیے جاتے۔ لوگ صبح اٹھتے تو موچی کی دکان کے باہر ڈاکٹر کا بورڈ، نائی کی دکان کے باہر کپڑے والے کا بورڈ اور اسی طرح سب اُلٹ پلٹ ہو جاتا۔ ان سب شرارتوں کے پیچھے ایک ہی دماغ چلتا تھا اور وہ تھا جوگی کا۔ بڑی آسانی سے وہ بچوں کو اپنے پیچھے لگا لیتا تھا لوگ شکایتیں کر کے تھک چکے تھے اور گُرمیت سُن سُن کر عاجز آ چکی تھی۔

یہ بھی سچ ہے کہ شرارتی بچہ خود اپنا ہی سب سے بڑا دشمن ہوتا ہے۔ شرارت شرارت میں دوستوں سے شرط لگائی اور بنا سوچے سمجھے سکول کی دوسری منزل سے چھلانگ لگا دی۔ شرط تو جیت گیا مگر سر پر آٹھ ٹانکے لگانے پڑے۔

گرمیوں کی ایک دوپہر چند دوستوں کے ساتھ گھومتے گھومتے دریا میں نہانے پہنچ گئے۔ ابھی وہ تیرنے کی تیاری کر ہی رہے تھے کہ وہاں کھیلتے بچوں کے ایک دوسرے ٹولے سے زور زور سے ’’بچاؤ بچاؤ‘‘ کی آوازیں آنے لگیں۔ ایک بچہ ڈوب رہا تھا اور مدد کے لیے چلا رہا تھا۔ آواز سنتے ہی جوگی اُس اور لپکا اور آؤ دیکھا نہ تاؤ لہروں کے چنگل سے اُسے بچا لیا۔ اُس وقت اُس کی عمر کوئی چودہ برس کی رہی ہوگی۔ جو بھی سنتا تھا اس کے حوصلے کی داد دیتا۔ لوگوں نے اُسے ڈھیر ساری دعائیں دیں تو گرمیت کا سینا فخر سے تن گیا۔ عمر بڑھتی گئی تو شرارتوں کی نوعیت بھی بڑھتی گئی۔

کالج پہنچتے پہنچتے اُس کا قد چھ فٹ کا ہو گیا تھا۔ اپنے بڑے بھائیوں سے زیادہ قد نکال لیا تھا۔ ان دونوں کی طرح اُس نے بھی شہر میں داخلہ لے لیا تھا۔ سکول تو سکول کالج میں جاتے ہی اُس نے اپنی الگ پہچان بنا لی تھی۔ وہ ایک مست ملنگ خوش طبیعت، خوش گفتار، چنچل شوخ طبیعت کا مالک ہمیشہ دوسروں کی مدد کرنے کو تیار۔ پہلے ہی سال وہ کالج کے الیکشن میں کُود پڑا اور اُن کا نمائندہ چُن بھی لیا گیا۔ بہت سی لڑکیاں اُس پر دل و جان سے فِدا تھیں پر اُس نے کبھی اُنھیں توجہ ہی نہیں دی۔ ہاں کبھی کبھی وہ جیتی کو ضرور اپنی موٹر سائیکل پر بیٹھا کر لے جاتا تو لڑکیاں دل ہی دل میں جیتی سے جل کر رہ جاتیں۔ جیتی اُس کے گاؤں کی رہنے والی ایک سیدھی سادی ذہین لڑکی تھی جو جوگی کے ساتھ کھیلتے کُودتے ہی جوان ہوئی۔ وہ تو خود بھی نہیں جانتی تھی کہ اُس کے دل میں بھی جوگی کی لو لگ چکی ہے۔ یہ احساس تو اُسے اس روز ہوا جب وہ ایک شام اُس کے موٹر سائیکل پر سوار کالج سے واپس گھر آ رہی تھی کہ اچانک آسمان پر چھائے بادل ٹوٹ کر برس پڑے۔ مجبوراً اُنہیں ایک گھنے پیڑ کے نیچے سہارا لینا پڑا۔ سر سے پاؤں تک دونوں بھیگ چکے تھے۔ بارش تھی کہ تھمنے کا نام ہی نہیں لے رہی تھی۔ بادلوں نے شام سے پہلے ہی شام کر دی تھی۔ بھیگے جسم سے چپکا لباس اور اُوپر سے ڈھلتی شام جیتی کو بے چین کر رہی تھی:

’’جوگی چل نکل چلتے ہیں موسم تو ٹھیک ہونے والا نہیں۔ گھر پر ماں بھی فکر کر رہی ہوگی۔‘‘

’’موسم خراب ہے راستہ دکھائی نہیں دے رہا۔ کوئی حادثہ ہو گیا تو کیا منہ دکھاؤں گا تیرے گھر والوں کو۔‘‘

’’مگر جوگی ابھی تو روشنی ہے نکل جاتے ہیں اگر بارش نہ رکی اور رات ڈھل گئی تو کچھ دکھائی نہ دیگا:‘‘

کچھ پل وہ خاموش سوچتا رہا۔

’’کہتی تو تو ٹھیک ہے۔ چل پھر رب کا نام لے کر چل پڑتے ہیں۔‘‘

دونوں درخت کی چھاؤں سے نکلے اور دھیرے دھیرے آگے بڑھنے لگے۔ کئی جگہ پھلسن کی وجہ سے موٹر سائیکل ڈولنے لگا تو جیتی گرتے گرتے بچی۔

’’پکڑ کر بیٹھ جا مجھے۔ کھا نہیں جاؤں گا تجھے۔ بس تجھے صحیح سلامت گھر پہنچا دوں۔‘‘

اور اُس نے گرنے سے بچنے کے لیے اُسے کس کر پکڑ لیا۔ شاید جوانی کی ترنگ، موسم کا خُمار یا قربتوں کا لمس نہ جانے وہ کیا تھا کہ دونوں کے دل دھڑک اُٹھے۔ بارش برستی رہی اور جسم کے ساتھ ساتھ دل بھی ایک اچھوتے جذبات میں بھیگتے رہے۔ دونوں نے اک دوسرے کی دھڑکنیں محسوس بھی کیں پر اُس وقت اُسے سمجھ نہ پائے۔ جوگی نے اسے صحیح سلامت گھر پہنچا دیا تو جیتی کی ماں اُسے بلاتی رہی مگر یہ کہہ کر وہاں سے چلا آیا کہ

''بے بے راہ دیکھ رہی ہوگی۔'' وہ نہیں چاہتا تھا کہ جیتی اُس کی آنکھوں کو پڑھ لے۔

اُس دن کے بعد دونوں ایک ان کہے رشتے میں بندھ گئے تھے۔ وہ رشتہ خاموش محبت کا تھا جس میں انھوں نے لفظوں سے اظہار کی ضرورت ہی محسوس نہیں کی۔

شاید یہ ہی وہ خاموش رشتہ تھا کہ جوگی کے چلے جانے کے بائیس سال بعد بھی اُس کے دل کے تار آج بھی اس سے جڑے ہوئے تھے۔ اس برسات کے بعد وہ کبھی بارش میں نہیں بھیگی تھی۔ جوگی کے لمس کی خوشبو اس کی رگوں میں بس چکی تھی۔ اس نے وہ پل اپنے دل میں ایسے بسائے تھے جیسے سیپ میں موتی۔ آج وہ کسی اور کی بیوی تھی ایک جوان بیٹی کی ماں جسے وہ خوشی خوشی بیاہ کر رخصت کر رہی تھی۔ اُس نے جوگی کے گھر سے کبھی رشتہ ٹوٹنے ہی نہیں دیا۔ یہ ہی وجہ تھی کہ وہ جوگی کے بے بے کو بہت اصرار کے بعد شادی میں آنے کے لیے راضی کر سکی تھی۔

اُس روز بھی برسات جم کر ہو رہی تھی جب جوگی ضد کر کے کالج کے ٹُور پر سات دن کے لئے جموں جا رہا تھا۔ گرمیت اُسے بھیجنے کو بالکل راضی نہ تھی۔ ہربنس نے اُسے بڑی مشکل سے راضی کیا۔

''دیکھ گرمیتے بچے جوان ہو گئے ہیں۔ اب تُو انھیں اپنے پلو سے تو باندھ کر نہیں رکھ سکتی۔ جانے دے اِسے۔''

''آپ تو ایسے کہہ رہے ہو جیسے میں نے انھیں باندھ کر رکھا ہو۔ بچے جوان ہو جائیں تو کیا ماں باپ کو اپنی زبان بند کر لینی چاہیے؟''

''میں نے ایسا تو کچھ نہیں کہا تم بات کو بے وجہ بڑھا رہی ہو۔''

''بات ایسے ہی بڑھتی ہے۔ ان کو اپنی من مانی کرنے کی عادت پڑ جاتی ہے۔ میں نے لاکھ سمجھایا رتن کو کہ اپنے ملک میں کیا نہیں اپنے گھر میں بھی سب کچھ ہے پھر ودیش جانے کی کیا ضرورت؟ سنی اُس نے ہماری۔ اپنی مرضی کے مالک ہیں ماں باپ کو مجبور کر دیتے ہیں بات منوانے کے لئے۔

یہ نیا چلن چال پڑا ہے زمینیں بیچتے جاؤ اور ودیشوں میں بستے جاؤ چاہے وہاں جا کر گھٹیا سے گھٹیا کام ہی کیوں نہ کرنا پڑے بے شک عزت نہ ملے پر رہیں گے وہیں۔ پیچھے سے بوڑھے ماں باپ چاہے جئیں یا مریں''۔ یہ کہہ کر وہ زار زار رونے لگی۔

''دیکھ گرمیتے تو کہاں کی بات کہاں لے گئی۔ رتن کا غصہ اب جوگی پر اتارے گی چل چپ کر۔ ایسے نہیں روتے''۔

جوگی باہر کھڑا سب باتیں سُن رہا تھا۔ اُسے تو یہ امید تھی کہ باپو منا لے گا بے بے کو مگر ماں کو اس طرح روتا دیکھ وہ اندر آ گیا۔

''بے بے رو کیوں رہی ہے میں کہیں نہیں جا رہا۔ جموں تو بہت دور کی بات ہے تو کہے گی تو میں رب کے پاس بھی نہ جاؤں گا۔'' یہ کہہ کر وہ ماں کے پاس ہی بیٹھ گیا۔

''تو بھی اُنھیں کا بھائی ہے ایک دن تو بھی چلا جائے گا گاؤں چھوڑ کر۔ پڑھ لکھ کر کون رہنا چاہتا ہے یہاں''۔

''بے بے وعدہ ہے میرا تجھ سے میں گاؤں میں ہی رہوں گا۔ سیاست کرنی ہے مجھے اور اپنی زمینوں اپنے گاؤں کو بہت آگے لے کر جانا ہے۔ تجھے بھروسا ہے نہ اپنے بیٹے پر۔''

''ہٹ پیچھے جا چلا جا اپنے دوستوں کے ساتھ''۔

گرمیتے نے پیار سے اُس کے سر پر ہاتھ پھیرتے ہوئے کہا۔

''دل سے کہہ رہی ہے نا بے بے''؟

''ہاں ہاں دل سے کہہ رہی ہوں۔ بس اپنا خیال رکھنا۔''

''تو فکر نہ کر بے بے ایک ہفتے کی تو بات ہے''۔

گرمیت کو کیا پتا تھا کہ ایک ہفتے کا انتظار صدیوں میں بدل جائے گا۔

اور پھر بارش تو اُس دن بھی ہو رہی تھی جب جوگی کے جانے کے چار روز بعد ہی یہ خبر آئی تھی کہ وہ لاپتا ہو گیا ہے۔ ہوا یوں کہ دوستوں کے ساتھ دریا میں نہانے چلا گیا۔ پانی کا بہاؤ کافی تیز تھا۔ اُنھوں نے تیرنے کا پروگرام رد کر دیا مگر کسی لڑکے نے چنوتی دی تو شرط لگ گئی اور وہ شرط پوری کرنے دریا میں کُود پڑا۔ دیکھتے ہی دیکھتے پانی اُسے بہا کر نہ جانے کہاں لے گیا۔ خبر ملتے ہی ہربنس چند رشتے داروں کے ساتھ جموں کے لئے روانہ ہو گئے۔ گُرمت بس ہربنس اور جوگی کے لوٹنے کی دعائیں کرتی رہی۔ اپنے آپ کو بار بار تسلی دے رہی تھی کہ ''رب سب ٹھیک کرے گا۔ وہ اتنا بے رحم نہیں ہو سکتا''۔

نہ کچھ ٹھیک ہونا تھا نہ ہوا۔ جموں پولیس نے لڑکوں کے بیان لئے اور غوطہ خوروں نے جال پھینک کر بھی تلاش شروع کر دی مگر اُس کا کہیں کوئی سراغ نہ ملا۔ تین روز بعد ہی وہ خالی ہاتھ لوٹ آئے۔ ایک ہارے ہوئے جواری کی طرح جو اپنی زندگی کی پونجی گوا کر گھر واپس لوٹتا ہے۔ یہ خبر آگ کی طرح پورے گاؤں میں پھیل گئی اور لوگ جوگی کی بے وقت جوان موت کا افسوس کرنے گرمیت کے پاس جا پہنچے مگر وہ لوگوں پر اُلٹے برس پڑی۔

''یہاں کوئی تماشا لگا ہے جو دیکھنے آئے ہو۔ میرا بیٹا مرا نہیں لاپتا ہوا ہے۔ اگر لاش مل جاتی تو افسوس کرنے آتے۔ زندہ لوگوں کا ماتم نہیں کرتے۔ اگر تم میرے اپنے ہو تو بس دعا کرو کہ وہ جدھر بھی ہو صحیح سلامت ہو۔ دیکھ لینا

ایک دن وہ لوٹ کر آئے گا یہاں میرے پاس اپنے گاؤں میں۔ وعدہ کیا ہے اُس نے مجھ سے اور وہ کبھی وعدہ خلافی نہیں کرتا۔ اب جاؤ سب اپنے اپنے گھروں کو۔ اُس نے اتنا کہا اور ہاتھ جوڑ دیئے۔ پھر گھر کا دروازہ بند کیا اور صحن میں آ کر سی پر نڈھال گر پڑی۔ اُس روز بارش نے جیتی کے آنسو ضبط کر کے اُسے رسوا ہونے سے بچا لیا تھا۔ لوگ سمجھ رہے تھے کہ شاید صدمے کی وجہ سے ماں کا دماغی توازن بگڑ گیا ہے وہ سچ کو قبول نہیں کرنا چاہتی۔ مگر گُرمیت کا یقین اتنا پختہ تھا کہ کوئی اسے ڈگمگا نہ سکا۔ جوگی کے لئے وہ تڑپتی تھی اُسے یاد کرتی تھی پر آنکھ سے کبھی آنسو چھلکنے نہیں دیئے۔ ہربنس جانتا تھا کہ اُس کی بیوی بہت مضبوط ہے پر وہ اُس سے زیادہ کمزور ہو گا یہ اُسے اب معلوم ہوا تھا۔ وقت گزرتا گیا اور گزرتے وقت کے ساتھ سب نے سمجھوتہ کر لیا کہ جوگی اب کبھی لوٹ کر نہ آئے گا مگر بے بے کا انتظار برقرار رہا۔ اُسے یقین تھا کہ اک روز دروازے پر بنا دستک دیئے اک دم سے اُس کے سامنے آ کھڑا ہو گا۔

دُنیا کے کاروبار بدستور چلتے رہے۔ گھر میں دونوں بیٹوں کی شادی رچائی گئی۔ بہوویں گھر میں آئیں اُس کے گھر میں رونق تھی پر دل کا خالی کونہ روتا رہا سسکتا رہا پر آنکھ سے ایک قطرہ بھی گرنے نہ دیا۔ ضبط کا دامن تو اُس روز چھلکا جب ایک دن جیتی اُس کے پیروں میں پڑ کر گڑگڑانے لگی:

"آپ سے ایک بات کرنی ہے چاچی۔"

"بول بیٹی کیا بات کرنی ہے تجھے؟"

"میرے ماں باپ میری شادی طے کر کے آئے ہیں پر میں یہ شادی نہیں کرنا چاہتی۔"

"کیوں؟"

وہ خاموش رہی۔

"لڑکا پسند نہیں کیا؟"

"تو مجھے اپنے گھر میں رکھ لے چاچی۔ میں تیرے گھر کا سارا کام کروں گی تیرا خیال رکھوں گی پر مجھے پرایا نہ کر"۔ اس نے بڑھ کر جیتی کو سینے سے لگا لیا۔ اُس روز وہ بہت روئی تھی۔ اُس نے دل پر کوئی روک نہیں لگائی۔

"جوگی آ جاتا تو میں تجھے اس گھر کی رونق بنا لیتی۔ پتا نہیں وہ کب لوٹ کر آئے گا۔ تو بھلا اس کے لیے کیوں اپنی زندگی برباد کرتی ہے جس نے کبھی تجھ سے کوئی وعدہ بھی نہیں کیا۔ جا بیٹی اپنے ماں باپ کا بوجھ ہلکا کر۔" اس کے سر پر ہاتھ رکھ کر وہ وہاں سے اُٹھ کر چلی گئی۔

گزرتے وقت کے ساتھ نئے پھول پودے کھلے تو پرانے پتے جھڑنے لگے۔ ہربنس اتنی جلدی دُنیا چھوڑ کر جانے والا تو نہ تھا اُسے تو بس بیٹے کا روگ اور بیوی کا اندر ہی اندر سلگنا لے ڈوبا اور وہ گرمیت کو دیو کے حوالے چھوڑ کر چل بسا۔ اُس نے تو ہربنس کے آخری وقت اُس کے سرہانے بیٹھے شکایت بھرے لہجے میں کہا تھا۔

"یہ تم نے اچھا نہیں کیا۔ بیچ سفر کے اکیلے چھوڑ کر جا رہے ہو"۔ وہ سب سُن رہا تھا پر جواب دینے کی قوت اُس میں نہ تھی۔ آنکھوں سے ہی کچھ بیاں کیا۔ جو وہ سمجھ گئی۔

"میں تو ابھی جانے والی نہیں۔ معاف کرنا اس وقت میں تمہارا ساتھ بھی نہیں دے سکتی۔ ہو سکے تو رب کو یہ سفارش ضرور کرنا کہ اس سے ملے بنا مجھے بلائے نہ۔"

اور وہ ہلکے سے مسکرا دیا۔ ایک عورت کے کتنے روپ ہوتے ہیں پر ماں کا روپ سب سے الگ سب سے پیارا۔ ماں کے کردار کے آگے بیوی کا کردار بھی ہار جاتا ہے۔

سردیوں کی ایک دوپہر وہ صحن میں بیٹھی دیو کے بچوں کے لئے سویٹر بُن رہی تھی کہ اس کا بڑا پوتا بھاگتا ہوا سیدھے اُسی کے پاس آیا۔

"بے بے کوئی آپ سے ملنے آیا ہے۔"

"کون ہے؟" اس نے عینک ٹھیک سے لگاتے ہوئے دیکھا۔

دروازے پر دو اجنبی کھڑے تھے۔

"اندر آ جاؤ۔ کس سے ملنا ہے آپ کو"

"یہ جوگی کا گھر ہے؟"

اتنے سالوں کے بعد کسی اجنبی سے جوگی کا نام سن کر وہ چونک اُٹھی۔

"آپ کون ہیں اور جوگی کو کیسے جانتے ہو؟"

"جی ہم دِلی سے آئے ہیں۔ آپ سے کچھ ضروری جانکاری حاصل کرنی ہے۔"

"اس نے بہو کو آواز لگائی اور اُسے چائے لانے کو کہا اور اُن سے باتیں کرنے لگی۔"

"آپ جوگی کی ماں ہیں شاید؟"

"شاید نہیں میں ہی اُس کی بے بے ہوں۔ پوچھو کیا پوچھنا ہے"۔

"گھر میں کون کون ہیں؟"

"اس وقت تو میں اور میری بہو ہی ہیں۔ میرا منجھلا بیٹا کام کے سلسلے میں باہر گیا ہے۔"

"آپ کے شوہر؟"

"وہ اس دنیا میں نہیں رہے"

"سنا ہے آپ کا بیٹا جوگی کئی سالوں سے لاپتا ہے۔ اس کے بارے میں کبھی کسی سے کوئی خبر ملی کہ وہ زندہ ہے یا......"

"دنیا سمجھتی ہے کہ وہ اس دنیا میں نہیں ہے پر میرا دل یہ بات ماننے کو تیار نہیں۔ وہ دنیا کے کسی کونے میں زندہ ہے۔ ایک دن آئے گا ضرور۔ مگر آپ اُس کے بارے میں کیوں پوچھ رہے ہو وہ بھی اتنے سالوں بعد؟"

"ہم سرکاری لوگ ہیں منسٹری سے آئے ہیں۔ چند لوگوں کی

شناخت کرنی ہے اُن میں سے ایک آپ کا بیٹا بھی ہے''۔

''میرا جوگی مل گیا۔ کہاں ہے وہ؟'' اس کی ویران آنکھیں چمک اٹھیں۔

''ہم آپ سے جو جانکاری لینا چاہتے ہیں وہ آپ ہمیں دے دیں۔ اس کی چند تصویریں بھی۔''

''آپ نے جو پوچھنا ہے پوچھئے''۔

پھر جو جو وہ پوچھتے گئے وہ بتاتی گئی۔ اُس نے جوگی کی بچپن اور جوانی کی تصویریں بھی اُنھیں لا کر دے دیں۔ جاتے وقت وہ اتنا ضرور کہہ گئے کہ ''لگتا ہے آپ کا یقین جیت جائے گا۔ وہ لڑکا شاید آپ کا جوگی ہی ہے جو اس وقت سرحد پار جیل میں ہے۔ بہت جلد آپ کو پوری جانکاری مل جائے گی۔''

''کیا کہا آپ نے کیا وہ پاکستان جیل میں ہے؟''

''وہاں کیسے پہنچ گیا؟''

''دریا پر سرحدیں نہیں ہوتیں۔ پانی اُسے بہا کر دوسری طرف لے گیا اور وہیں سے اس کی بدقسمتی کا سلسلہ شروع ہو گیا۔ وہ لوگ اُسے جاسوس سمجھ بیٹھے۔ کوشش کرتے ہیں اُسے بے گناہ ثابت کرنے کی۔''

''جیندہ رہ پت جیندہ رہ''۔ خوشی سے اس کی آنکھیں چھلک اُٹھی تھیں۔ اب تک یہ بات آدھے گاؤں میں پھیل چکی تھی کہ جوگی کے گھر سرکاری آدمی آئے ہیں۔

''میں تو ہمیشہ سے ہی کہتی تھی وہ واپس آئے گا ضرور۔ لوگ مجھے پاگل سمجھتے تھے۔ کب تک آ جائے گا وہ۔''

''شاید دو تین مہینوں میں یا پھر دو تین سالوں میں۔ ہم کوشش تو ضرور کریں گے آگے دیکھو کیا ہوتا ہے۔''

''بیٹا ایک بات کا خیال ضرور کرنا کہ میں زندگی کے اُس موڑ پر کھڑی ہوں کہ پتا نہیں کب بُلاوا آ جائے۔ مرنے سے پہلے ایک بار اُسے دیکھنا چاہتی ہوں''۔

''ہم پوری کوشش کریں گے باقی تو جو اوپر والے کو منظور۔''

اتنا کہہ کر وہ تو وہاں سے چلے گئے مگر گرمیت کا انتظار بڑھ گیا۔ اب وہ سرحد سے آنے والی ہر خبر دھیان سے سنتی تھی۔ اُسے نہیں معلوم کہ وہ سرحد پار کس شہر، کس جیل میں ہے۔ اس سے کیسے ملے گی، کب ملے گی بس ہر روز صبح اُٹھ کر اپنے رب سے یہی دعا کرتی ہے کہ ''ربا اتنی مہلت دے دینا کہ میں اُس سے مل سکوں۔ اک بار اُسے دیکھ لوں اسے سینے سے لگا لوں''۔

اس خبر کو ملے بھی تین سال گزر چکے ہیں۔ گاؤں کے کچھ لوگ ویر اور جیتی کے شوہر کے ساتھ مل کر جوگی کا پتا لگانے میں کامیاب ہو چکے ہیں۔ اب بے بے کو معلوم ہے کہ اس کا جوگی لاہور میں ہے۔ جیتی اور لاڈو شادی کے بعد اسے لاہور لے کر جائیں گے۔ گرمیت شادی کی رسوم پوری ہونے کا شدت سے انتظار کر رہی ہے۔

His Master`s Voice

گلزار جاوید

ڈیئر جمی خوش رہو!

بیٹا! بھیجا ہم نے تمہیں ایجوکیشن کے لئے تھا مگر تم تو ہمارے ہی ٹیوٹر بن بیٹھے۔ دیکھونا! چھوٹا ہونے کے باوجود تم نے میل میں ناصحانہ انداز اپنانے کی کوشش کی ہے۔ اس کے لئے تمہیں اپنی میل میں بقراطیت اور فلسفہ بھی ٹھونسنا پڑا۔ میں سمجھتا ہوں یہ خیالات تمہارے اپنے نہیں تمہاری سوچ کے پیچھے His Master`s Voice دکھائی دیتی ہے ......

بیٹا! میں پند ونصائح کے خلاف نہیں اور نہ ہی میرا اشمار قنوطیوں میں ہوتا ہے مگر مائی سویٹ سن میرے خیال میں! آج کے مادی دور میں ان باتوں پر عمل کرنا مشکل ہی نہیں بلکہ ناممکن ہے۔ میرا دعویٰ ہے عملی زندگی میں قدم رکھنے کے بعد تم اپنی اس سوچ کو حماقت جان کر ہنسنے کے علاوہ اپنی عقل کا ماتم بھی کیا کرو گے۔ میں اگر مبالغہ سے کام لوں تب بھی تم میری جوانی کے مقابلے میں ایک بٹہ چار انقلابی بھی نہیں! میری حقیقت پسندی کے پیچھے تلخ تجربات اور مشکل حالات کی طویل فہرست گنوائی جاسکتی ہے جس کا یہ موقع ہے اور نہ وقت۔ میں اب بھی تحریر تقریر اور تبلیغ کی حد تک ان باتوں کا قائل ہوں مگر میرے عزیز بیٹے حقیقت کی دنیا سے ان باتوں کا دور کا بھی واسطہ نہیں ......تم ہی سوچو! ایک ویل ایجوکیٹڈ بیٹے کا اپنی ممی سے یہ دریافت کرنا کہ چھ کروڑ تیس لاکھ کا بنگلہ اور ایک کروڑ پچپن لاکھ کی موٹر خریدنے کے بعد پپا کے پاس اتنی دولت کہاں سے آ گئی کہ آپ لوگ ورلڈ ٹور پر جا رہے ہیں۔ اول تو تمہیں یہ حق کس نے دیا کہ تم ہم سے اس قسم کے بے ہودہ سوالات کرو، حق وناحق حلال وحرام کی تعلیم دو۔ سچ تو یہ ہے بیٹا! جو فضول باتیں تم نے لکھیں ہیں اگر میں ان پر کاربند رہتا تو آج تم بیرون ملک تعلیم حاصل کرنے کے بجائے اپنے ملک کی کسی بدبودار گلی کی ٹٹ پونجیا درسگاہ میں ٹاٹ پر بیٹھے دقیانوسی کتابیں رٹ رہے ہوتے یا کسی مستری کی دوکان پر لوہا کوٹ رہے ہوتے۔ میرے لختِ جگر! یہ انقلابات کا دور ہے سائنس اور ٹیکنالوجی کے انقلابات کا دور، صنعتی، معاشی اور ثقافتی انقلابات کا دور، یہ دور، تیز دوڑنے کا ہے جس نے ذرا سی بھی غفلت برتی وہ سدا کے لئے پیچھے رہ گیا۔ اس تیز رفتاری میں وہی لوگ کامیاب وکامران ٹھہرتے ہیں جن کی نگاہ ہمہ وقت اپنے ٹارگٹ پر جمی رہتی ہے۔ ہمارا معاشرہ اور باتوں میں بیک ورڈ سہی مگر اس معاملہ میں ہمارے ہاں زور دار طریقے سے مقابلہ جاری ہے۔ یاد رکھو جنٹلمین! حلال وحرام حق وناحق میں بزدل لوگ وقت ضائع کیا کرتے ہیں۔ ان کی کم ہمتی انہیں ایسی فضول باتیں سوچنے پر اکساتی ہے۔ میرے بلکہ ہر ہوش مند آدمی کے نزدیک آج کی سب سے بڑی حقیقت پیسہ! ہر قیمت پر...... ڈاکٹر سے اپائنٹمنٹ کے سبب آج کی صحبت یہیں ختم کرتے ہیں۔ تمہارے لئے سپورٹس کار بک کرا دی گئی ہے۔ شہر کے وسط میں تمہاری من پسند جگہ پر پلازہ کی تعمیر کے لئے پلاٹ خریدا جا چکا ہے۔ کنسٹرکشن کمپنی کی رجسٹریشن کی درخواست دی جا چکی ہے۔ فیکٹری والے پلاٹ پر انڈسٹریل لون کی سینکشن ملنے والی ہے اور میجنگ ڈائریکٹر کے طور پر تمہارا تقرر عمل میں آچکا ہے۔

نیک تمناؤں کے ساتھ

تمہارا پپا

جان سے پیارے جمی ڈارلنگ!

سدا خوش رہو اور پھولوں کی طرح مسکراتے رہو!!

ہم لوگ بڑی شدت سے تمہاری میل کا انتظار کرتے ہیں اور تم اپنی میل میں نہ جانے کیا کچھ لکھ بھیجتے ہو۔ تمہارے پپا کو اس قسم کی باتیں بالکل بھی پسند نہیں۔ تم تو جانتے ہو وہ اپنے اصولوں کے کتنے پکے ہیں...... یہاں تو تم ایسے نہ تھے۔ باہر جا کر خدا معلوم تم کیوں اتنے بیک ورڈ ہو گئے ہو۔ تمہیں تو معلوم ہے تمہارے پپا کتنا ہارڈ ورک کرتے ہیں۔ ڈاکٹرز کی ایڈوائس کے اگینسٹ ورکنگ شیڈول جاری رکھتے ہیں۔ کس لئے؟ ...... کس کے لئے؟ ...... ہمارے لئے ڈیئر، ہمارے لئے۔ تمہیں پتا نہیں پچھلے دنوں ان کا نروس بریک ڈاؤن ہو گیا تھا۔ ڈاکٹرز کے مطابق ٹینشن لینے سے شوگر شوٹ اپ ہونے کے ساتھ کولیسٹرول کا لیول بھی ڈسٹرب ہو گیا تھا۔ آج کل میڈیکل بورڈ جس میں فزیشن سائیکارٹسٹ اور ڈائی ٹیشن شامل ہیں ان کا ٹریٹمنٹ کر رہا ہے۔ بریک فاسٹ میں دو سلائس براؤن بریڈ کے اور ایک کپ بلیک ٹی ودآؤٹ شوگر لیتے ہیں۔ لنچ میں مٹن یا چکن سوپ کے ساتھ ایک چپاتی کے علاوہ کچھ بھی نہیں لیتے۔ ڈنر میں ڈاکٹرز نے سی فوڈ یا ویجیٹیبل سوپ لینے کو کہا ہے مگر وہ اوائیڈ کر جاتے ہیں۔ اکثر بلیک کافی کا ایک کپ لے کر بیڈروم میں چلے جاتے ہیں اور میرے کلب سے واپسی تک فائلز میں بزی رہتے ہیں۔ ڈیئر جمی! ڈرنک اب بھی تمہارے پپا سے نہیں چھوٹ رہی۔ ڈاکٹرز کے اسٹک لی بین کے باوجود ''رائل سلیوٹ'' یا ''شیواز ریگل'' کے ایک دو پیگ ضرور لیتے ہیں۔ تم میری ہیلتھ کے بارے میں سنسیٹو لگتے ہو تبھی تم نے کچھ ایڈوائیزز بھیجے ہیں۔ میری اتنی فکر نہ کیا کرو۔ سوئٹ ہارٹ! میں اب بیٹر فیل کر رہی ہوں البتہ! ڈائٹنگ جاری ہے۔

Do you believe I lose my weight by ten Poundes,But waist is still Thirty Eight

آج کل ایک پرابلم اور ہے سویٹ ہارٹ، میرے نئے سلمنگ سنٹر کی ڈائریکٹر مسز جواد نے اپائنٹمنٹ بہت ارلی دی ہوئی ہے۔ میں نے بڑی ریکوسٹ کی **But she is so bussy** اب دیکھو نا! گیارہ بجے سلمنگ سنٹر پہنچنے کے لئے ارلی مارننگ یعنی دس بجے اٹھنا پڑتا ہے۔ جس کی وجہ

سے سارا دن ٹینشن میں گزرتا ہے۔ تھک بھی جلد جاتی ہوں۔ آج کل کلب کی ایکٹی ویٹیز بھی برائے نام رہ گئی ہیں۔ جلد واپسی کے باعث ساری فرینڈز مجھے ٹانٹ کرتی ہیں۔ کہتی ہیں تم بیک ورڈ ہوتی جا رہی ہو۔ بارہ بجتے ہی کلب سے چلی جاتی ہو۔ بٹ ڈیئر کہتی تو وہ ٹھیک ہیں۔ بیٹا! بارہ بجے تو کلب کی ایکٹی ویٹیز ٹاپ پر ہوتی ہیں۔ مگر کیا' کیا جا سکتا ہے۔ دل نہ چاہتے ہوئے بھی واپس لوٹنا پڑتا ہے۔

حرارہ اچھی ہے۔ تمہارے بھیجے ہوئے میوزک ایکیوپ منٹ سے بہت انجوائے کرتی ہے۔ وہ بھی جلد تمہیں میل کرے گی! دل تو نہیں چاہتا تم سے بچھڑنے کو مگر بیٹا! مسز شاہ کے یہاں پارٹی پر جانا ہے تم تو جانتے ہو ان کی ناراضگی ہم لوگ افورڈ نہیں کر سکتے۔ اجازت دو اپنا خیال رکھنا اور فون کرنا نہ بھولنا۔ گڈ بائی

تمہاری مما

مائی ڈیئر جمی برادر!

میری کرسمس اور ہیپی نیو ائیر!!

ہائی دی وے! تم نے کرسمس کہاں منایا اور نیو ائیر کہاں منانے کا پروگرام ہے؟ YouCan`tbelieve میں تمہیں کتنا مس کرتی ہوں۔ لاسٹ ائیر ہم لوگوں نے کرسمس ریٹا کے گھر منایا تھا تم تو اپنی فرینڈز میں ایسے غائب ہوئے کہ میری خبر تک نہ لی اور میں اکیلی جمشید کی بور کمپنی برداشت کرتی رہی۔ ایک بات ہے ڈیئر! جمشید اتنا ڈفر نہیں جتنا نظر آتا ہے ؟ اور سیکنڈ لاسٹ ائیر یورپ کا نیو ائیر تو میں کبھی نہیں بھول سکتی۔ یاد ہے جب ہم لوگ سیون سٹار ہوٹل کی گیارہویں فلور پر نیو ائیر منا رہے تھے۔ ایگزیکٹ بارہ بجے ہوٹل کی بتیاں بجھا دی گئی تھیں اور ہم دونوں ایک دوسرے کے دھوکہ میں ڈور تھی اور فلپ سے گلے مل کر ہیپی نیو ائیر کہہ بیٹھے تھے۔ تمہارا تو پتہ نہیں ......But I چھوڑو پرانی باتیں! یہ بتاؤ آج کل تمہاری کیا ایکٹی ویٹیز ہیں۔ میرا مطلب ہے اسٹڈی جیسے بور کام کے علاوہ انجوائے بھی کرتے ہو کہ نہیں' اب تک کتنی گرل فرینڈز بنائیں۔ دو کے نام ضرور لکھنا' امید ہے میرا تعارف کرا دیا ہوگا! میں بھی انہیں فون پر ہیلو کرنا پسند کروں گی بشرطیکہ تم نے فون نمبر دیئے کیونکہ تم ہمیشہ ہی اپنی گرل فرینڈز کو مجھ سے چھپاتے رہے ہو۔ تم نے میری ایکٹی ویٹیز کے بارے میں معلوم کیا ہے ۔تمہیں تو پتہ ہے میں ہفتہ میں تین دن سے زیادہ یونیورسٹی جانا افورڈ نہیں کر سکتی اور لیکچر سننا تو میرے لئے دنیا کا بور ترین کام ہے۔ جب سے مما نے نیا سلمنگ سنٹر جوائن کیا ہے میری تو شامت آ گئی ہے مما کے ساتھ مجھے بھی ارلی اٹھنا پڑتا ہے البتہ! ایک گڈ نیوز ہے وہ یہ کہ میں نے یوگا کی کلاس کے علاوہ ڈانس پریڈ بھی شروع کر دیا ہے ہائی گاڈ بڑا چارمنگ ہے ہمارا ڈانسنگ ٹیچر' پریکٹس کے دوران کئی بار وہ Just like "u" Bent ہو جاتا ہے اور سٹیمنا تو اتنا ہے تھاؤزنڈ میٹر ریس میں فرسٹ پرائز ایزی لی لے لے۔

اور ہاں پارٹنر! میرا بوائے فرینڈ تھا نا وہ کیا نام تھا اس کا فاری! اس سے میں نے کٹ آف کر لیا ہے۔ بڑا فلرٹ تھا وہ' جانتے ہو اس نے کیا کیا؟ مسز فاطمی کو ان کے برتھ ڈے پر ڈائمنڈ سیٹ پریزنٹ کیا اور میرے سامنے ان کے گلے میں' اس چیپ انسان نے خود پہنایا۔ اوہ مائی گاڈ جمی! میں تمہیں بتا نہیں سکتی اس وقت میں کتنا ڈیپریس ہوئی۔ ویسے علی رضا آج کل میرے اندر بہت انٹرسٹ لے رہا ہے۔ ہر روز اپنی تھری ڈور رینج روور لے کر آ جاتا ہے۔ Believe Me ہماری بی ایم ڈبلیو کے سامنے بہت ہی چیپ لگتی ہے۔ اس بچارے کو تو یہ بھی نہیں معلوم کہ آج کل سوسائٹی میں Move کرنے کے لئے لینڈ کروزر' پجرول' اکارڈ' مرسڈیز یا بی ایم ڈبلیو کا ہونا کتنا ضروری ہے۔ وہ بیچارہ کیا کرے DuetoEnquiry اس کے فادر پر ڈاؤن فال آیا ہوا ہے۔ Agin Good News for You کہ میں نے پہلے سے بہت امپروو کیا ہے Now I am 36-26-36 یونیورسٹی فیلوز میں میری اسمارٹنس کے بہت چرچے ہیں۔ جلد ہی یوگا اور ڈانس کی سی۔ ڈیز ریکارڈ کر کے بھیجوں گی۔ تم بھی پلیز! میڈونا کے سی۔ ڈیز جلد بھیج دو۔ کٹی' کبرا اور فائزہ کی بھی ڈیمانڈ ہے۔ لائف میگزین کا لیٹسٹ ایشو ہرگز نہ بھولنا اور فون کرنا تو تم واقعی بھول چکے ہو' تمہیں بوریت سے بچانے کے لئے خط بند کرتی ہوں۔

God Bless You

حرارہ

ڈیئر مما پپا!

میں آپ لوگوں کو پہلے بھی کئی بار لکھ چکا ہوں کہ آپ مجھے بھول جایئے اور مجھے میرے حال پر چھوڑ دیجئے اس کے باوجود بھی آپ لوگ مجھے ڈسٹرب کرنے سے باز نہیں آتے۔ میرے پاس فالتو وقت نہیں کہ میں آپ کو تفصیلی حالات سے باخبر کرتا رہوں۔ یہ میل بھی میں جلدی میں کر رہا ہوں۔ میں نے آپ کا گفٹ کیا ہوا فلیٹ سیل کر دیا ہے مجھے ڈرگس کے لئے ڈیلی کافی پیسہ درکار ہوتا ہے میں اپنے بوائے فرینڈ کے ساتھ اس کے کمرے میں شفٹ ہو گیا ہوں۔ You Know یہاں پر لڑکے کا لڑکے کے ساتھ لو افیئر بہت اِن ہے اور جان تو ہے بھی بہت خوبصورت' میں اس سے لو کرتا ہوں۔ پاکستان میں تو لڑکا' لڑکی تک ایک ساتھ نہیں رہ سکتے پھر بھلا! میل افیئر کی کہاں گنجائش ہے؟ اور میں جان کے بغیر زندہ نہیں رہ سکتا سو اب میں واپس نہیں آؤں گا۔ کیا آپ اور آپ کا عدم برداشت پر مشتمل معاشرہ کسی بھی طور شخصی آزادی کو برداشت کرنے کا متحمل ہو سکے گا!!!

Don`t worry I will be all right. Love to hrara

Take care by

جمی